U0055239

任眞小說選

紅塵劫

任真 著

他序

陳司亞

任真又要出書了，而且是雙胞胎——一本是小說《紅塵劫》，一本是散文《寒夜挑燈讀》。八三老翁比年輕人還年輕，渾身是勁，讓我既羨又嫉。更令人不解的是，他老兄竟然拉過黃牛當馬騎。命我作序，誰都知道，作序者道德文章都要超群拔類，才能為這本書增光生彩，我怎可濫竽充數？當時我趕緊又擺手又搖頭的大力婉辭，但是他老兄「令出必行」，逼我就範。

先讀《寒夜挑燈讀》，共六十八篇，讀後讓我想起當年《中副》刊頭的「方塊文章」，作者都是文壇健將，如：言曦、誓還、鳳兮……輪番執筆。以及《聯副》的「玻璃墊上」，由何凡獨當一面。每篇約七百字左右，談人生哲學、社會動亂、讀書心得、新知舊事，扣緊時代脈絡，寓家國之思於其中。那些文章的特點是：短小精悍、雋永有趣。如同一日三餐，非讀不可。任真的散文較長，其內容亦復如斯，並有其虔誠教徒常有的那種內涵與格調。閱讀時就是一種享受——從視覺的享受提升到心靈的感悟！

我常想，一個人從幼稚園、小學、中學、大學到研究所，所學的就是兩門功課——做人與做事。不管拿了多少博士學位，如果你不會做人或不會做事，那有何用？任真六十八篇散文，都是他走過的歷程；他走得很辛苦，寫得很認真，俱都真知灼見，擲地有聲！如果你專心讀過，而且能夠身體力行。你放心，我保證肯定比博士學位還管用。

任真不僅小說、散文寫得好，他的詩、國畫、書法等，「筆」竟不凡，「藝」搏雲天，都是美的組合、美的呈現。他的人生，他的哲學，也都是美的化身。與三絕詩人鄭板橋相提並論，毫不遜色。

他的詩、文不但美麗，而且都賦予了生命，一字一句都是生命的細胞，活蹦亂跳的彷彿在向你微笑，向你發音。打個比方，就好似新月派詩人的詩句：「小珠一笑變大珠」那樣鮮活！

他的文章作品，偏偏都夠火侯，不但反映所處時代的樣貌，更含有獨特的風格、純熟的技巧、敦厚的品德；引領風騷、超越時代，如此這般，他的大作巍巍然成為中華品質的指標！

任真在平常生活中，以智慧辨識，明心見性；澈見永恆的真理，操之則存，棄之則亡。因果一元，行證不二。不為環境左右，不為好惡變質。這就是我最佩服他的地方！

近來由於上網，文學作品一落千丈，乏人問津。報紙與雜誌也在劫難逃，一家家壽終正寢，文學家們一個個都歸隱山林搦管傷神，糟蹋自己。任真童心未泯，仍在踽踽獨行。他很內向，不善交際，因此多年累積的文稿盈尺，卻出版無門，頗為感慨。我跟他說，出版社不出版，因為出版一本書就要賠一本錢，這是現實問題。非不為也，是不能也！我還給他舉了個例子：北京××大學一位文學教授，在八〇年代退休，貧病交加，連一罐奶粉都買不起。他有個孫女長得很「火」，不善讀書喜歡唱歌，初試鶯啼，一鳴驚人，在香港開一場演唱會，賺進港幣三十多萬元，比她教授爺爺一輩子的收入還多，這種畸形怪狀合理嗎？她的爺爺是悲是喜？「萬般皆下品，唯有讀書高。」此言差矣。

這是中華文化即將沒落的徵兆，吾復何言！我說：「任真呀，你的稿子放了多少年，沒人要出版，那不是你的悲哀，是整個文化界的悲哀，是這個時代的悲哀！」我又說：「如今終於有人要出版了，恭喜你啦！」

任真深深一嘆，能把鐵塔嘆癱下來！

閒話少敘，散文《寒夜挑燈讀》閱後再讀《紅塵劫》，快馬加鞭，小說不像散文，天馬行空，奇峰迭起，風雲千萬；我已接近老人癡呆症，腦子接應不暇，讀了下篇忘了上篇，只能選印象深刻的略寫一二。第一篇是〈鹿苑長春〉，文中主人翁廖大川吃喝嫖賭樣樣來，結果，把水果山、耕地、房屋統統賣完。老婆帶著兒女回到娘家，他也沒臉再見妻兒。為了安頓自己，把老柴屋的廢料搬到山脊的杉蔭道下搭建三間木板屋，洗心革面，以破釜沉舟的心情重新出發，正愁資金沒有著落，忽然想起十年前他濟助過朱軻三，如今朱已養鹿致富，他去找朱說明來意，看看朱能否助他一臂之力。朱立刻請他來鹿場幫忙，讓他先學習一些養鹿的專業知識，以後再助他創業鹿場。廖大川非常感激，工作十分勤奮，而後自己經營有成，把妻小接了過來。那片鹿園在幅員廣闊的山中，不到十年，就有一百多隻梅花鹿。每年鹿茸的收入十分可觀，一家和樂融融。

我怎麼會對這篇印象特別深刻呢？原因是十多年前，我們一家去溪頭看日出，回程經過一處鹿園，順便去參觀，主人煮茶殷勤招待。那處鹿園佔地十多頃，梅花鹿約五六十隻，藍天、白雲、綠草以及大小鹿群——尤其是小鹿跪乳時更感可愛，彷彿一卷緩緩展開的國畫，讓人看得心曠神怡，我們流連忘返。如今看到任真寫的〈鹿苑長春〉，跟我們曾經看到的竟然幾乎一模一樣，美若仙境！大有舊地重遊之樂。他寫得很平實，絲毫沒有「白髮三千丈」式的誇張，卻能使讀者欲罷不能，由此可見，任真筆下的好功力！

另一篇是〈錯管他人瓦上霜〉。多管他人瓦上霜的人，大都是覺得自己很能幹，好像少了他這棵蔥，就汆不出一碗湯似的。我們社區也有這樣的人，外號「小能幹」。不管生張熟魏，也不管人家是否歡迎，他都要插上一腳，給他臉色看，他也「大智若愚」，視而不見。另一種人是遊手好閒，又怕人家瞧不起，因此，誰家有事，他就查鱗抖鰓，走裏走外，忙得不亦樂乎，其實只是瞎起鬨。任真這篇〈錯管他人瓦上霜〉就更有意思了，他不但管了，不但管得很認真，幾乎要喧賓奪主了！結果呢？結果他才發現是「錯管」啦！他則能從善如流，立刻賠禮道歉，並且自問：「以後還要不要去管他人瓦上霜？」寫來十分傳神，十分逗趣。

還有一點「題外話」值得一提，任真規定我六天內寫好序文交卷，我閱讀很慢，還要不時的翻閱《辭海》查證。我把一切俗務都丟開了，起早睡晚，全力以赴！到了第四天，內人因有飯局，下午四點多鐘把饅頭放到電鍋裏，插上插頭，跟我說：「炒菜鍋裏有獅子頭燴大白菜，六點鐘你打開瓦斯，二十分鐘後就可以吃了。」

天已經黑了，我獨坐燈下，還在埋頭閱讀《紅塵劫》，如同關公夜讀《春秋》，目不斜視。當我不經意看到壁鐘九點時，才突然肚子餓了，於是立即去廚房，打開電鍋，取出饅頭，那鍋獅子頭燴大白菜我也懶得再開瓦斯爐了，就用饅頭蘸芝麻醬吃。我一邊吃一邊仍在看稿，無論如何，今晚我一定要把稿子全部看完，剩下兩天，我能否寫出序文，還不敢肯定。

十點半鐘，老伴歸來，不知得了什麼怪病，一看到我就無緣無故的大笑起來，我手足無措的傻住了。她用手點著我說：「你這是哪一齣戲呀？」這句正是我想問她的話，反而變成她來問我了。我莫名其妙，她又說：「你去照照鏡子。」我更奇怪了，不過我還是走到鏡子跟前一看，這下連我自己也笑翻天了，原來我用饅頭蘸芝麻醬吃，不小心蘸到隔壁一小碟子墨汁了，滿嘴黑得像烏嘴驢。

現在我走起路來，抬頭挺胸，格外拉風，誰再敢笑我是一介愚夫？在同儕中，我可是唯一「吃過墨水」的人啦！一笑。

自序

任真

湖南自兩宋以來，文化皇麗，人才踵接，至明清尤盛，很幸運我家祖籍湖南攸縣。攸縣與江西鄰壤，江西吉安，古稱廬陵，與攸縣相距不足三百里；北宋大文豪歐陽修、正氣凜冽的文天祥，皆為吉安人。明朝解縉曾為明太祖、明成祖兩朝詞臣，自幼穎悟，家學淵源，凡朝廷詔勅及大製作大經典，皆出自解縉手筆，有《文毅集》傳世。解家自唐至明，奕世顯宦大儒，為吉安官宦學術樞紐。吉安文風影響湖南茶陵，茶陵與吉安隔鄰，茶陵李東陽為明武宗時名宰相；奸臣劉瑾用事，東陽委屈彌逢，保全善類，老臣忠直之士皆受其庇佑，而免於瑾黨讒害；在朝五十餘年，獎拔人才，提攜後進，立其門者，皆粲然有成，有《懷麓堂集》傳世。清末民初譚延闓父子，亦政學兩界聞人。攸縣與茶陵接壤，茶陵文風接自吉安再薰染攸縣，益之湘北、湘西、湘南文風波濤洶湧，對攸縣產生波盪激揚作用，自兩宋至民國千餘年間，文武人才輩出，雖不能與江西吉安相頡頏，亦堪與鄰縣相等夷。我何其有幸，生長在這處素以富饒見稱的攸縣，自幼接受家嚴端莊公的經史薰陶；在我父親望子成龍的心眼裏，幾乎是頑鐵也想鍊成鋼，雖然頑性依舊未化，至少曾在洪爐烈焰中錘打過。弱冠離鄉，謀衣謀食，戎馬倥傯，飢寒荐臻，我未嘗一日不在古人著述中覓根源；因之，我從事散文創作，不論抒情、寫景、敘事、說理，總會有些來自經史與古人學術涵育後的看法與想法。

我常常自勉：「要創作，必須自省在經史及先哲文集中翻過多少個跟斗？你才能端出什麼樣的菜餚來；即使是一味菜根，一品葉蔬，餘味不應止於菜的素香而已，應該還有一些別的滋味。」

這本《寒夜挑燈讀》散文集，說理的文字多，寫景敘事的篇章少。說理，必須要有理可說，理自何來？理自向學、識見、體察、領悟、省思而來，經過篩慮、沉澱，才能把一樁事的道理說得輪廓分明，深達脊裏；雖非大經大法，放之四海而皆準，質諸古今而不惑；至少能讓人頷首心怡，才能達到說理的目的。這本不上眼的散文，自然與那些只受過幾年學校教育就能洋洋灑灑著述，被出版商捧為天才作家的文字有異。讀者可以自表淺文字中再深入內蘊得到一些回味。

至於《紅塵劫》這本短篇小說，自知無法與名家的名著相匹敵，但卻是取自臺灣社會這幾十年來蛻變中各類現象的縮影，其中包括了人性良善、同胞關愛、社會溫情與個人勤勉奮鬥的步步足跡，也間接表達了個人愛國家、愛中華文化與愛臺灣的一份情操。讓擇善固執、為善去惡的男女欣慰自己的取向與選擇絕對正確。

這兩本集子，冷藏書櫥幾達二十五年之久，今日能出版，我要感謝秀威資訊科技公司慨施援手，更感謝老友陳司亞，不僅慨諾為兩書作序，並義務為我校對，三番兩次在電話中指出瑕疵，大力匡正，幾乎到了恨鐵不成鋼的程度，彼此之間如果沒有這份恆久芬芳的友情，怎可能邀得老友愛恨交織的關切；不說別的，單就這一點，就該與司亞浮一太白。

兩本集子終於自二十五年蒙塵冷藏中誕生，殷盼智慧卓越的讀者首肯喜歡，有指教、有批評，我坦開心胸接納與感謝。

目次

遲歸

何玲素來沒有晚回家的毛病，今天已經深夜一時三十分，仍然沒見到她的影子，急得何家夫婦一陣瞎猜後，趕忙叫兒子開車去東區找。東區深夜，仍然有一條條人河洶湧，各種娛樂場所是一泓泓漩流下的深淵，何玲只是這些人河中的一滴小水珠，能去那兒找呢？

何家夫婦鬱鬱不樂回到家裏，躺上床，各種不同的情況紛至沓來，睡不著，不得已，只有坐回客廳發呆，等待不可知的命運降臨。

三時三十分，忽然聽見清晰的步履聲走近，沒多久，公寓門「砰」地一聲打開，燈光亮起來，何家夫婦暗黯的心境也跟著有了亮光。不管發生過什麼事？女兒能夠平安回來，總是一樁可喜的事。沒多久，門鎖孔有了鎖匙撥弄聲，何太太慌忙把門打開，差點把何玲嚇了一跳。她忙問：

「媽，你還沒睡？」

何先生不待太太追問女兒行蹤，搶上幾步，先就給一頓好打，讓女兒知道遲歸是項錯誤的行為。

何玲本想把下午發生的事情告訴父母，吃過爸爸這頓不問青紅皂白的耳光後，滿肚皮的話全被打了回去，在平日，她會委屈的落淚，大聲抗議；今日，她不但沒哭，反而若無其事地打聲哈欠說：

「媽，我好累，我要去睡了。」

「小玲，你剛才究竟去那兒？是不是遇到壞人？叫媽好擔心。」何太太追在女兒身後問。

「媽，你放心，何家女兒絕對不會做壞事。至於回家晚的事，等有空，我會詳詳細細告訴媽，一點細節都不會漏掉。」

母親知道女兒的個性，她的事，她自己不說，十噸黃色炸藥也炸不開缺口。兒女大了，他們有自己的主張，凡事，父母只能從旁輔導，絕對不能妄作主張。女兒的素行母親最瞭解，她一向生活嚴正，是非分明，相信女兒不會亂來。

看看時間已快凌晨四點，她只有疲憊地上床睡覺。

*　*　*

第二天清晨，何家夫婦尚在睡夢中，女兒就趕早車上班，何太太一股疑團揣在懷裏，整天忐忑不安。上午十點多鐘她打電話去公司，公司回說何玲有事出去處理。何玲二十五六了，會在談戀愛？談戀愛應該有些跡象可尋，就像春風吹醒大地，萬物一團洋洋喜氣；何玲沒有，連嘴角一絲笑意都少見。

何太太本想把女兒遲歸的事擱下不想，疑團卻像一隻贅瘤，擱在那兒都不自在。臺灣社會風氣現在變壞了、自己做女兒時，只要爭氣、正派，就能保持清清白白的人格，今天，人心起了黴斑，壞習氣就像鹽水浸鴨蛋，沒有縫也能滲透進去。

何太太想到這兒，彷彿看到女兒正在一隻大漩渦裏掙扎，還在痛苦的吶喊，沒多久，漩渦裏出現裝潢富麗的房子，響起迷人的音樂，繽紛的衫影，青春洋溢的男女，女兒被這現象迷醉了，她不再掙扎，反而回頭一笑，立刻自動跳了進去。

好可怕呀！人心再堅強，都會被誘惑壞了邊防，這，這，這怎麼得了？要是女兒真的……不管是自動或被迫？一生清白不是全完了。

何太太想跟人訴述內心這分憂慮，丈夫去上班，滿屋子全是空曠和寂寞；她想撥電話告訴妹妹，立刻警覺「家醜不可外揚」這句話，不能不立刻打住。嘴巴兩張皮，說好說歹都是兩張皮在撥弄，萬一傳了出去，不是自己把女兒毀了。

何太太重重嘆一口氣，一屁股扔在沙發裏，那顆心就像一個人溺水，一分一寸往下沉。

正在這時候，忽然對講機「嗶嗶」響起來，何太太問：「誰呀？」

對方回答：「我來看何玲。」是位年輕人的聲音。

本想老實告訴對方何玲去上班，覺得這樣說不妥當。家裏人多是份力量，歹人不敢輕易下手，於是故意提高嗓門說：「小玲，你的朋友來找你。」停頓片刻，復又表示不悅的嘀咕：「你們父女兩個，坐下一個坑，睡下一個洞，爸爸貪睡，女兒賴床，這像什麼嘛！」

她自以為嚇住了對方，對方卻忙不迭說：「她睡覺不要吵她，我只把禮品送到就好。」

「我不認識你。」

「你是何媽媽吧？何媽媽，我是小玲的小學同學，我把禮品交給你就走。對不起，請你打開門。」

何太太禁不起對方再三央求，打開公寓門，仍然讓自家鐵門鎖著，只把木門挪開半條縫，看清楚年輕人是張陌生臉孔，不由懷疑的問：

「你送小玲禮品幹什麼？」

「我感激小玲，何媽媽，這件事說起來話長，何媽媽問小玲就知道。」

何太太堅決不收，要年輕人把禮品帶回去，擔心女兒在外結仇，被人送顆炸彈來那還得了。年輕人也想到何媽媽的顧慮，自己蹲在門外把禮品打開，露出一盒獼猴桃和一盒加州葡萄，然後再把兩隻盒子綁好，再掏出一封信擱在禮盒上說：

「何媽媽，麻煩你交給小玲，謝謝你。」隨即揚長而去。

* * *

何先生整天上午都擱著女兒遲歸的事不舒坦。

不管時代怎樣變？女孩子最重要的是要懂得如何保護自己不受傷害，要是自己受誘惑墮落，或者被迫遭受到污辱，即使可以把罪過推給社會，直接受傷害的還是自己。

女兒一向回家早，昨夜為什麼回家晚呢？而且，那張疲憊的臉色，明明寫著不幸的遭遇，萬一……那可怎麼好？何先生想到這兒，一顆心像是突然炸了，裂成不知多少塊？怎麼收拾也湊不完整。

這時節，正好太太打電話告訴他別人送禮的事，把整件事情更透出幾分蹊蹺，他藉故溜班，懷著一分惴惴不安的心情回到家；何太太一見丈夫回來，趕忙指著桌上的水果禮盒說：

「一位年輕人送來的。」

「你認不認識？」

「我不認識。」

「不認識收他的禮幹什麼？」

「他說送給小玲。」

「長得什麼樣子？」

「我沒十分看清楚。」

何先生跺腳抱怨。「你怎麼會這樣笨？人家什麼長相都不看一下，要是有問題，這就是一條線索。」

「我就是怕有問題，所以才不讓他進門。」何太太理直氣壯反駁。「等他走了，我才把禮品拿進來。」

何先生無可奈何坐在沙發上生悶氣，明明知道責備太太無補於事，心急了，仍然不免要抱怨幾句。

「怎麼辦？報警怎麼樣？」何太太向先生討主意。

「怎麼能報響，又不知道女兒究竟出了什麼事？萬一在談戀愛呢？談戀愛也不能這樣晚回家，一個女孩子。……」

何先生自言自語嘆氣。「兒女長大了，他們便會事事自作主張，把父母的話全當耳邊風。今天，父母真難做。」

「既不報警，那你怎麼辦？」

何先生也拿不出好主意，他無奈的說：「只有等孩子回來問清楚再講。」

＊　＊　＊

何玲今日回家早，一進門就喜孜孜提議：
「媽，我們今天去吃館子好不好？」
何先生一聽女兒回來，趕忙自臥室走出來問：
「怎麼出點子吃館子？」
「爸，吃頓館子絕對值得，我有個故事要告訴你。」
「怎麼值得？又沒買股票猛賺，故事誰不會編？」
「是個真實故事。去不去嘛！去就說，不去就算了。」
「何必花錢呢？你媽做的菜，味道雖不怎麼好，衛生條件絕對百分之百。」
「偶然吃一次也花不了幾個錢。」
何玲嘟著嘴，內心不高興就寫在表情上。何先生看出女兒不悅的表情，自己就只這個獨生女，不疼她依她，疼誰依誰呢？吃就吃吧！反正便宜自家肚皮，花錢不冤枉。他忙吩咐太太說：
「你去換衣服，既然要吃就好好吃一餐，平常省一點，今天奢侈一下無所謂。」
何玲這才回嗔作喜說：
「爸，先聽我把故事說完再走，媽，你也來。聽完了，我們放開心情吃餐舒服飯。」
夫婦倆坐在女兒對面，聆聽女兒說故事……
何玲攢眉一想，沒說話，先就神秘兮兮笑了一陣，然後調勻氣說——

臺北市上下班公車都擠，急著回家吃晚飯的人，擠死也要上車……怕擠的人，只有好整以暇等下班車，車子照樣來，乘客照樣擠，最後，不得不乘計程車回家。

近年來，治安不好，計程車駕駛良莠不齊，少數曾有前科的年輕人。因為開計程車容易討生活，鑽著租車漏洞，照樣在臺北各地做生意，遇到肥羊，做一票再說，反正作奸犯科是慣性。

麗晶下班後等了三班公車都擠不上去，她一肚皮火氣，想乘計程車，天色已經昏暗，她怕遇到色狼，幸好小學同學陳水土開的車子「嘎」然一聲停下喊：

「麗晶，上車，我送你回家。」

麗晶在車外打個八折手勢，陳水土點頭同意。不付錢，水土吃虧，多付，一名小職員薪水，能乘幾趟計程車？水土咧嘴一笑，打開門，忍不住糗她說：

「斤斤計較，還是小學時一樣小氣，討幾粒筍豆吃都噘著嘴巴不高興。」

「我賺錢不多嘛！總要省著些花。」麗晶回嘴說，剛要坐進去，忽然發現車內有位年經人在座，她趕忙退出來，陳水土把她叫住說：

「麗晶，他是我們隔壁班阿雄，你記不記得？上課時間偷去釣青娃、抓小蛇，教師節，還給老巫婆田老師辦公桌裏放一條水蛇，老巫婆打他的手心，他痛都不喊一聲，你記不記得？」

阿雄盯住麗晶笑，麗晶印象模糊，聽說是同學，這才向他點頭示意坐進車廂後座。

阿雄坐在駕駛座旁邊，不斷自後望鏡裏瞄麗晶，看得麗晶渾身不自在，麗晶內心不免提高幾分警覺，十幾年不見，變龍變蛇都定了型，誰知道他會安什麼心呢？麗晶握握拳頭，心想：「我學跆拳道為啥？白繳費嗎？」

車子駛出市外，陳水土想吸菸，掏出菸盒，空的，他把車子停在路旁說：「我買包香菸。」

「水土，你不吸菸不行？吸菸得肺癌，你不怕死？」麗晶斥責他。

「不吸菸沒精神，我會打瞌睡，開車打瞌睡，包準出問題。」

陳水土踅進店裏買香菸，阿雄坐進駕駛座，麗晶以為只是換位而已，誰知道他一踩油門，車就「轟」然一聲飆出去。

麗晶慌忙喝止他：「阿雄，你幹什麼？水土還沒上車，你知不知道？」

阿雄不睬她，愈加猛踩油門往郊外開。麗晶知道自己碰到了麻煩，她把身子挪往左車門，估量脫困和應敵對策。

郊外雖然也是人車輻輳！因為車速高，跳車百分之百危險，她不敢貿然嘗試，只有穩住心情，靜待事情演變。

車子終於在一片濃密的竹林裏停下，阿雄轉過身露出一張邪惡的嘴臉說：：「麗晶，你長得好漂亮。」

「漂亮怎麼樣？」

「漂亮就誘惑人嘛！」

「阿雄你不要亂來，我告訴你，你撿不到便宜。」

阿雄驀地亮出短刀威脅說：「只要你答應我，保管一切沒事。」

麗晶估量情勢不對，她趕忙掏出金錢和項鍊說：「你要錢我給你。」

阿雄淫蕩的笑道：「我要錢幹什麼？我只要舒服一下就好。」

「你這是犯法喲！阿雄，我們是同學，你也不放過我？」

「犯法怕什麼，我又不是第一次犯法，同學親熱起來才有勁。」

麗晶看到他淫惡的笑臉，她忽然想起這張臉譜好像曾在那張報紙出現過，她內心不斷的恨水土！載個壞蛋害她遇到麻煩。

阿雄要自前座爬過來，麗晶拚命抗拒，阿雄把刀架在麗晶的脖子上說：「麗晶，我只要把刀子輕輕一抽，你立刻得去見閻羅王，我心地慈善，不忍心同學做冤死鬼，你再反抗，我也要在你臉上劃兩刀，女孩子沒有一張漂亮的臉蛋，就什麼都完了，答應我，又不損失什麼。」

麗晶不再抗拒，任他揉搓、親吻。

車左門，駕駛不能控制，麗晶一按把手，門開了，她翻身下車，有了空曠地，麗晶就擁有一片自由天地，她沒有立刻逃開，反而故示怯懦的乞求說：

「阿雄，不要拿刀子，我怕，你要怎樣就怎樣，我想逃也逃不掉，千萬別殺我，我們找處人家看不見的地方好不好？」

阿雄以為她服貼了，隨即把刀扔在車裏，慾火難熬地淫笑著說：

「我不會傷害你，只要你順從我，不過，你要是惹火我，那時候可不好講話喲！」

麗晶找到一處有利位置，故意哆嗦地蹲下身子，自動解開上衣第一個鈕扣，以分散阿雄的注意力，待對方赤身露體挨近時，她突然覷準他心窩猛一腳踢去，踢得阿雄踉蹌好幾步哇哇亂叫。

麗晶練了十年跆拳道，這時候全派上用場。阿雄料不到她會偷襲，心頭火冒三千丈，立像餓虎撲羊般企圖壓下去，原來麗晶不是一頭柔馴的綿羊，她是一頭發威的獅子，她一個白鶴展翅側身避開，待他剛要撲過來時，一個迴旋踢，踢得阿雄老眼昏花。阿雄不甘心，再度踉踉蹌蹌撲過去。煮熟的鴨子，那肯讓她飛了？嘴裏不斷罵髒話。麗晶待他貼身接近，騰躍而起，雙足同時踢出去，阿雄被踢得暈倒在地，麗晶一個箭步鑽去，反手扣住他手腕，再覷準他後腦勺劈下幾掌。劈得阿雄兩眼金星亂冒，人就昏昏睡去。

麗晶的雙腳踢最有勁道，少說也有百幾十斤力量，阿雄不是銅鑄鐵澆的漢子，那經得起幾十斤力量的一再撞擊。麗晶擒服了阿雄，憤恨的罵道：

「你這個色狼，想佔我的便宜，你也不去打聽打聽，你以為我十年跆拳道是白練的？今天送你去警察局，讓你再嘗嘗坐牢的滋味！」

麗晶想把阿雄雙手綁起來，卻又沒有繩索可用，想用絲襪當繩子，今天偏偏鬼使神差穿的是褲襪，片刻間褪不下來，正在這不知所措時刻，水土氣急敗壞坐計程車趕來，一瞧麗晶反手扣住赤身露體的阿雄，不用問也能猜出八九分，他憤憤然罵道：

「阿雄，我幹你娘，開我的車子做壞事，你有良心沒有？麗晶是我們同學，你也癩蛤蟆想吃天鵝肉，你也不打聽打聽麗晶的跆拳道披什麼帶子？常走夜路碰到鬼！今天，總算叫你撞著一個厲害小姐。」

水土和另一位計程車駕駛合力把阿雄綁個結實，麗晶扔給他一條褲子說：

「水土，你給這個人面獸心的傢伙把褲子穿上，他丟人現眼不要緊，別讓其他人看見噁心。」然後，她嗔怨水土說：「我要不是練過跆拳道，今天就壞在你手上。」

水土一臉傻笑，歉然回答說：「我以為是同學嘛！而且，十多年沒見面，誰知道他會壞成這樣子？」

阿雄進了警察局，一口咬定水土與他同謀，經過警察推敲、分析，以及調閱水土的戶口資料，水土守分守法，素無前科。警察問麗晶：

「李小姐，你認為陳水土與他有同謀嫌疑嗎？」

麗晶一口駁斥說：「不可能，我以前都坐水土的車，他要做壞事早做了，何必等到今天？」

「好人壞不了，壞人好不了，媽，水土為了感激麗晶為他辯誣，所以，專誠送來兩盒水果致謝。」

何先生和何太太一半驚懼一半欣喜的說：「小玲，幸虧沒出差錯，要是出了差錯，那可怎麼得了。」

何玲突然瘋瘋癲癲在客廳裏來個迴旋踢，劈出幾掌，信心十足的說：

「爸，媽，你們花錢給我學跆拳道，不是白花的哩！」

何太太仍然不放心的問：「不是下午發生的事嗎？怎麼拖到那麼晚才回家？」

「警察局問筆錄嘛！反反覆覆，好嚕嗦。媽！阿雄不止犯這個案，好幾個強暴殺人案都是他幹的，我逮住了他，警察好感激我。做壞事遲早沒有好下場，這一次，他可能死定了。」

何先生心頭一樂，忙不迭站起來說：

「走，小玲，這一餐吃掉一萬八千也值得。爸花這筆錢，高興。」他回過頭吩咐太太：「你帶錢喲！」

何玲不依。「爸爸鐵公雞，花來花去還是花媽的錢。」

何先生輕鬆笑道：「反正是爸爸賺的，你媽又不會賺錢。」

春火

一戶十八坪大的公寓套房，就是楊恕獨立自由的生活天地。

每日回家，雖然形單影隻，缺少一位賢淑溫柔的女主人迎迓，也少掉一分家的溫暖氣氛，至少家裏不再有社會人事傾軋、鈎心鬥角的現象存在；闔上門，就排拒了外來的紛擾，安全、寧靜，獨個兒享受自炊自食的樂趣。

春節的履聲依然在戀舊人們的心中蹀躞，冰箱、碗櫥尚有大批年貨供自己享用。楊恕今日興致特別高，想喝酒的慾望也格外濃，每次微醺之後，不僅可以忘卻現實生活中諸多不愉快的事情，心理上更有一種鼓翅欲飛的快感，心情放得開，偶然間的愁煩固然難免，人生中的千愁倒不曾侵擾楊恕的心，不管微醺也好，酣醉也好，楊恕總能恣意享受「醉裏乾坤大，壺中日月長」的樂趣。

楊恕並不是個非酒不樂的癮君子，他對酒純粹站在品評的立場淺斟慢酌，獨飲時，淺嚐的回味無窮；眾飲時，猜拳鬥酒，滿飲乾杯，那分豪放，也是別有一番樂趣。

忙了一天公事回到家，揭開電鍋，尚有剩飯足夠自己果腹；冰箱上幾瓶金門佳釀，純白的顏色引人饞涎欲滴。楊恕一向不喝空腹酒，空腹喝酒等於地心溶漿翻騰，那種熾熱會毀滅掉生命和地表面的一切。他不在乎酒菜的精粗，呡一口酒，吃一箸菜，高興時，哼幾句戲，吟一首詩，唱兩段荒腔走板的流行歌曲，內心裏便像釀酒般釀化出無限的生活樂趣。

楊恕手腳俐落，一碟臘肉、一碟香腸，一盤青菜、一小鍋排骨蘿蔔湯便熱騰騰排列在桌上，倒滿一杯酒。他洋洋自得的對著鏡裏的自己舉杯說：

「楊恕，我敬你，菜不好，酒卻是百分之百的金門大麯，你盡興喝，我捨著老命陪你，怎麼樣？夠朋友吧？」

喝酒要帶著一分虔誠的品嚐態度才能飲出酒的醇味來，若是舉杯滿飲，那不叫做飲酒，而是裝瓶。楊恕喝酒喝出幾分功夫來，他呡一口酒，再在嘴裏含潤片刻，然後咂嘴咂舌吞下去，喝口湯或吃著菜，忍不住意興洋溢的說：

「好酒，好酒。」

以前飲酒，最大眾化的是太白酒，稍上品的是清酒，接著公賣局研究發展，什麼五加皮、蔘茸酒、高粱、葡萄酒、白蘭地……相繼登陸市場；金門、馬祖、東引的釀酒技術也是高不可及，居然飄洋過海佔盡酒品鰲頭。接著洋酒偷偷登陸，什麼約翰走路、XO、法國白蘭地……風靡了那群殷商富賈，餐桌上非洋酒不夠排場。楊恕是個徹底的民族主義者，昂貴的洋酒在他嘴裏只覺醇味不足，除了金門大麯外，其他酒類雖不十分嚴排峻拒，能夠不喝他就不喝，要是酒蟲鼓動，頂多回家獨個兒再補半杯。

古話說：「夫婦為人倫之始」，家裏缺少一個女人，陽盛陰衰，畢竟有些不夠滋味，尤其此刻獨斟獨酌，不免感到孤淒滋味兜頭襲來。平常來幾位朋友，十八坪的房子覺得好擁擠，此刻兒卻感到好空曠，有如獨個兒站立在蒼茫的曠野，四週遠山隱隱，腳底下一片枯草連天，他沒有伴侶，沒有談話的對象，極目天際，遼闊無垠，他忍不住一聲長嘯：

「嗨！」屋子四壁立刻將他的「嗨」聲撞回來，他忽然驚覺到自己並非置身曠野，而是處在自己十八坪的套房內，他不由自責的笑道：

「楊恕，你瘋了？這是公寓哩！喝酒。」

酒在身子內發生了酵化力量，像一泓暖流從齒頰直達腸胃，再循環到全身，於是，每一個細胞都在撞擊、吶喊：

「楊恕，你怎麼不娶房妻子？有了妻子兒女，他們的歡笑即會把整個房子填塞起來，你就不會感到一間小套房這樣空曠。」

「楊恕，我知道你這個年過得並不怎麼快樂，除夕夜，自斟自酌，獨言獨語，假如你有了妻兒子女，你就不至於感到晚景淒涼。如今，你老大不小了，黃金時光已去，想找伴打著燈籠也找不到了，何況你是個窮措大，活該你一個人喝悶酒。」

楊恕想想，覺得這全是實話，一向不十分自怨自艾，這片刻也不由長長嗟喟一聲說：

「楊恕！一個人喝悶酒痛苦，搖通電話給老王老衣，三個人邊聊邊喝，也好打發這漫漫長夜。」

於是，他把電話打給老王，老王那邊響起一位女人接聽電話的聲音。楊恕不由暗中笑罵道：

「原來老王的老相好來了，怪不得他這幾天老是藉故避開我，怕我當電燈泡。」

「我請王先生講話。」楊恕直截了當說。

「靜坡，你的電話。」怪親熱的，明顯關係不尋常。

「那一位？」

「老王，我是楊恕。剛才接電話的是那一位？是不是你那位冤家？」

「沒有啦！你找我什麼事？」

「想找你和老衣來喝酒聊天。」

王靜坡在那廂生氣了，他開玩笑的反問：

「楊恕，你是故意跟我過不去是不是？今天是什麼時刻？我去你那兒喝酒，兩百年前的法國白蘭地也打動不了我的心，你要喝自家兒去喝吧！」

楊恕被罵得呲牙咧嘴笑，忙不迭道歉道：

「對不起，你這個老色癲，讓你去恣意享受千金春宵。我找老衣來對飲，痛快乾他一大瓶。」

電話打到衣凡中公寓，電話錄音響起他沉厚的聲音說：

「對不起，我有要事外出，請你把電話號碼留下來，我一回來就給你電話聯絡，非常抱歉，讓你失望地掛上電話。」

楊恕怔怔的盯住電話筒，不由長喂一聲說：

「自己早結婚了多好，有妻子兒女陪著，也就不必被寂寞緊緊地包圍住。楊恕，還是一個人喝悶酒吧！」

楊恕年輕時原是一表人才，人才一表不濟事，十表也不大管用，因為他沒錢財，連結婚起碼的費用都不充裕，那能有膽量追小姐準備成家呢？而且，他另外兩項基本想法也阻塞了他的成家之路。第一，他認為既然要成家，就該給對方一種好日子過，今日讓她愁米，明白讓她愁油鹽，後日叫她愁兒女醫藥費，兩夫婦成日淚眼相望，那不叫做溫暖的家，而是酷虐無情的枷，何苦一個人受罪不夠，還拉個無辜的女人墊背呢？其次，他找對象要選擇年齡相當的，年長的他嫌老，年輕的他嫌小。朋友同事都勸他說：

「楊恕，年齡不是重要問題，只要你們相愛就好。」

楊恕趕忙搖晃他那隻大腦袋說：

「那怎麼可以，娶個年長的等於娶個姐姐，姐弟之間那能產生愛情；年輕女孩嘛！又像自己生的女兒，成天哄著她護著她，年齡差距相對產生心理不能溝通，這是什麼家嘛！」

「年輕女孩會長大，過幾年，她成熟了，轉過來，她就會給你溫暖給你愛。」

「不行，原則不能變更，細節可以通容。」

楊恕就在堅持原則之下自己把婚姻的大門閂緊了。

那時節，婚姻的普遍現像是男大於女，有的甚至丈夫年長妻子十歲以上的事亦累見不鮮。當時，丈夫真像帶孩子般百依百順太太，等孩子落地，母性的愛擡頭，妻子的責任觀念也隨著甦醒，她從被愛中體悟回饋對方的重要性，於是，她將母愛妻愛混為一條暖流輸送給丈夫，家的溫馨和幸福萌芽而壯大了。楊恕見不及此，他自己把家的幸福阻擋在門外，待他醒悟老夫少妻也另有一分旖旎情調時，年齡不饒人，他已越過了適婚年齡，不再有少女不斤斤計較他的年齡，朋友同事也不再關心他的婚姻。楊恕徹徹底底成了單身漢。

楊恕成家的觀念淡了以後，他的思想好像另外開了一道門窗，有煌煌的光線透進來。他想，成家與不成家的利弊各得一半，怎可以因為自己不曾成家就影響自己的生活和心境呢？佛家說，種什麼因得什麼果，也許自己未曾結善緣，所以今生才註定打單身。再說放眼天下，黎巴嫩的內戰十年未止，兩伊戰爭八年不息，東北非諸國的飢餓，泰緬邊境的大陸難胞，闊了快四十年鐵幕的大陸親友，那一個不是面臨著戰亂、死亡和飢餓？今日，自己擁有舒適整潔的單身公寓棲身，一日三餐想吃什麼就有什麼，居家做客想穿什麼就買什麼，打光棍正好來去自由，行止隨心，省卻妻兒子女的牽牽掛掛。

楊恕是位中收入的公務人員，月入兩萬出頭，一個人用不完。而且，他天性善良，看見人家辦喪事，想到那分永訣況味，他也不由幫著掉眼淚；若是看見別人有喜事，他也不免站在一旁陪著笑，分享別人的歡樂。這分單純的心情，讓他的煩惱愁緒像是秋空雲煙，一陣風就飄散了，不會構成春天的陰霾，一陣大雨滂沱，立刻春汎滿河，潰堤成災。

獨身生活最苦惱的是那個，既不能禁慾，成為一個標準的清教徒；又不可以縱慾，變成美國一九六〇年期間的嬉皮。對這一點他到把持得住，既不有過，亦未不及，執兩用中，標準的儒家中庸之道。當他在那縱橫馳騁的當兒，他忽然笑謔的想道：「衛青、霍去病、項羽、李靖、郭子儀……歷代開國闢疆的英雄豪傑，當他們衝鋒陷陣，縱橫敵人千軍萬騎之中，亦不過如此而已。我不闢疆拓土，驅胡兒殺韃虜，也享有英雄搴旗斬將之樂，英雄榮光豈有多讓歷代名將英豪？」

由於他有時涉足風月場所，認識了鄢春景。春景是個中年女人，十幾歲被賣入煙花巷裏，十多年的生張熟魏，讓她看透了人性的弱點，也勘破了人情冷暖。她的笑臉迎人，無非是為了那幾張花花綠綠鈔票；對方甜言蜜語，也只圖那片刻歡樂，露水姻緣全是虛情假意，水乳交融只為戲的終場。自從她認識楊恕以後，楊恕像個古板的生意人，付多少錢取多少貨，既不討價還價，也不在兩造完成交易後順手撈棵蔥或者抓根蒜，十足一個取予極有分際的人。彼此長時間的相處，像是一對異性老友，可以取予之間互相滋潤，亦可聊天談心互為鼓舞。每次見面，不是春景問他：

「是現在還是等一會？」

就是楊恕悶悶的回說：「心情悶，來找你聊天。」

「你也會悶？你不是很樂觀嗎？」

「天有陰晴，月有圓缺，我又不是仙佛，仙佛也有喜憂，何況我是個凡夫俗子，怎麼可能避免苦悶呢？」

「楊先生，你不應該常來這種場所，有時坐坐聊聊也花冤枉錢。」

「找你談談心也可疏解一些鬱結，柔能克剛，陰可補陽，何況我們倆很談得來。」

「我是個風月場中打滾的女人，交往男人純粹為了金錢，你又何必浪費時間呢？」

「你有時反而給錢讓我用，你是為了什麼？」

鄢春景臉色不由緋紅了。畢竟在紅塵中閱歷多，她嫣然一笑作掩飾說：「我們是朋友嘛！」

「對呀！正因為我們是談得來的朋友，所以我才常常找你聊聊。」

「你應該結婚成家才對。」

「成家？」楊恕自嘲一笑問道：

「年齡過了誰要我？再說，我也沒有錢。」

「我知道你的收入不錯，你的錢呢？」

楊恕怵然一驚，也不由自問道：

「真的，錢呢？」

楊恕對錢財處理十分浪漫，朋友有急用，他是一千兩千給，遇到行乞化緣的方外人士，他再沒錢也給五十塊。他認為自己吃飽了也該同情別人肚子餓。至於化緣修廟建寺，雖非儒家那種「人溺己溺、人飢己飢」的大同襟懷，能夠多修幾座寺廟，廣收信徒，人人向善，也能減少社會許多見財起貪心、見色興淫意的不良情事發生。每月看報，他只要看到鰥寡孤獨無依無靠的情事時，他就會五百一千的把款匯去，錢不多愛心卻濃，要是人人多給別人一分關懷和愛意，這個社會絕對可以減少許多冷酷無情的事情而造成人心的擾攘不安。

楊恕每月劃定兩千元的慈善救濟金，用不完專賬積存，用完了，遇到需要他作表示時，他只有抱歉的說：

「對不起，這個月我沒錢了，下個月發薪時我再給你表示表示吧！」

楊恕天性仁善。絕非那種存心行善者求福，修來生。他不十分相信報應，佛家的說法他只是姑妄聽之而已，因為他擁有這分高貴的同情心，所以他的錢就像長渠滲水一路滲透光，等渠尾禾需要水源溉育時，水渠無可奈何的抱歉說：「對不起，我沒有水。」

春節前發雙薪，厚厚一把千元大鈔四萬多近五萬，辦年貨支用不到五千元就把冰箱和廚櫃塞滿，剩下三萬多，扣除二月份的伙食支用，還有一疊鈔票，當他想到孤兒院那些孩子在院長褓姆們百般張羅下才能過一個寒酸的春節，他告訴自己：「我為什麼不分點愛心給他們？」

前幾年的春節獎金他分別匯給羅東、礁溪……幾個私立育幼院。這一次他匯一萬元去屏東某山地鄉的一所孤兒院，錢數不多，總能讓院童們添購一些東西，讓院長舒展額頭一道皺紋。

楊恕的錢就是這樣細支分流散光了。

幾年相處，鄒春景瞭解他的為人，既感喟復敬重的嘆道：「只有你這個傻得可愛可敬的人才會這樣做。」

「生不帶來，死不帶去，何苦把金錢抓得那樣緊呢？」

鄢春景把手指頭戳在他的額角說：

「幸好你沒結婚，要是結婚，你不把老婆活活餓死才怪哩！」

＊　＊　＊

王靜坡有了老相好，衣凡中不在家，這頓悶酒喝得真夠百無聊賴，楊恕忽然想到鄢春景，他告訴自己：「何不給她撥通電話，也許她也正想找個人聊聊天。」

電話撥通後，對方懶懶的問「誰呀？」接著是個長長的哈欠。

楊恕欣然的問道：「春景，我是楊恕，有空沒有？我們喝杯酒好不好？」

「現在幾點鐘了？你還要喝酒，發神經？」

「不到十二點，還早嘛！要不要一塊聊聊？是我去你那兒？還是你來我這裏？」

電話那頭猶豫不語，楊恕鼓勵的說：「兩個異鄉飄泊的心靈，一塊喝酒聊天，可以解愁，亦可互相鼓舞。春景，你趕快作決定。」

那廂回話說：「我去你那兒。」

楊恕重新增添火鍋菜蔬，再把臘物炒熟，添副杯筷，不一刻，對街而居的鄢春景翩然而來了。

寒流過境，臺北氣溫入晚後下降到八度。鄢春景著一襲紅色洋裝，上披黑呢大衣，兩種強烈色彩的對比，構成她一分特殊風韻。她像一團火，前足剛踏進門時，就使楊恕心頭感到無比溫暖。

「天寒地凍，喝杯酒好暖和，今天晚上你沒出去？」

「出去還會來你這兒？有什麼好菜？」鄢春景揭開火鍋蓋，蒸騰的熱氣撲在她粉嫩的臉上，讓她也分享到一份家的溫馨。多年迎生送熟的不正常生涯，使她感到十分厭倦，嫁人嘛？總因為自己曾經有那一段汙濁歷史，男人望而卻步；不嫁嘛！未來的漫長歲月，獨個兒顛躓前進，也夠孤獨淒涼的。

楊恕替她斟上酒，鄢春景卻從手提包中拿出一隻紙包攤開來說：

「這是我滷的牛腱和大腸，你試試，味道不錯。」

楊恕嚐一塊滷牛腱，再吃一節大腸，瞇起眼睛，不由有幾分感喟的說：「可惜我沒有福分常常享受。」楊恕的話裏有話。

「你現在不是正在享受嗎？」鄢春景不由怦然心動，內心中多少有些感觸。

「春景，我敬你，你是我多年談得來的朋友之一，今天，我要奉勸你一句話，你別罵我酒醉失言，你應該找個對象結婚，在那種生活環境不是長久之計。」

「我知道，結婚那有這般容易，又不是去市場買青菜，想什麼就揀什麼。」

「不要挑撿得太厲害，合得來最要緊。」

「誰合得來呢？我認為合得來的，人家沒意思；別人認為我合得來，不是流氓就是混混，想的是人財兩得。前半生我被迫走錯了路，後半生我不能不謹慎小心一點，再走錯一步，我靠什麼過日子？」

「春景，我有一位朋友，五十剛出頭，公務員，月薪兩萬多，人品好，學識好，最重要的是他心地善良，唯一的缺點，就是晚餐中一定要喝一杯。」

鄢春景笑盈盈睨著他接腔說：「每年春節發的年終獎金他都要寄一部份給育幼院；而且，每月固定有兩千元的慈善救濟金預算；愛喝兩杯，但從來不曾酗酒鬧事過。你說是不是？」

「對，就是他。」

「楊恕，你的那位朋友是認真還是開玩笑？」

「認真，絕對認真，他認為你是他的紅塵知己，他早就有這種想法，但不敢啟齒，怕你給他釘子碰。」

「他不嫌我以前的人生旅途走得坎坷而髒穢嗎？」

「不，他認為你是被迫，而且對家庭作了極大的犧牲和奉獻，生活雖然不正常，但心靈是善良而高尚的。」

鄢春景不由感動得淚盈於睫，他衡量一下楊恕的德行，覺得可以委託終身。再說，自己已屆晚景，再不找個歸宿，一旦色衰年暮，獨嚐淒涼，那就夠痛楚了。於是，她由手上取下一隻翡翠金戒指交給楊恕說：

「楊恕，請妳把這個交給他，只要他的情感和心意是真誠的，我願意與他廝守終生。」

楊恕料不到她的反應如此快速，他趕忙將金戒指戴上手指，自床頭櫃的暗屜中找出一條八錢重金項鍊替鄢春景戴上說：

「春景，讓我們兩人共同創造美好的明天。」

接著四臂交擁，兩顆飄泊的靈魂在熱吻中融為一體。

臨別時，楊恕要求鄢春景留下來，鄢春景容顏辭婉地回絕了，她說：

「楊恕，過去，我們之間純粹是種交易行為，你要，我不敢不給。現在，我有未婚夫了，自今天開始，我要把以前的生活方式全都修正過來，準備做位從一而終的好太太。楊恕，人生難得遇上一位紅塵知己，等我們結婚了，一切都是你的。」

楊恕緊握著鄢春景的手說：「春景，你一定是位好太太。」

「會，我絕對有信心做位好太太，十多年的不正常生活我已感到相當疲倦。我像一條船，極端需要找處安靜的港灣泊下來。」

楊恕伴送鄢春景回對街公寓，兩個人手牽著手，彼此的心靈不再空虛寂寞，像兩團熊熊烈火在生命的竅穴中熾烈的燃燒著。

家

他很想有一個孩子。

他只要看見孩子們無邪的笑靨、稚真與快樂的表情，他的內心就像陰霾已久的蒼穹！突然現出亮麗的陽光，澄明而開朗。

他是自童年歲月中走過來的中年人，他深切瞭解一個孩子會給這個世界帶來多麼深沉的歡笑和純真。

他有條件成家，尤其是物質條件，他有房子有存款；每次走進自家宅第，那分雅致的氣氛，使他一天工作疲勞立刻滌除淨盡；可惜，隨之而來的便是無邊寂寞包圍著他。假如有位女主人張開雙臂迎接他，一杯清茶，幾句安慰話，一抹淡淡的微笑，雅致加上溫馨，整幢房子便充實多了。

很遺憾，他卻缺少這些。豐富的物質條件，對他來說又能具有多大意義呢？

不是他不想結婚，而是怕毀了一個女人的終生幸福。

婚姻不能單靠豐富的物質條件來維繫，必須還有一道精神生活作護堤；不能單靠兩顆心靈的相知相契，還需要像漢朝畫眉的張敞回答漢武帝所說：「夫妻之樂，有勝於畫眉者」來作潤澤。

他失去了一項婚姻最基本的條件，所以，年齡已然邁進四十五大關，依舊是孤家寡人一個。

都怪自己太大意。當北迴鐵路開鑿最後一座隧道時，他負責開鑿工程，為了超前竣工，由於體力疲勞和精神焦慮，在一次爬上工作架時，一腳踩空，整個身子就像滾石般跌落在地面。頭一瞬間他還清醒，迨後，他只感到下體劇烈的疼痛，接著便昏迷不醒了，直到睜開眼睛後，只看到滿室瀰漫著慘白，他知道這是醫院。

護士小姐一瞧他已清醒，匆忙走過去問：

「何先生，你要不要喝點水？有什麼感覺？」

他只感到下體像針扎般痛楚，自紗布一層層裹著，用手一摸，潮濕滑膩，一股血腥味刺鼻難聞。

此時，黃工程師跟醫師同時跨進病房。黃工程師匆遽的奔向床榻，緊握住他的手說：

「小何，謝天謝地，你總算醒過來了。」

「我究竟怎麼樣？怎麼會痛得這樣厲害？」

「受傷了，當然會痛。」

他的傷勢，大家都避免告訴他，直捱到第三天換藥，他才知道他已失去男人的條件。他可以活得健康，但絕對活得不會快樂。

頭幾年，他非常沮喪，以後，他從知識中豐富自己，尋找慰藉，他終於頓悟一個人活得快不快樂的主動權，完全掌握在自己手裏，客觀條件的因素影響並不大。兩性間的靈肉結合固然是美滿人生的基本需要，若是把人生境界提昇一層，就事論事，那個並不十分重要。於是！他漸次豁達，豁達得度過了二十年的單身日子。

現在，他唯一的希望就是只要一個孩子。

幾乎有三分之二的朋友持反對意見，認為一個大男人養孩子，等於父兼母職，忙裏忙外，偏枯偏榮，對孩子心靈會造成缺失；一旦孩子向歧路發展，不僅不會從孩子的成長中獲得快樂，反而會平添不少煩惱，何苦呢！

只有王傑百分之百贊同，他說：

「炳煌，你這個想法，只有我瞭解，他們反對你？那是孤老思想。我太太沒生阿毛以前，我們夫婦成天大眼瞪小眼；新婚時朝夕膩在一塊，倒還滿羅曼蒂克；久了，好煩。阿毛生下來後，我們家好像增添一隻康樂箱，他笑我們也笑，他咿咿呀呀學講話，我們就有一種聆聽世界最美的樂章那分感受，好樂。」

「誰願割愛一個孩子給我這個孤家寡人呢？」炳煌沮喪的搖頭嘆氣。

「機會是有，只怕你不同意。」

「我想孩子都想瘋了，怎麼可能不同意呢？」炳煌焦急的表達自己。「王傑，孩子多大了？是不是兒女多才送人？」

「不是。」王傑堅定的搖頭。「頭一胎，唯一的條件她要和你結婚。」

炳煌的臉色突然垮下來。「王傑？你開什麼玩笑？我能結婚嗎？」

王傑淡淡的笑說：

「我瞭解。她結婚，只是要為孩子找位名正言順的父親。」

炳煌斂眉沉思俄頃，他好像突然醒悟似的一拍大腿站起身說：

「孩子還在肚子裏？」

「你說對了。」

「怎麼來的？」

「被強暴呀！」

「禽獸不如的東西，去找他算賬呀！」炳煌血脈賁張，有一種如同身受的痛恨。

「夜黑風高，臉模都看不清楚。那個狗東西，一完事就上山跑了，影子都找不到，你找誰算賬去？」

「人心怎會這樣壞呢？」炳煌喟嘆著問：「她是你什麼人？」

「我同學的姐姐。」

「王傑，我沒有結婚條件，她可以去找別人。」

「誰願意撿個現成爸爸做。」

「我——？」何炳煌有些猶豫。

「你要孩子，就只有做爸爸，要不然，你沒有太太，孤兒院也不會同意你領養。」

「我會誤了她的一生。」

「誰會跟你一輩子？這只是為孩子有個父親所採取的權宜之計，等孩子生下來後，借個『我倆意見不合，難以百年偕老』——離婚。你以為她會擔一個虛名，跟你一輩子？」

「王傑，我同意，希望你全力促成這樁事，我會給她一筆錢。」

「錢不重要，只要你好好愛孩子就行。」

「我是他父親，我不愛他誰愛他？」

炳煌開朗的笑著，好像他眼面前就站著一位像牡丹盛開一樣的孩子，多嬌媚艷麗，憨態醉人。

＊　＊　＊

王傑踽踽走在鄉間的牛車道上，路兩邊甘蔗搖曳生風，窸窸窣窣的聲音，在王傑的聽覺裏，那不是情人的喁喁細語，而是天地憤怒的咀咒。

前面那座蒼鬱的高山，在夜色籠罩之下，已失去白晝的蔥翠和媚人，它像一隻猙獰的猛獸，張牙舞爪，隨時企圖把人吞噬掉。

生長在這種靜寂而又帶幾分恐怖的環境裏，一到夜晚就覺陰森慑人，怪不得歹徒會肆無忌憚地發洩他的獸慾，可憐的是一個無辜的女孩遭受到無情的摧殘，讓她感到這人世間多麼荒唐無恥。

狗「汪汪」地吠著。狗呀！你現在知道狂吠，當你的女主人遭受蹂躪那片刻，你躲往那兒去了？你不會撲殺他？攫嚙他？把女主人拯救出來，讓她心身免受創傷，永遠保持純潔無瑕嗎？

王傑常來米家，老黑狗對他非常熟悉，他只輕輕喝斥一聲，老黑狗便噤聲不叫，反而熱絡地朝他搖尾巴。

米伯伯站在廊簷底下問：「誰呀？」

「米伯伯，我是王傑。」

「王傑，天這麼黑，你也來了。」

「散步嗎！免得肚皮愈長愈肥。」

走進客廳，米伯母沏上茶，閒聊片刻，王傑忽然發覺米聰智不在？他好奇的問：

「伯母，聰智呢？」

「帶他姊姊檢查去了。」

「聰智工作那樣忙，晚上應該早點休息。」

「我知道，白天又不方便去檢查，一個沒出嫁的小姐懷了孕，唉！怎麼好說呢？」

王傑領會得米家父母內心那分酸楚。

「伯父，伯母，關於米姐的事，我找到一位對象，他是我的同事，人品很好，也有積蓄，而且，他很喜歡孩子。」

「多大年紀？」米伯母迫不及待問。

「四十五歲。」

「比娟芬大十五歲，還勉強。」

「不過……。」王傑囁嚅著不敢往下說。

「不過什麼？」米老夫婦同時瞪住他問。

王傑被逼得沒有迴旋餘地，只有照實說了。

「這是關係娟芬一生幸福的事。」米伯母是過來人，她瞭解那分痛苦有多深。「這個不合適，我們做父母的沒把女兒照顯好，已經夠內疚的，再毀了她後半生，怎麼對得起女兒。」

米伯伯沉吟不語，良久，才斬釘截鐵的說：「先把孩子生下來再說！以後的事以後辦。」

「米伯伯，對方只要孩子，他不反對將來分手。」王傑怕米伯父多疑慮，趕忙補充著說。他更擔心何炳煌一旦失去這個機會，就再也不能獲償他的心願。

米伯伯非常鄭重的點著頭說：「王傑，我同意了，一切拜託你啦！希望你考慮到娟芬的將來，讓她可以隨時分手再嫁。」

「米伯伯，你放心，米姐絕對有權自由選擇，對方不會反對。」

＊　＊　＊

何炳煌跟米娟芬的婚事在地方法院簡單隆重的完成了。

何炳煌的殘缺，除了少數知己的朋友知道底蘊外，其他人都以為他是擇偶條件嚴格才耽誤了青春，現在，既已結婚成家，有些人為他寄上祝福，有些朋友則不免為他緊捏一把汗。

「炳煌，你們夫婦是柏拉圖的門徒嗎？只重視精神生活。」尤其是張千德更為炳煌提心吊膽，就像端節看龍舟競賽——船上人不急，岸上人敲壞一枝傘把。

「我已經跟她父母有過溝通。」

「怎麼溝通？」

「我做孩子的爸爸，讓她不要擔個壞名聲。她為了自己的幸福，隨時可以和我分手。」

「沒有附帶任何條件？」張千德不信任的追問。

「沒有。千德，她送個孩子給我，對我只有恩情，我還有什麼條件。」

「我是說對方。」

「也只有一個條件——隨時分手。」

張千德這才放心的點點頭。

「也好，總算可以享受一段時日家的溫馨，對雙方都有益無害。」

家，果然充滿著溫暖和摯愛，給炳煌一份奇異而充實的感覺。每日下班回家，娟芬展開一張親切的笑臉迎接他；茶几上的鮮花，艷紅媚綠，充盈著無邊生意；熱氣騰騰的飯菜，總是待炳煌坐上桌後適時地展現，讓他吃得津津有味。

炳煌活得很快樂，也活得很痛苦。

當他享受到家的溫煦和妻子無微不至的體貼時，他感到很快樂；當他想到隨時可能要失去娟芬時，他就感到痛苦，一種永遠無法排拒的痛苦。

也許，將來可能由孩子無邪的笑靨裏獲得補償，但失去一位由陌生而漸次熟悉瞭解的妻子，畢竟是項極大的缺憾。

每想到這兒，他就忍不住要長喟一聲，以減輕內心的壓力。

這聲長喟卻給娟芬的心靈帶來強烈的震撼。她羞怯地看一眼丈夫，忍不住背著臉抹淚。

炳煌一瞧她這副神情，趕忙奔過去輕擁著她說：

「娟芬，妳哭什麼？是我對妳不好嗎？胎教最重要，妳要爽朗快樂，給孩子造成一個快樂的一生。」

「炳煌，我對不起你。」

「妳有什麼對不起我？」炳煌驚訝的問。「妳把家整得條理井然，我一回家就是熱菜熱飯熱茶熱毛巾，我只感到家的溫暖和充實，妳有什麼對不起我？」

娟芬指一指肚裏正在胎動的孩子。

炳煌找到了她的癥結所在，嚴肅的將她轉過身，兩個人面對面正視著。

「娟芬，這不是妳的錯，妳不要內疚，妳自己受了創傷，還要為一個無辜的生命忍受親朋好友的鄙視和內心不斷的譴責，這很不公平。對我來說，我除了更尊敬妳以外，我更愛妳。」

「炳煌，謝謝你接納我，寬恕我。」

「我們是二十世紀人，頭腦不能冬烘，耶穌為了愛世人而心甘情願釘上十字架，墨子摩頂放踵，大禹人溺己溺，人飢己飢，孔子仁愛為懷，我們為什麼不能把愛的詮釋擴大些，而狹窄得僅僅限於自己的兒女呢？」

娟芬像一隻溫馴的小貓，她的淚光中摻和著笑意，她了然炳煌的心地有多廣大和澄明。她仰起頭嬌憨的問：

「剛才你為什麼要嘆氣？」

「我怕妳離開我。」

「怎麼可能呢？我們結婚是夫妻，你真傻，這是杞人憂天嘛！」

「娟芬，爸媽跟妳提過我的事沒有？」

「什麼事？他們說你很好。」

炳煌強忍著快自胸臆衝瀉而出的喟嘆說：「我就是擔心這點。」

「擔心什麼嘛！你真是。」

炳煌淡淡一笑，他不再說什麼。顧左右而言他。

＊　＊　＊

娟芬痛苦的掙扎在產檯上，每一聲嘶喊，就像撕裂著炳煌的心靈，他緊抓住門框熱烈而虔誠的祈禱：

「萬靈的上帝，求您保佑娟芬趕快生下來，不要讓她再受煎熬。」

娟芬難產，產科大夫用盡多少方法，都無法讓胎兒順利生下來，最後只有推上手術檯——剖腹生產。

孩子雖然順利地取了出來，由於手術時失血過多，娟芬又陷入另一場生死搏鬥裏。

夜深人靜，血庫人員都已回家，連值班人員也不知溜去那兒？護士小姐四處搖電話，都找不到人，情況危急，炳煌不管自己的身體素來贏弱，一再央求大夫，終於給娟芬輸了一千西西鮮血，把她從蒼白虛脫的境況中挽救回來。

第二天，他凝視妻子紅潤的臉龐問：

「娟芬，頭暈不暈？傷口痛嗎？」

娟芬微笑的搖搖頭，聲音微弱的說：

「炳煌，謝謝你給我輸血，你的體質本來就弱，不應該不考慮自己的健康。」愛的埋怨中充滿了關切和多情。

「娟芬，就算是一個陌生人，在那種情況下，我也會毫不考慮的要輸血，何況妳是我最親愛的妻子。」

娟芬的內心像是一泓暖流淌過，滋潤而溫暖。她慶幸自己終於找到一位豁達而又充滿愛心的丈夫。

「你要好好補一下，炳煌，這些日子我不能照顧你，你要好好照顧自己。」

「我會，煮東西我都是雙料，妳一份，我一份。」

娟芬寬慰地點點頭。

「孩子你看見沒有？」嘴角露出一抹母親驕傲的笑意。

一提到孩子，炳煌興致就來了，他誇張的說：

「我剛才還隔著玻璃看了好久，這小子睡得好甜，居然還講夢話喊『爸爸』哩！」

娟芬被她逗笑了，輕瞪他一眼呵責他：

「你就是會胡扯，這個孽障害慘了我……。」

炳煌趕忙用手摀往娟芬的嘴巴，俯近她耳朵輕聲細語說：

「娟芬，妳無辜，孩子更無辜，我們要全心全力養育他、教養他，讓他成為國家社會有用的人才。一個人成不成材，不關先天遺傳，完全看後天環境對他的影響怎麼樣？他有權利健康快樂的活著，有權利享受父母的關懷和愛，我們有責任有義務給他這些。娟芬，妳要做心理建設，忘掉不愉快的過去，她是我們的兒子，我們要共同建設快樂的未來，妳懂嗎？」

娟芬眼眶溢滿了淚水，她認真的點頭。她的丈夫從耶穌那兒接受愛的啟迪，再以愛包容一切，化解一切，娟芬對他是既感激又尊敬。然後向他嫵媚一笑。

娟芬的笑意，像是枯槁多年的花木茁芽綻蕾一樣，炳煌好興奮地拍拍她臉頰讚許她：

「這樣才乖。」

* * *

娟芬一天天健康，炳煌心理上的壓力也就一天比一天沉重，他怕真相揭穿，娟芬便會拂袖而去。

情感的滋長，就像花木逢春，自然而鬱勃。他們的結合，最初固然是遷就事實，經過半年多的共同生活，彼此發覺對方的心靈都是同一音級的紘，這方彈奏，那廂自然如響斯應，觀念、處世態度、生活方式，……幾乎百分之百接近。

過去，娟芬懷孕，彼此都避免身體上的接觸，現在，娟芬像一朵飽經雨露而又盛放的花朵，嬌媚而美艷，充滿了野性的芳香。

炳煌不是不想絕對擁有娟芬，只恨自己男性的條件不夠充沛；他不是沒有那分旖旎的想望，而是他怕一旦讓娟芬徹底認清楚以後，會帶給她無法排遣的打擊和痛苦，提早分手的日子到來。

春天，本就春風撩人，春花挑情。晚上，娟芬浴罷出來，裹一襲絲質睡袍，那豐滿的胴體，充分呈現一位少婦的成熟美；當她斜躺在床上，朦朧的燈光，襯托她愈益春情洋溢，使炳煌癡想到她就是出浴的貴妃，掌舞的飛燕，他一時情不自禁，猛撲過去緊緊抱著妻子。

炳煌這一突如其來的動作，使娟芬一時毫無心理準備，她記憶的儲藏室裏立刻浮現那夜被強暴的鏡頭，他持著刀，面目猙獰的逼她就範。一陣驚慌，她本能的從床角退縮，臉色蒼白，四肢顫慄，而且愈抖愈兇，語不成音的喊：

「你，你——請你饒了我，先生……。」

炳煌想不到會給娟芬帶這般驚嚇，他趕忙把她輕摟住，柔音的安慰她說：

「娟芬，我是炳煌，妳看看我，我是炳煌。」她仍然抖得厲害，額角沁出點點汗珠。這樣過了一刻鐘功夫，娟芬才恢復平靜。她哽咽的說：「炳煌，你為什麼要這樣子？」

「對不起。」炳煌歉疚的把她服侍睡下，自己躺在娟芬身邊，輕拍著她說：「我把妳嚇著了。」

娟芬待精神恢復平靜後才把她的整個思慮道了出來。

「炳煌，我很抱歉，我相信我不能給你帶來快樂。我知道，夫婦間不能單靠柏拉圖式的精神生活來維繫情感，必須還有其他一些事情，可是，我怕，我一想起那次痛苦的經驗我就全身發抖。生產後，我決心要整個給你，但卻不能，我幾乎不能觸及那個問題。我偷偷去看過心理醫生，這個心結我一直無法解開。炳煌，我怕我不能盡到一個妻子的責任，假如你需要，你就去外面，你如果對我不滿意，我可以走路，我不希望給你帶來痛苦。」

炳煌把她輕摟在懷裏，娓娓道出一個失去男性條件的悲涼故事，然後握住她的手往下體一探說：

「那個故事的主角就是我。」

娟芬措手不及，待她觸摸到丈夫那具體而微的男性象徵時，她驚嚇得縮回手尖叫一聲喊：

「炳煌……」接著她抽抽噎噎哭了。

炳煌料不到娟芬是這樣一種激烈反應，他以為她會很平靜的接受這項事實。炳煌的自尊心受到貶損，他像一隻冠正翎颺的公雞，突然被打敗了，再也沒有男性的尊嚴和自信，他爬起身，輕拍一下睡在床裏的娟芬，無言的走出寢室。

家快要破落，溫馨的愛再也難以為繼了，不要傷了娟芬，毀了她的一生，讓她去享有她應有的一切。

＊　＊　＊

第二天，炳煌上班後，娟芬在飯廳桌上讀到丈夫留給她的一封信：

「娟芬，我非常抱歉，我不能讓妳過正常幸福的夫妻生活，我怕失去妳，卻不能自私的霸佔妳。婚前，我曾與妳父母有過口頭約定——妳隨時可以離開我，只要孩子留下來；我不曉得妳父母有沒有把我的真相告訴妳，以致給妳帶來這樣重大的驚嚇和打擊。妳是兒子的母親，妳有權決定他的去留，娟芬，只要妳願意，兒子妳也可以一塊帶走……再見，祝福妳，以後，當我踏進家門，獨個兒啃蝕這滿屋子的寂寞時，我仍然會，而且永遠地懷念我們這段溫煦的夫妻生活……。」

娟芬淚流滿面的看完信，把兒子委託鄰居照管，跳上計程車直往炳煌的辦公地點跑。找到炳煌，她一把將他拉出辦公室說：

「我有件急事要跟你商量，我們去外面談。」

炳煌面無表情的跟隨她走到一處僻靜地，她反問道：

「炳煌，你要攆我走？」

炳煌搖頭。「我沒有這個意思。」

「那你為什麼要寫這封信？」

「我怕誤了妳的青春。」

「炳煌，你不瞭解我。那個混蛋毀了我的名節，你還想毀了我的後半生幸福嗎？我們結婚後，我正慶幸我找到一位可以共苦樂的終身伴侶，你卻誤認我對那樁事這麼看重，炳煌，這社會也許有人非常重視情慾的生活，我不是這樣看法，我以為我們可以昇華慾望，照樣過夫妻互諒互愛的家庭生活。總之一句話，炳煌，我永遠不離開你。」

炳煌不相信這則故事是這樣一種結局，他不信任的問：「真的？」

「真的，絕對是真的。炳煌，我們夫妻有兩個不同的故事，但卻是相同的痛苦，我們要彼此珍愛，愈加互相關注，不能把建好的家共同把它毀了。我以前學過繪畫，以後，我要把精力分注部分放到繪畫上去，讓我們慾望昇華後，永遠是一對恩愛的夫妻。」

炳煌被感動得熱淚潸然，喃喃地說：

「娟芬，妳真好，我好幸福。」

「炳煌，你更好，你接納了我，我不但幸福而且幸運。」

夫婦倆極其珍惜這片刻的溫存，緊緊地互擁著……

牛葬

唐厝鑼鼓喧天，吵嚷到黃昏時分結束。

沒多久，由唐厝開出一輛大卡車，卡車上載著阿木家昨日死去的老黃牛，兩個道士搖著鈴鐺，一路唸唸有詞走在卡車前面，阿木坐在水牛身旁矮凳上不停地抹眼淚。

這場面透著有些奇怪。一條老牛死了，用得著請道士唸經超渡嗎？超渡亡魂是在消解死者的罪孽，讓他心安理得去天國；阿木的老黃牛，一輩子默默無言替阿木犁田拉車，辛辛苦苦奉獻，那有什麼罪孽可消解的？阿木這般作法，怎不令人納悶。

卡車載到屋前丘陵地，早有修墳人在那兒掘好墓穴在等待，七八個壯漢，七手八腳把老牛擡下車，阿木一直不住的在旁叮嚀：

「麻煩各位小心點，不要碰傷我家阿牯。」

老牛雖然年邁體衰，而且曾經病魔纏身，有些消瘦，事實上，怎麼消瘦也有七八百斤沉重，大夥兒吵吵嚷嚷才將老牛弄下車，然後擡到墳穴旁，再慢放入四周砌好的的紅磚穴裏。

老道士搖鈴舞劍，沿著墳穴又叫又跳，他叨唸些什麼？誰也聽不真切，反正是安慰阿牯亡魂早日昇天。

「覆土」。老道士一劍上衝，鏗鏘有力的下命令。黃土立刻像濤湧般泛進墳穴裏，沒多久，一堆新墳隆隆展現眼前。

七十五歲的老阿木，這俄頃就像喪偶殤子般哽不成聲。生離死別，人所難堪，他一面燒冥紙，一面喃喃不絕說：

「阿牯，你好好安息，我以後會常來看你。」

人牛之間這分生死訣別的情感，旁觀者或許揣摩不出其中道理來，只有老阿木本人才能感受到有多深厚多沉重。

夕陽沉落西山，天色晦暗，幾聲歸鴉呱呱飛回森林，出殯人群拿得工錢後各自離去。老阿木在兒子媳婦的攙扶下猶自頻頻回首，沉重無力地走回唐厝。

* * *

晚餐後，天氣漸趨涼爽，風越過山崗和田野，吹在身上，帶有一股涼適的泥土芬芳。

大家坐在大榕樹下談論老阿木為阿牯唸經超渡的事，有人罵他錢作祟；有人罵他行為詭異，多少有點神經質；有人替他解釋阿牯跟老阿木相處幾十年歲月，雖說人獸有別，但他們之間的情感，像朋友也像兄弟般誠摯篤厚，如今幽明異路，老阿木是位重情感的農夫，每每想到阿牯一生辛勞，犧牲奉獻，毫無怨尤，眼前這分家業，全是阿牯和他一手掙來的，他不能忘恩負義，所以，只有盡情盡禮幫阿牯辦後事，聊盡一分心意罷了。

老阿木雖然不曾明白向大眾宣告他的心意，阿屯卻能體會得出，因為自阿牯進阿木家的門那天開始，以至於牠死的那天為止，這一本幾十年的老賬，阿屯心裏都一清二楚。

阿木跟阿屯年齡只差三兩歲，他們住同一個村莊，同一塊長大，以前同樣是佃農，而且，常常在毗鄰的農舍各忙各的活計，兩個人一面忙農事，還一面閒聊家務。

阿屯抽完一根長壽煙，幽幽嘆口氣，說：

「阿木的作法一點也不怪異，要是換了你們，眼見阿牯一生那樣辛苦工作，從年頭忙到年尾，不怠工，不發牢騷，把一個破落戶的家撐持得體面風光，臨終給牠唸本經修座墳，絕對應該。」

大家把眼神投向阿屯，等待他再說下去，阿屯沒有多作解釋，只是說：

「阿木今天這分家業，全是阿牯跟他合力賺來的……。」

阿屯劃燃火柴點著煙，一股勁吧唧吧唧吸著。阿屯是長輩，他不再發表高論，誰也不敢多問一句話，大家眼看他拋掉煙蒂，起身離去，這才另找話題閒磕牙。

阿屯走到另處偏僻榕根坐下來，他不由想到他跟阿木的一生，好像是一章歷史，一頁頁翻過，仍然是那樣鮮活清晰。

* * *

年輕時，兩個人忙完一天活計便去榕樹下坐著納涼，蚊子不分貧富，老像轟炸機般論番進攻，阿屯阿木一面聊天一面兩手不停的趕拍蚊子。

陣陣夜風吹在身上非常涼適，而且還帶一分農作物的清新。

沒多久，阿屯嫂點燃一隻草把送來，濃煙蒸熏，蚊蟲被逼不得不悄悄退卻。兩個人多了一分閒空，話興也就濃了。

那時候，剛剛是耕者有其田政策實施之後，阿屯、阿木都獲得整三十畝農地。過去當佃農，一年兩季收成，地主收走二分之一強。現在耕地屬於自己，一年如以兩季收成計算，冬季種雜作不算，足足可以收到兩萬多斤乾穀。兩個由年年向地主納租交穀的佃農，驟然變成自耕自種自收自享的自耕農，心內充滿了喜悅和感激，工作上的幹勁，也像熱火朝天般燒得劈劈啪啪響。

農地雖然屬於自己，但莊稼不是野草，不須撒種培育便是滿田蔥茂。農地也有個性，你伺候得週到細密，作物便會暢茂豐收。伺候不夠禮數，先就有一肚皮委屈，作物到了開花抽穗結實時，也就官樣文章般搪塞一下了事。

阿木、阿屯是兩位經驗豐富的農夫，他們對農田照拂得就像對待新婚妻子般體貼週到。因之，農田報答他們的也就是格外的豐收。

第一期稻穀收完後，繳完應給地主的土地轉讓穀後，剩餘的稻穀足夠一家九個月的糧食，不必像往年當佃農時節成年累月看著米缸發愁。

現在，他們兩個發愁的不是糧食，而是缺少一條壯實勤勞的耕牛。

談到牛隻，價錢可不便宜，成年牛少說也要二十擔乾穀，二十擔穀子佔了半個倉囷。牛犢子，再不濟也要七八擔。

兩個人扯東話西，最後得出一項結論，從長遠著眼，先買小牛犢，經過三幾年飼養，再教以耕作技術，就可充當大用。

「阿屯，方村大福家有兩條小黃牛待賣。」

「需要多少錢？」

「價錢我不清楚，我們先去打聽一下，怎麼樣？」

「你有買牛的錢？」

「沒有。」阿木搖頭。「我想賣穀子，牛很重要。」

「我知道。我家三弟今年娶媳婦，要花一大筆錢，我沒法子把錢湊出來。」

「牛一定要買，如果你真打算買，我先把穀子借給你，等明年你再還我。」

「你家的糧食呢？不吃啦？」

「第二期穀子收成後，扣除一切支用，剩下的吃不完，就算有些不夠，搭些雜糧也能對付，你記不記得我們日據期間吃番薯簽的日子？還不是照樣熬過來了。」

兩個人心有靈犀一點通，一經決定，第二天就把兩條兩歲大的黃牛各自牽回家。

* * *

阿木把全部希望，全部熱情投注在牛身上。

農忙時，他把小牛釘在曠地草坪裏，讓牠自由嚙嚼，一個小時換處地方，每天把牛餵得肚皮兩邊鼓脹；夏天，田埂上的草幼嫩豐盈，又肥又壯，黃昏時分，他就牽著小牛在田埂上牧養。小牛頑皮，時不時把舌頭捲向稻子，一截青苗便被牠貪婪地捲走半截。阿木不忍心責罵牠，只是按著牛鼻圈，指著矮掉半截禾苗教導牠說：

「阿牯，這是禾苗，將來要結穀子長糧食的，你不能吃，你只能吃草，懂不懂？以後不准偷吃禾苗。」

阿牯好像有些通人性，牠定定的瞪住阿木像在凝神諦聽。

秋天，曠地裏的莽草仍然蠢動蓬勃，綠意盎然，剛收割的稻根也生長著二禾，阿木不是把阿牯趕去曠地放牧，就是自己割二禾餵牠。

冬天，天氣較為寒冷，阿木想到家家戶戶冬至進補，他就去酒廠買酒糟回家，然後煮米飯細糠餵牠，每夜睡前，用竹筒餵阿牯半桶飼料，既加營養，又添熱量，一直餵到開春農事忙完為止。養得阿牯像吹皮球般腰肥身架大，滿身蠻勁，既魁梧又英銳。

這樣過了三年，阿牯學會了犁田，牠跟阿屯飼養的牛弟相比，一個是器宇不凡，一個是卑怯猥瑣，顯然，阿屯沒有克盡他照顧小牛的責任。

阿木與阿牯之間有默契、有情感，農忙時節，他除了忙著替自家耕種外，時間從容，還出勤替人犁田拉車賺外快。遇到這種節骨眼，他總會好言跟阿牯商量。

「阿牯，你看天色還早，我們幫金水靠後山那塊地犁好，賺幾個外快回來。不多，只四分多五分不到。我知道你辛苦，但是我們現在都年輕，多賺些錢年老才好享福。像你這副體格，一天多幹個把時辰活，你也不在乎，你說是不是？我說過，我家阿牯就是不含糊。」

阿牯沒理他，只管捲嚼路邊青草，等阿木扛起犁頭牽牠走時，也就默默無言跟著去了。

那時節，阿木只不過三十來歲，身體壯得可與阿牯媲美，渾身都是勁；一人一牛，成天忙個不停，家道自是日漸富康，孩子也一個個接著出生，吃、穿、養、教，樣樣非錢莫辦。阿木是個負責的丈夫和父親，為了讓家人有處安適的環境和富裕的生活，他除了把農地伺候得週到細密外，閒下來就趕牛車替人拉砂石搬糧食。

第四個五年經濟計劃完成後，民間工業邁進一個新紀元，外銷業績成直線上升；美援停止，我們靠自己的力量開拓自己的前程，我們不再是個幼弱的嬰兒，而是令全世界人士刮目相看的小巨人。接著，建築事業追著經濟起飛而起飛，阿木的牛車成了賺錢的有力工具，他替人拉磚瓦、運砂石，一把一把鈔票賺回家。他感激阿牯盡全力幫助他，每天晚上，常常起來一兩次替阿牯添飼料，他怕阿牯的體力不夠，總把炒黃豆磨成粉拌鍘好的青草餵養牠，隔一兩天還強迫牠吃細糠煮米飯。

那幾年，阿木跟阿牯合力把幾個孩子自小學送到中學，再一個個送進大學。阿牯不說話，不怨尤，牠只知道工作為阿木賺錢，牠是阿木家的大功臣。

* * *

六十多歲年紀的阿木，就把肩上的擔子卸下來。他家大兒子坤堂大學畢業創建一家飼料工廠，由於飼養事業發達而賺了大錢。二兒子坤榮農專畢業便以學術本位把農田改種水果和花卉。當時，他就看到多年後的生活發展，預估由於社會經濟繁榮，家庭收入增加，國民不再只求物質生活的豐裕，而且要求生活品質上的提昇。諸如旅遊、康樂、家庭居住環境改善等，因之，花卉水果需求量激增，那是必然的情形。坤榮的預估，果然應驗，他的農業經營，又替阿木賺進不少錢。

阿木有了兩個得力兒子，他幾乎變成無所事事。

自從工作量大效力強的農耕機代替阿秥的工作後；阿秥也變得閒散無事。

三十年來，阿木跟阿秥為了家庭兒女，幾乎付出了雙倍的勞力和精神，如今家庭生活大幅度改善，而且薄有資產，他們有理由光榮退休，頤養天年。

阿木閒來無事，仍難忘懷他的耕稼工作，不時去花圃果園幫兒子忙這忙那。可是，今日種植花卉培育果園，全是採用科學方法，五十分經營，可以收到百分效果。阿木看農曆天候的舊式耕作技術，不大能派上用場，兒子既不好掃老爸的興，又怕老爸搞砸他的一貫工作章法，所以，總是婉言勸慰阿木說：

「爸，你牽阿秥去吃草，這兒有我就夠了。」

「我閒著無聊，幫你一些，一則不必叫你太累，再則我也可以活動活動筋骨。」

「我年輕，我吃得了苦，這點活計算不了什麼。」

「我也不老，也還可以幹。」

坤榮無法用委婉言辭說服他父親，只有直截了當說：

「爸，我養花種水果全是採用科學方法，什麼時候澆水？什麼時候開燈？關燈多久？都有一定的規定，你來幫忙，常常把我的工作程式搞亂了，比如肥料的比例配得不夠，或者施多施少，都會影響花卉和水果的成長和收成。所以，爸爸來看看可以，千萬拜託不要動手。」

阿木懊悔的問：

「那我不是變成一個廢物，什麼都不能幹了。」

「爸去陪阿牯，帶阿牯去吃草，阿牯最需要爸爸。」

兒女大了，他們有他們的工作天地和方法，他插不上手，幫不了忙；老伴成天忙著她的孫兒女；只有阿牯陪他，聽他嘮叨，需要他照顧。

一早起，老阿木牽阿牯出去，晚上再牽回家，每天有一半的時間跟阿牯相處，幾十年的勤苦耕耘，阿牯不再像當年那樣雄姿英發，驃悍結實，歲月磨蝕了牠的丰采，削減了牠的健康，牠步履迂緩，嚙嚼無力，對生命似乎有些倦怠。老阿木想起當年阿牯犁田拉車的精神歲月，自己也不由覺得歲月無情，老境已至。他忍不住拍著牠的背脊說：

「阿牯，歲月不饒人，你我都老了。」

阿牯沒答理他，仍然慣常地緩慢嚼著青草。

主僕倆雖然不能用言語溝通心聲，數十年相處，心靈交感，任何一個動作，都能令對方瞭解意向和行動目標。

牽阿牯外出散步吃草，是老阿木精神上一大享受，他可以跟阿牯聊天、哼戲、訴說，像兩位龍鍾老友，彼此鼓勵，互相安慰，互相依賴和支援。

很不幸，由於阿牯年輕時付出太多，加之年華老去，生命的光輝日漸黯淡，而終於病倒，老阿木一見阿牯食量日減，體力消瘦，行動蹣跚無力，內心像刀絞鋸裂般劇痛，他到處找獸醫診治；自己守著牠，照顧牠，精神上為牠分擔痛苦，心靈上替老友分擔煎熬，仍然無濟於事。當燈光飄搖於北風撲擊之下終久會告熄滅；當生命掙扎於生死邊緣，死神會毫不憫惻地把牠拉扯過界；醫藥上能減輕病勢而無力挽救死亡。終於阿牯向老主人疲憊無力地望過最後一眼，噙著淚依依不捨地閉上了眼睛。

老阿木的內心像是驟然遭到重擊，銳痛難忍，他哽不成聲，眼淚像驟雨急風下的簷滴，一波波灑了滿身滿地。

處理阿牯善後，成了唐家一大問題，老阿木沒放話，誰也不敢拿主意。倒是憨直的坤榮從經濟觀點提出了他的看法，他說：

「爸，下午阿水叔叔來過，他想把阿牯買去……。」

老阿木一聽此話，有如烈火上澆汽油，氣得直打哆嗦。他知道兒子的意思，無非是想將阿牯剝皮拆骨剖肉，論斤出售。一想到阿牯一生跟他辛勤工作，為家道興旺，家人安康，一人一牛像親手足般盡全力幹活，生前業已榨盡了牠的體力，死後還妄想出售牠的肉，一個稍有人性、情感的人都不會這樣想、這樣做。老阿木想到痛心處，不由熱淚奪眶地指著兒子罵道：

「你這個孽畜，居然說得出這種話來，你們兄妹由小學讀到大學，吃的穿的用的，今天這分家業，這分享受，那一點不是我跟阿牯掙來的，阿牯對我們家有恩，牠剛閉眼睛你們就打主意賣牠的肉，你還有良心沒有？好啦！爸也活不了幾年，等我將來一斷氣，你們也可以把我賣給阿水撈最後幾個錢。」

坤榮被老爸訓得愣在一旁，一口大氣都不敢哼。

「替我請道士，我要唸經超渡牠，阿牯沒有虧待我們唐家，我阿木也要好好安葬牠。」

唐厝整天敲鑼打鼓、鐃鈸喧天，就是這樣來的。

* * *

晚上，阿木跟阿屯在榕樹下碰了頭，第一句話，阿屯就是問牛的事。

「都辦好了？」

兩位老人的心境和語意，就像寫意畫家的畫，筆到意隨，輕描淡寫，點到為止；不需筆濃墨飽，山即是山，水即是水，具象分明。

「我以後還要為阿牯立塊墓碑。」

阿木莊嚴正經的說。

「盡了心就心安，阿牯一生真是盡了力。」

兩個人的對話戛然而止，簡略中卻蘊含無盡的倫理道德意味。

中華文化博大精深，難窺堂奧，從這些地方就可旁經躡迹而能直達堂廡。

燕歸來

玉芳覺得不對勁，一個星期來，她老是覺得有人跟蹤，而且跟蹤她的是位面貌姣好、身材苗條的少婦。每當她腳步放快，她也跟著加緊步伐；她突然回過頭瞪她，她就張皇地閃閃躲躲。玉芳不理解她究竟存有什麼目的？

自己是個平凡家庭主婦，一個公司上班的職業婦女，無錢無地位，謀財害命的可能性不高。自己在臺灣出生長大，思想純正，愛國愛鄉之心強烈，思想絕對沒有問題。交友謹慎，言行守分守法。認識的朋友，不是知識分子就是公務人員，個個規行矩步，絕對牽涉不到間諜或走私販毒勾當。

唯一可能引起覬覦的是自己擁有一張極富青春氣息的面貌，和曲線玲瓏的身材，每天上下班或去超級市場，常常引起男性企圖不良的注視和故意碰撞。但跟蹤她的卻是一位如假包換的女性，她曾注意她小跑時兩隻吊鐘乳房誇張聳動的動作。一位女性絕對不會對自己存有非非之想的侵犯行動，除非是個陰陽人。

想著想著，她突然害怕起來。

工商業社會，道德、人性，都在日漸突變，一切不可能的事都有可能發生，尤其謀殺被保險人詐領人壽保險金的新聞歷歷如昨。她的跟蹤莫非意圖不良？也與人壽保險有關？一陣驚怯，她加快步伐走到一家熟悉的雜貨店，突然閃躲進去，神色慌張地問老闆娘：

「你家後門在那兒？」

老闆娘朝後一指說：「進去就是。」

「我從妳家後門回去。」

此刻，生意清淡，老闆娘好奇地問：「為什麼？回家捉野花？」

「有人跟蹤我。」

「真的？怎麼可能呢？妳又不為非作歹。」

「真的，妳去門外瞧瞧就知道。就是那個穿米黃色套裝的女人。」

老闆娘走到門口一瞧，果然看到一位嬌美的女人在附近東張西望。她趕快走回店子警告她：

「妳快走，她真的在東張西望，馬上就到這兒了。」

玉芳向她搖手示意道謝，然後加快腳步走出後門，再繞過兩條巷弄，匆匆衝回家，那顆奔跑般的心還在撞個不住。

靜了片刻，她首先去先生抽屜翻箱倒櫃找一遍，沒找到投保人壽險的證物，也沒有其他可疑東西。再回到客廳，她尋思不出問題癥結所在？獨個兒愈想愈恐懼，幸而先生也下班回來。

玉芳是個直腸直肚的女人，她的思想路徑也是筆直平坦，絕對沒有坡度和彎曲。當她靜下心想用什麼比較技巧的話來套先生時，卻始終想不出點子來，於是，她一待先生跨進門便直截了當問：

「你是不是替我保了人壽險？」

她先生林天成被她問愣了。

「妳怎麼突然問這個問題？」

「你別管，你有沒有嗎？」

「妳神經？保人壽險幹嗎？妳年紀輕輕的就怕會有三長兩短？再說，我們社會搞保險的多半是橡皮口袋，只進不出，一旦要付保險金，總會想盡法子來個七折八扣，那有大大方方付保險金的。」

「你是真的沒替我保人壽險？」

「妳耳朵聾了？我有錢花不完，要送給保險公司炒地皮建公寓樓房，塞滿他們的荷包。」

「這幾天有人跟蹤我。」

「這跟人壽保險有什麼關係？」

玉芳不再吭聲，只是勾著頭曖昧地笑。林天成忽然悟出此一道理，忍不住腰都笑彎了。

「你怎麼會有這種邪惡想法？我看你是患了妄想型精神分裂症。」

「人心難測，有時候真難說。」

林天成搖搖頭，輕摟住玉芳溫存的說：

「你這個傻瓜，你想想，我們戀愛多少年？憑我們的情感，會嗎？」

玉芳凝視丈夫那對多情而貪婪的眼睛，羞赧地低下頭吃吃作笑。

* * *

雯莉沮喪地回到家，公婆立刻熱切地迎向她問：

「阿雯，怎麼樣？」

她搖搖頭回答：「我把她跟掉了。」

「有沒有點線索？」

「媽，她擠公車時，我看見她右上臂有塊胎記。」

黃太太望向先生，一時不敢肯定有沒有胎記？黃老先生斂眉沉思，忽然興奮地說：

「有。不過我記不清楚是左臂還是右臂？」

「媽，妳再仔細想想，這個很重要。」雯莉期待地望著婆婆，希望婆婆自記憶中解開第一道鎖。

黃太太真的闔眸追溯，她清楚記得孩子出生時助產護士跟接生大夫說：

「張大夫，娃娃右臂外側和右足踝有兩塊胎記，好黑。」

「我知道，等一下我會記入病歷。」

第一次餵奶，她曾好奇地掀開孩子衣服探視，果然有兩塊顏色漆黑的胎記分據在右臂和右踝上。她還跟先生抱怨說：

「要是胎記不褪，孩子長大，不曉得會怎樣懊惱？尤其是女孩子愛漂亮。」

想到這兒，她肯定地說：

「右臂是有塊胎記，而且右足踝上也有一塊。」

「媽，這是一條有力的線索，我和書東會繼續追下去。」

黃老太太本來十分灰心失望，媳婦一句話，又燃起她一線無盡的希望。

＊　＊　＊

雯莉跟著書東躺在床上，天氣熱，睡不著，夫婦倆為這樁奇異探案溝通進行路線。

書東說：「阿雯，我們要自各方面下手。」

「當然，你有什麼高招妙策？」

「第一要自對方本身著手，如果胎記屬實，那只是間接佐證，仍然不足採信，因為巧合的事情很多。還必須從戶籍上著手。」

「我們憑什麼看一位女人的足踝？查人家的戶籍呢？」

「這就要跟對方建立起良好關係，取得諒解才行。」

「書東，你們小時候住那裏？」

「住臺中練武路。」

「妹妹走失也是在臺中？」

「對呀！就是臺中。那時候，我剛進小學，放學回家沒看到妹妹，只見到媽坐在矮竹櫈上哭得好傷心，原來妹妹丟了。」

「好，這是查案的頭緒，不管是不是妹妹？我想都會找出一點眉目來。那時候，妹妹幾歲？」

書東記不起來，他說：「會走路，胖嘟嘟，到處有她可愛的笑聲。」

「究竟幾歲嘛！」

「我記不清楚，我們去問爸媽。」

夫婦倆趿著拖鞋敲開父母臥室門，兩位老人疲懶地坐起來問：「又想出了新線索？」

「沒有，爸，媽，我們想出了進行方向。」

「怎麼樣？」

雯莉大致說了一遍，然後問：「妹妹當時是幾歲？」

「兩歲多。會唱歌啦！成天咿咿呀呀，唱個沒完。」

「算起來現在該是二十六七歲了。」

黃老太太認真點頭，熱淚也淌了出來。「對，有這麼大了。」

* * *

雯莉約好丈夫提前半個小時下班，會面後，他們遠遠站在大廈屋角等待，當玉芳跨出大廈門，雯莉呶呶嘴說：

「就是她。」

玉芳警覺性高，一跨出大廈便朝四周搜索，發現沒有異象，這才大大方方走向公車站牌。殊不知今日跟蹤已換成書東了。

兩個人一前一後，上車下車，直待玉芳回到自己那棟兩樓小型洋房裏，書東這才回頭跟雯莉碰頭。

「怎麼樣？書東？你的看法呢？會不會是妹妹？」

「我不敢確定。不過，手臂上的胎記沒錯，像貌也有些像媽。」

「依我推測，將來八成會有母女會的高潮。」

「但願如此。現在我們回去吧！」

「回去？你沒搞錯吧？這還是剛開始哩！」

「怎麼做？」書東疑惑不安的問。

「我們直接去拜訪。」

「不太好吧！干擾別人的生活。」

「不建立良好的私人情感，怎麼可能展開以後的工作呢？」

兩夫婦商量好拜訪步驟，買好禮品，便直接去敲玉芳家的門。

院門打開，玉芳驚訝地退後一步問：「妳來幹什麼？」立刻慌張地把門掩上。

「小姐，我們沒有惡意。」雯莉料不到她會有這種過度反應。她要向她好好解釋，讓她解開心裏那個結。

牆內牆外開始對話。

「沒有惡意？這一個多星期妳為什麼要天天跟蹤我？」

她居然發覺雯莉在跟蹤她，雯莉自以為神不知鬼不覺，棋高一著哩！她找不到遁詞。只好笨拙地實說：

「我是希望和妳做個朋友。」

搪塞之詞，那能叫人信服。

「這就奇啦！臺北市有好幾百萬人口，妳為什麼偏偏要和我做朋友？」

雯莉無言以對，她望向丈夫，希望他出來解圍。書東也不曉得用什麼話化解這場誤會，本就不善辭令，遇到這種場合，更加找不出適當的話表白自己。

「小姐，我們可以對天發誓，真的沒惡意。」

牆內的玉芳光火了，她大聲吼道：

「你們走不走？不走，我要報警了。」

書東無奈地聳聳肩，拉拉雯莉說：「我們走吧！」

雯莉深恐影響以後事情發展？忙說：

「對不起，小姐，我們真的沒有惡意。我們現在就走。」

她把兩簍水果放在門口，兩夫婦惘然苦笑地離開。

玉芳聽見步履聲愈走愈遠，這才膽敢打開院門偷瞄，發現門檻留下兩簍水果，忙大聲呼叫：「你們把水果帶回去。」

雯莉回過頭答道：「小姐，對不起，為了表示我們的歉意，水果送給妳吃，請賞光。」

「我不要，你們拿回去。」

「又不值什麼錢，賞個光嘛！」

「我不稀罕……。」

書東夫婦仍然往前走。玉芳警告的問：「你們拿不拿走？」

「給個面子嘛！」雯莉似乎是哀求的說。

「好，是你們自己不拿回去。」只聽見匡噹一聲，書東夫婦驚愕地回顧一瞧，兩簍水果被摔在路中央，水梨、葡萄滾球般往下坡路滾動。

正在此時，天成下班回來，他老遠看見太太把兩簍水果扔在門外，慌忙跑回家門口問：

「玉芳，妳怎麼啦？發什麼脾氣嘛！」

玉芳剛才還很堅強，此刻，一見丈夫出現，就像一個受盡委屈的孩子突然看見親人，一頭伏在丈夫胸前嚶嚶啜泣：

「跟蹤我的，就是前面那個女人。」

書東忽然覺得整個事情有了轉機，他拉著雯莉大踏步往回走，邊走邊說：「那個男的是我們公司同事。」並且大聲朝林天成打招呼：「小林，真巧，原來你住這兒。」

林天成像一下墜入五裏霧中，不知是真是幻？惶然不安地問：

「這是怎麼回事？書東。」

書東夫婦朝天成夫婦歉疚地笑笑徵詢意見：「可不可以讓我們進去解釋一下。」天成望向玉芳，玉芳一肚皮不高興，礙於丈夫情面，勉強點頭說：「請進吧！」

走進客廳，作過簡單介紹，書東大略地道出原委，林天成覺得不可思議，玉芳更覺荒唐可笑，把自己當做失散二十幾年的妹妹，這不是荒唐無稽嗎？

「黃先生，這是絕對不可能的事，我爸爸媽媽好端端住在新竹，怎麼可能我是你妹妹呢？」

「我父母記得我妹妹右上臂和右足踝都有胎記。」書東振振有詞解釋。

玉芳看看自己右上臂那塊胎記固然存在，右足踝卻是胎記闕如，為了反證他們的言詞虛妄，她把一隻渾圓玉琢般雙足伸出來讓他們鑑識：

「你們看，我的雙足那一處有胎記痕跡？」

這片刻，書東跟雯莉不由面面相覷，說了一大堆抱歉話，連忙起身告辭，兩顆心像是突然由峰頂跌進了谷底。

＊　＊　＊

書東跟雯莉不敢把經過情形告知思女心切的父母，被問得沒有退路，才簡略說明事情經過。

父親是個經過大風大浪的人物，雖也思女情切，卻能提得起放得下，認為二十多年歲月業已過去，如果女兒還活著，以今日經濟繁榮，社會富裕的情形來說，她應該活得幸福。若是她已不在人世，人生修短有數，生死天命，既然上蒼要把她召喚回去，徒然自傷自苦又何濟於事呢？所以，他的反應相當平淡自然。做母親的則不然了，十月懷胎，擦屎擦尿，餵奶餵水，那分骨肉相連的親情，豈能說忘掉就不聞不問了。二十多年的牽腸掛肚，痛心傷肺，臨老愈益深鉅難忍。一聞此訊不由淚眼婆娑道：「今生今世，可能難得重逢了。」

雯莉一瞧婆婆這般感傷，忽然想起人的生理變化問題相當奇妙，一個癌症患者在宣判死刑之餘，常會因為生理某項因素的奇異轉變使癌細胞突然消失。她記得曾經跟一位學醫的朋友談過痣的生成問題，他說：

「痣有先天後天兩種，自胚胎中帶來的痣，常常不易消褪，惡性的會增長，良性的則局限某個部位不增不減。如果是胎記，則可因身體成長而消褪。」

玉芳右內足踝沒有胎記，何嘗不是消褪的原因？仍有值得追索的價值。

她把她的看法告訴公婆，兩位老人欣表贊同，覺得希望又像火苗熊熊燃燒著。

＊　＊　＊

玉芳愈想愈懊惱，愈想愈不是滋味，人世間的奇事怪事為什麼偏偏讓自己碰上？難道自己的身世真的來路不明嗎？

不可能，記得有記憶那刻起，父母就把自己疼得像心肝寶貝似的，走到那兒背到那兒，上小學，不是爸背著，就是媽馱著，落下地小跑幾步，爸媽都心疼。有時候，父母同時去學校接，走在寬闊的路面上，父母各自拉著自己的左右臂，像掂東西般掂著自己走，自己樂得咯咯笑，父母更是笑得開心。

如今，突然來個書東夫婦，攪亂自己寧靜的心境，真是晦氣。

玉芳一向愛鑽牛角尖，她想到黃書東夫妻可能另有目的。什麼目的呢？自己既無錢財，又無特殊社會色彩，應該不會隱含其他目的。

晚餐，她胡亂吃了一碗飯，躺上床，思潮仍然翻江倒海般起伏不已。

「玉芳，妳很為下午的事介意？」

「當然。這是一對神經病，這麼多人不找，偏偏找上我是他妹妹。」

「也許是緣。」

「緣個屁，是冤。」

「好啦！別胡思亂想，不是他妹妹就不是嘛！何必專朝死巷子鑽？睡覺吧！明天還要上班。」

天成把玉芳輕輕摟住，又拍又揉又安撫，玉芳沒入睡，自己卻先響起了鼾聲。玉芳常笑他滿身都是瞌睡蟲，正因為天成胸無城府，了無心機，所以，諸多紛擾事務攬上心頭，亦如浮雲在天，一陣微風過後，便能悠悠飄過，無翳無痕。

玉芳卻不如此，大小事情總多一分牽絆，多一分考慮，許多女人都有這個通病，比較起來，玉芳更重些。所以，玉芳的大學同學都說她是米糠篩子——多心眼。

由於一夜不曾熟睡，第二天起床，玉芳感到有些精神恍惚，本來，早餐多數是土司煎蛋和牛奶，為了提振精神，她特別在牛奶中調和一些咖啡，借著咖啡精的興奮作用，跨出家門，精神也有幾分亢奮，昨天不愉快的事也不覺渾然忘了。

快快樂樂走出家門，由下坡道跨越辛亥路，經過停、看、聽的安全行動後，剛舉步，忽然斜刺裏一部機車衝出來，正想及時後退，機車不偏不倚把玉芳撞個人仰馬翻，一陣眼花撩亂，人立時昏厥過去，待悠悠醒來，人已躺在醫院病床上，身上也包滿了繃帶。她感到有些眩暈，身子也感到隱隱作痛。她微微睜開眼睛問：

「我怎麼樣了？」

護士正替她量血壓，笑著安慰她說：

「只是一點皮肉傷，休養幾天就好。」

謝天謝地，總算上蒼垂憐，沒把她撞成殘廢。

沒多久，丈夫趕來，書東夫婦也帶著鮮花水果來。

看見書東和雯莉，她滿腔都是火氣，要不是他倆干擾自己平靜的生活和心境，今日怎可能發生車禍呢？她本想發作幾句，因為鎮靜劑發生作用，她只有作無言抗議，閉上眼睛不言不語，讓自己甜甜入睡。

一夜酣眠，腦子變得清醒，精神也感到煥發。

上午，公公婆婆來探望她，也許是鎮靜劑的餘效尚在，跟公公婆婆聊著聊著又迷迷糊糊沉入夢鄉。意識模糊中，她依稀聽見婆婆跟天成談了一些醫藥費問題，最後輕聲細語吩咐兒子：

「這個月的保險費你趕快去付清。」

玉芳正為人壽保險的問題困惑不安，經過婆婆這突如其來一問，更加深她的疑慮。她把車禍、天成書東是公司同事，雯莉苦苦跟蹤她等問題串連一塊，她發覺這居然是項大陰謀，他們聯合起來謀殺她……

她好怕，夫妻愛，公婆兒媳情，同事朋友愛，都在金錢的鼓煽下變質。她偷偷睜開眼睛望向公婆和丈夫，她發覺他們在向她獰笑，一種以別人的生命為代價詐領巨額保險賠償的魔鬼獰笑。

一陣傷感和無助，她偷偷地掉下了眼淚。

＊　＊　＊

半夜，每一張病床的病人都睡得香甜。護士小姐也趴在辦公桌上打瞌睡。

玉芳發覺沒人注意，輕輕換好衣服，匆促地走出院門，坐上計程車直奔新店。

車子在建國路一段停下，熟悉地按下大學死黨同學周娟娟的對講機，嗶嗶嗶聲終於把娟娟叫醒來。

「誰呀？」

「是我，玉芳。」

娟娟啐了一句，笑罵道：

「我還以為是丈夫回來，害我空歡喜一場。」

門開了，她一步一拐爬上樓，娟娟笑謔著罵：

「神經呀！半夜跑來，私奔啦！我是高力士，不能替妳解決問題，妳是白來啦！」

玉芳坐定，把上衣裙子解開，露出滿身繃帶，不由使娟娟嚇了一跳。

「玉芳，妳先生打的？林天成太不像話啦！」

「比這個更嚴重的問題還在後面。」想到傷心處，玉芳不由哽咽起來。

「什麼問題比這個更嚴重？」

「他要謀殺我。」

「謀殺，怎麼可能呢？」

「真的。」

娟娟跟玉芳是同一類型人物，思想單純，她居然信了。

「妳不會報警？」

「我沒有證據。」

「廢話，沒有證據怎麼能夠確定他要謀殺你？」

於是，玉芳一五一十把事情經過說了一遍，引得娟娟罵道：

「妳的想像力太豐富了，妳們結婚三年多，林天成說妳一句重話都捨不得，他父母為人也是老實本分，怎麼可能合計謀殺妳呢？」

「人心難測呀！娟娟，今日利害當頭，許多人為了錢，心一橫，還不是什麼事都幹得出來。」

周娟娟斂眉沉思，覺得不無道理，社會上許多認為不可能發生的事往往發生了，不是憑我們一般理念所能推斷出來的。

「妳暫時在我這裏住下，看看以後的事情怎樣發展？不過，有一點我要先聲明，我可不能代替林天成。」

「好啦！娟娟，我愁都愁死了，妳還尋我開心。」

* * *

玉芳自醫院出走後，醫院大為驚慌，雖非聳人聽聞的社會大新聞，倒也勞動警察去醫院作了一番實地偵察。

林天成固然是焦急萬狀，找不出她失蹤的理由；她公婆更是迷惘不安，推論不出失蹤的因果原委。那邊書東夫婦和父母，雖然尚未確定她是黃家骨肉，由於一分先入為主的多情關愛，也不免為她擔驚受怕，心神不安。

這其間，只有雯莉最熱心，她除了幫林天成到處找人外，更從天成口中得知玉芳娘家地址和大概情形。

很快找到玉芳是當前的首要目標，順便查出玉芳的身世，不管她存亡安危？更是此一重要任務。

那天，她跟書東直接去新竹明湖路拜訪玉芳父母。

兩位老人年在六十以上，住在一棟別墅式房子裏，自炊自食，生活十分舒適。

當雯莉談到玉芳失蹤的事情後，兩位老人震驚得半天說不出話來，四行熱淚往下落。

「玉芳做人一向老實厚道，她不可能有仇家。」

「你們知道她朋友的地址嗎？比方她要好的同學，我們可以從這個方向去調查。」雯莉旁敲側擊問。

「孩子長大了，她有她的生活天地，她的事，我們從來不過問。」

「玉芳的弟妹可能知道。」

「我們就只這個女兒，她那有弟妹。」

雯莉腦際忽然閃過一個問號，玉芳是獨生女兒，不是抱養就是當年撿的。

「伯父，伯母，玉芳做人隨和、熱心，不可能有仇家；而她與天成情感好，也不可能有感情糾紛。……」

「她人不在醫院是事實，究竟去那兒呢？」老太太說著說著就哭了起來。「我就只這個女兒，要是有什麼意外，我也不要活了。」

雯莉跟書東好言勸慰良久，才惘然惆悵離開蕭家。

「書東，只要我們找到玉芳，以後一個個疑團都可解開。」雯莉很有把握的說。

「你又發現線索了？」

「對呀！比方蕭家夫婦只有玉芳這個獨生女。亞熱帶地方，鐵樹尚且開花，像蕭伯母那副體格，人高馬大，除非生殖機能有障礙，要不然，不可能只生一個女兒，你想想，這裏面有沒有文章？」

書東覺得雯莉推論有理。問題擺在眼前，以後只要按圖索驥，那隻逸出槽櫪的驥就唾手可得了。

＊　＊　＊

一個星期來，把林家搞得昏天黑地，尤其是天成，幾夜未眠，人也瘦了一圈。

書東一家人也是牽腸掛肚，放心不下。

那天，雯莉在辦公室忽然聽見劉小姐傳述一項新聞，她跟坐對桌的小尤說：

「我表姐這個人真可愛，她學文學，現在卻當密醫了。」

「這是違反醫師法，她不怕判刑？」

「沒有法子嘛！被逼著幹的。」

「那有被逼著幹密醫的事？」

「你不曉得，我表姐是個爛好人，她同學車禍受傷，不願住醫院，就去我表姐家住，表姐沒法子，只有買些紅藥水繃帶什麼的替她包包紮紮，而且還買抗生素給她吃。」

雯莉七逗八套，終於套出劉小姐的表姐地址，她趕緊掛電話給書東，書東正忙，他拿起電話沒好氣的訓人：

「上班時間，打什麼電話。」

「有玉芳的消息。」

「在那兒？」書東驚喜的問。

「新店。」

「你怎麼敢確定？」

「人家把像貌形容了一下，八成不錯。」

「我馬上就來。」

「叫天成一塊來。」

三個人會齊，趕到新店，會同警察敲開周娟娟的門，赫然發現玉芳躺在搖椅上優哉遊哉在讀武俠小說。

林天成不見妻子是滿腔焦急，見了妻子不由怒氣滿懷，他垮下臉問：

「玉芳，妳是存心整人是不是？妳知不知道我們找得妳好苦？」

「當然嘛！你們失去一張王牌就失去一次發財的機會。」玉芳要理不理，一副伺機攻擊的形態。

「妳在說什麼？」天成愕然不解。

「聽不懂不要緊，你自己心裏明白就好。」

「我明白什麼？我只知道妳自醫院失蹤，我幾天幾夜沒闔眼，人都瘦了一圈。」

「別裝啦！狼蒙羊皮，偽善。」

林天成真聽不懂玉芳話裏有話，他望向書東夫婦說：

「莫不是神經有了問題？」

「你才神經有問題。」玉芳反過來呵斥。

「林太太，回去吧！你從醫院失蹤，我們大家都為妳著急，深怕妳出了什麼事？」

「事已經出過了，我以後會注意，不要讓陰謀分子稱了心。」

「林太太，誰是陰謀分子？妳真是。」雯莉有些不悅，語氣也僵硬了。

「你們都是陰謀分子。」

林天成怕她繼續傷害人，走過去，抓住她手臂說：

「玉芳，大家都在為妳焦急，妳怎麼還傷害別人？」

「我傷害誰啦？你們傷害我還不夠嗎？我處處挨打，反抗幾句都不可以。」

「我們誰傷害妳啦？」

「沒有傷害，你們為什麼串通謀殺我，企圖詐領保險金。」

「妳想到那兒去了？你怎麼有這種想法？」

王芳把一連串巧合事情作個歸納，然後肯定的說：

「你們不想詐領保險金，你為什麼偷偷替我投保人壽險？又教人用機車撞我？」

「上帝？我幾時替妳保人壽險了？」

「沒投保人壽險，媽為什麼教你交保費？」

一語點醒林天成，惹得林天成抱緊肚皮笑得直不起腰。

「妳想到那兒去了？我的天，爸爸替家裏兩棟房子辦了火災險，這個月沒錢交保費，叫我先墊一下。妳怎會有這種不著邊際的想法？」

「我不相信。」玉芳猛搖頭。

林天成風也似的跑回家，風也似的跑回來，把兩份產物保險契約攤在玉芳面前說：

「現在妳看清楚，這是不是真的？投保日期上月十五日，離今天正好是一個月零七天。」

一場荒唐滑稽的鬧劇落幕了，玉芳感到羞愧不安。其他人卻被逗得笑失了。

玉芳健癒回家，書東夫婦第二天南下臺中西屯調查蕭伯伯的戶籍資料。

蕭伯伯原住水湳大鵬里，五十一年遷居苗栗，當時的職業是菜販，膝下猶虛。再到苗栗公館調查他的戶籍資料，他已經有了一個女兒。五十九年八月遷居新竹。女兒的出生醫院為「龍鳳婦產科」。書東夫婦再回臺中找到民權路「龍鳳婦產科」，該院卻在六年前結束營業。

「龍鳳婦產科」雖然結束營業，但當年的醫護人士仍有人在，他們自醫護行業打聽到王老醫師的兒子王啟祥博士在桃園主持一家大型綜合醫院，找到王博士道明來意，他為難的說：

「我父親前年過世了。」

「有沒有病歷保留？」

「我不清楚。」他沉吟俄頃，忽然說：「我父親結束營業時，曾經將醫院一些雜物放在坪林老家。這樣辦好了，我寫張條子，你們去找我母親或二哥。」

書東夫婦持著王博士的字條轉回坪林，找到王老太太，王老太太命大孫子領去空屋尋找，終於翻出幾大捆老病歷，經過一上午的逐張搜檢，找到蕭伯母桂秋只有就診紀錄，沒有生產紀錄。

線索到這兒又斷了。

經過幾天南北往返，書東跟雯莉都覺無計可施，不得不頹喪回家，正欲上車，忽然靈感閃過雯莉腦際。她說：

「書東，我們漏了一著棋。」

「什麼棋？」

「我們沒有去訪問蕭伯伯的鄰居。」

「對呀！這也是一條路。假如他們證實蕭伯伯沒有兒女，你又能怎麼辦？」

「那就可以證實蕭家的女兒來路不明，我們又多了一項新證據。」

兩夫婦趕到大鵬里挨家挨戶問，終於找到蕭家的老鄰居謝老先生夫婦。謝老先生原是一位皮鞋匠，三個兒女大學畢業後，各自謀得一份好工作，兩位老人收拾舊業專門在家納福。

雯莉慧黠，善用言詞討好對方，見過謝家夫婦，她技巧地說：

「謝伯伯、謝伯母，蕭鴻福伯伯叫我代他向兩老問好。」

謝伯伯有點重聽，講話的聲音比別人高幾個音階，他一聽蕭鴻福還健在，既歡欣又氣惱地說：

「老蕭不夠朋友，搬走了連信都不來一封，現在人老了，寂寞，才想起老朋友。」

「蕭伯伯夫婦不曾忘記你們，只是太忙，沒空回來看你們。」

「他忙個屁，以前做菜販，怎麼忙，每天都來我家坐一會聊聊，一對老夫婦，忙完三餐，還有什麼好幹？」

話已命中題旨，雯莉乘勝直追。

「他們還有一個漂亮女兒。」

「有女兒？怎麼可能呢？蕭太太是石胎，屁都放不出一個。」

「你怎麼知道？神經病，石頭還會開花，以前不生，以後也不生嗎？」

謝伯母責罵丈夫，謝伯伯不理睬，繼續問：

「多大年紀？」

「二十五六吧！」

謝伯伯敲敲腦袋說：「我記得他們是五十一年遷走的，那時還沒有兒女；也許是以後生的，或者抱養的，年老記性差，我也搞不太清楚。」

雯莉露出欣快而勝利的微笑，他們告辭謝家，打鐵趁熱，立刻趕去新竹蕭家。

* * *

這是一卷很無情的錄音帶。玉芳跟天成聽完後，不信任的搖頭說：

「不可能，你們造謠，我從小就跟著我父母，小時候的情景我還記得清清楚楚。」

「玉芳，這是妳父母的聲音，妳應該可以分辨得出來。」

是真的，爸有句口頭禪，一段話結尾總要加上一句「他奶奶的」。錄音帶的聲音絲毫不假。

玉芳用無限尊嚴和父母愛築砌的保護牆，俄頃間崩塌，她抓著天成說：

「走，我們回新竹去看爸媽。」

四個人一輛計程車，趕到新竹，玉芳衝進家門，涕淚滂沱的說：

「爸，媽，這不是真的，你們說這不是真的。」

蕭家老夫婦也是一把眼淚一把鼻涕摟著女兒細訴：

「兒呀！他們說要去法院告我，教我實話實說就算了。」

玉芳瞪一眼書東夫婦，嗔怒著罵道：「你們太沒有道德，為什麼要破壞我跟我父母的情感？」

「我們也是不得已，妳可知道？一對父母為了走失一個女兒，整整哭了二十五年，妳忍心不認妳的親生父母嗎？」

玉芳被堵得沒話說，親情蠢動，她軟弱的問：

「爸，媽，我是怎麼來家裏的？」

蕭伯伯沉吟半晌，擦了一把眼淚，似在搜索記憶。

「那年秋天，爸爸騎著三輪車去練武路賣菜，走到雙十路，看見妳一路哭一路叫媽媽，那時，我們沒有兒女，他奶奶的，爸一時起了貪心，就把妳抱上車騎回家，為了避人耳目，第二天，我跟妳媽就搬到苗栗公館。」

玉芳想起雯莉曾經說過，她婆家原住練武路巷口，自練武路到雙十路，距離不遠，一個兩歲多的孩子迷路，應該可以到達。

「媽，我右足踝，那時候有沒有一塊胎記？」

蕭伯母想到玉芳的幼年，一份母親的欣然立刻浮上嘴角。

「有。那時候，妳爸爸常說：我玉芳的手和足是老天爺蓋了印章，誰也搶不走的。直到四歲多，那塊胎記才褪掉。」玉芳一頭撲在母親懷裏，痛哭失聲喊：「媽，我只要妳跟爸爸，我不要別人。」

蕭伯母撫著玉芳的腦袋安慰。

「孩子，我們對妳有虧欠，對妳親生父母更虧欠。」

「媽，我從上幼稚園到大學，你們無微不至的愛我，我享有你們的愛太豐足，那有虧欠。爸，媽，我可不可以不認那個爸媽？」

「孩子，當然要認。只要妳記住爸媽養妳二十多年，有空回來看看我們，我們就很感激。」

「爸，媽，我永遠不會忘記你們。他們如果對我不好，我一輩子也不走動。」

「傻孩子。」蕭伯母捧著玉芳的臉，用手擦掉她臉頰上的淚珠，輕柔地拍著說：「那邊父母如果不惦記妳，怎會叫妳哥哥嫂嫂挖空心思找妳？」

玉芳扭轉頭，只見雯莉帶著勝利的微笑站在一旁，她問：

「妳先生呢？」

「是妳親哥哥。」雯莉笑著糾正她。「我是妳嫂嫂。」

玉芳勉強改口叫：「哥哥呢？」覺得很彆扭。

「給爸媽打電報去了。我猜，爸媽馬上就會趕到。」

書東父母住桃園，一個小時後；專車趕到新竹，四位老人和書東夫婦把玉芳和天成圍在屋中間，淚痕和著笑聲，交織成一幅天倫重會圖。

玉芳摟著兩個爸媽，幸福而傷感的喊：「爸，媽，我永遠愛你們。」

鹿苑長春

廖大川坐在河堤上癡癡望著自己惟一的產業——石嘴山發怔。石嘴山伸到河中心，就像一隻巨獸臃腫地過來就飲。山本來是一系列的丘陵，迤邐起伏，荔樹蔥秀；廖家那棟三代相傳的紅磚瓦居也坐落在蓬勃的荔園裏。很不幸，那一整片丘陵連同那棟房子，全給廖大川賭輸掉了，現在只剩下一小塊石嘴，掌握在他手裏。

這塊石嘴只佔全山十五分之一面積，以前，因為有一大片荔園要經營，廖家祖先只在上面種了近千株杉木，表示擁有絕對的主權。如今，杉樹昂然挺拔，綠得令人心醉，頗有幾分傲岸氣勢；餘下的土地便是一片蔓草和矮林，倒是山脊上那幾株競爭力特別強的杉樹，層層如蓋，擎著大把涼蔭，極富幾分超塵拔俗的美感。

由於廖家祖先勤苦經營，廖大川乃能坐享其成，每年荔枝開花，就一古腦兒包給水果商管理照拂，年年有一筆可觀的收入供他揮霍，就因為金錢來得容易，廖大川不知愛惜，吃喝嫖賭樣樣來，結果，水果山、耕地、房屋，像浪淘沙一樣，一點點浪淘光了。

田地房屋換了主人；廖太太不得不淚眼婆娑帶著孩子回娘家。有句話說：「男怕選錯行，女怕嫁錯郎」，廖太太命苦，真的嫁錯了郎。

廖太太回娘家後，廖大川繼續荒唐了一段時間，也許良知覺醒，痛定思痛了一段時日，便跟那些賭友牌伴劃清界線；另方面也是時勢使然，他已窮得一清二白，沒有油水供人榨取，大家再也不像以前那樣熱絡地稱兄道弟，彼此見面，表情冷冷的，他這才澈悟當年大把鈔票供奉別人，真是荒唐透頂。

一年多沒臉見妻子兒女，內心多少有些焦渴，無顏見江東父老，這張老臉一時還真拉不下來。他只有強忍著內心那分焦渴，打算自己找一條生路，不說重振當年家聲，至少也不讓妻兒子女寄人籬下，噙著眼淚過日子。

煙癮發作，他掏了半天才掏出半截煙屁股，點燃，猛吸一大口，那分滋味，真像騰雲駕霧般舒暢，看看還可吸一次，復又十分珍惜地將它撚熄放進荷包。想起當年吸三五，常常一包半包送人，一根煙吸到半截就撚熄的風光歲月，那像今日這種慘況，真是此一時也，彼一時也。

戀戀不捨地站起身，看看石嘴山那一小塊地方，廖大川痛心的想，這是我光復家業的最後基地，一旅可以興夏，將來重振家聲就得在這塊地上奠基。

晚上，他在老屋柴房的簡單臥榻上整整想了一夜，他的內心有了一套完整想法，他決定把石嘴山墾出來。

* * *

經過兩個多月的開墾，廖大川終於將雜草灌木伐除。再將橫伸而且較為粗大的杉枝砍下來當籬笆，把整個近萬坪的石嘴山圍成一處別有景觀的小天地。

為了安頓自己，他決心將自己全部投入石嘴山裏，於是，再把老厝柴屋的廢料逐一搬來，視材料巨細好壞便在山脊的杉蔭下搭建一棟大小三間的木板屋，居高臨下，可以俯瞰整個山勢，雖然簡陋，因為上有濃杉蔭覆，下有萬頃綠疇，河水曲折如帶，縈迴山腳，在景觀上格外別致鮮活。

這兩個多月來，廖大川幾乎是以破釜沉舟的心情在工作，在創新，因為他真正意識到：「退此一步就無死所」的困局，工作起來也就格外踏實沉著，粗糲蔬食，只求果腹，工作疲累之餘，即使只一粥一飲，也覺馨甜無窮，與當年在賭場上的珍餚美食相比，其苦樂程度，固然相距天壤，在心理感受上，其得失程度也是相差天壤。

每當夜深醒來，諦聽松濤起伏如嘯，晨興鳥啼，百音婉囀，在心理上有分格外深沉的感受。這分不事雕飾的自然福麻，原不是一般世俗塵寰中人所能察納，只有當生命重新開創之際，才能全般接納，全般領略。他恨自己當年塵劫太深，未曾早日發覺得之自然的樂趣較之人為的五色五聲清新而高雅。

土地是開發竣工，如何善加利用呢？是一項頗難作結論的問題。

種蔬菜是項經常性收入，而且，不需要太多的投資，只要付出勞力，百分之百有收成，養兒女妻室絕對沒有問題，但只是溫飽而已。溫飽的問題容易解決，憑自己這副體力，既然決心洗面革心，重新起步，做泥水工、幹粗活，一天也有千元以上收入，何愁溫飽呢？問題是自己要重振家聲，把當年被自己摔得稀爛的廖家聲譽再度整合完好，種蔬菜不太符合廖大川的理想。

幹什麼呢？他有些納悶，而且，資金是項大問題。

那天早晨，他在眾鳥啁啾中醒來。

推開窗子，清新的晨風鼓蓬蓬撲來，甜潤空氣強迫地投懷送抱，灌注他滿胸滿臆。夏天晨光，格外多分清麗，太陽還未湧出，早霞撒滿天宇，絢麗得令人心醉；鳥歌樸賞，不像人為交響曲般經過雕飾與大自然天籟迥不相侔。

廖大川走在杉林裏，仰望昂首蒼穹的巨杉，他不但感到自己渺小得可憐，而且，忽然領略到這是一筆可觀資金的來源。

祖澤宗蔭，綿長無際，當年父祖種植杉木時，可能早就慮及給兒孫一分資產。可恨自己愚昧無知，居然不能體會祖宗這分愛心，一味揮霍，教九泉之下的祖先痛心疾首，苦兒孫不肖而淚灑黃泉。

一陣愧疚，廖大川不由有種泫然欲泣的衝動。

早餐後，他找到「勝發木材行」談出售衫木的事。

「勝發木材行」老闆張茂勝知道他急需錢用，把價格殺的很低，廖大川暸解這是人生的卑劣面——落井下石，趁火打劫。他掃興的回到木屋，他告訴自己，賣掉杉木是絕對不會更改的決定，不管種蔬菜或種水果？都不能讓高大的杉枝阻擋陽光影響生長，要保留也只能保留一部份，一則不讓山形驀然變得荒禿，再則也好使父祖餘蔭，永遠在心中警惕自己不能怠惰，要懂得先人澤愛兒孫那份苦心。

＊　＊　＊

下午，他整理衣衫，忽然自皮箱小夾層裏翻出一張紙條，原來是朱軻三的欠據，赫然是十三萬元鉅款。

廖大川像是突然間覓得希望，找到靈感，他想這應該說是重新再來的起點。

他記得很清楚，多年前朱軻三在陳木柱家賭十點半的情形。

那天晚上，好幾個郎中使詐，騙了他十幾萬元鉅款。當朱軻三被逼得求饒不得時，他掏出剛剛贏到手的錢替他償還賭債，並殷殷告誡他說：「不要再來，十次賭博九次詐，你要不清醒，你會連妻子兒女都輸掉，我就是個榜樣。」

賭場中沒有朋友，沒有真誠，使詐是正常，不使詐才是反常，廖大川在別人的詐術中輸光當盡，也在自己的詐術中叫諸多新手囊空如洗。那次，他居然善心擡頭，把那樣一筆鉅款慷慨地施捨給了朱軻三，只取得一張欠據。朱軻三戒了賭，他也未向他討過這筆債務。

如今，朱軻三養鹿致富，大小鹿隻一百二十餘頭，一年單是鹿茸收入就是好幾百萬。今日，我廖大川已然是窮途末路，以數年前的十三萬鉅款本利計算，今天可不是個小數目。他決心去找朱軻三，請他伸出援手紓解他當前這份困境，不說還賭債，如果單講道義，老朱也該義不容辭。

如此一想，廖大川興沖沖到達朱府。

朱軻三的養鹿場果真風光萬千，氣派不凡。

朱軻三是採圈養式，幾間鹿場，分大、中、幼三式，各式圈養了數十隻，除了部份鹿嬰跟隨母鹿外，一般不需母鹿照顧的幼鹿，都由年齡差別而分別飼養到專設欄柵裏。幾大間鹿屋，各供鹿群聚居，遮風避雨，進進出出，聽任自由。

由於老朱養鹿致富的情形，使廖大川突然想到他石嘴山的地盤，如果闢為鹿苑，既有杉蔭可棲，復有廣大的園地可供活動，有清澈的河水可資飲用洗滌，居高臨下站在木屋前，就是最好的監視哨。比之朱軻三的鹿場，其條件應該優裕好幾倍。

見過朱軻三，老朱倒有情分，他不像一般人那樣勢利，彼此見面，他熱烈地跟廖大川握手、遞煙、開果汁，聲音爽朗的問：

「大川，什麼風把你吹來的？」

「我來看你，好久不見了。」

「謝謝。最近你在那兒得意？」

「得意什麼？」廖大川慚忸地低下頭，忍不住搖頭嘆氣。「祖產都被我輸光了，我現在是走頭無路，還有什麼得意？」

老朱不好表示什麼，兩個人默爾地對望一眼，表情頗為尷尬。老朱為人，畢竟擁有一顆與人為善的心。他今日的成功，說是他為人誠篤的結果可，說是他心地仁厚，因而獲得上蒼默佑暗庇才有這番豐盛局面亦無不可。

「不要喪氣，大川，你剛四十出頭，好好幹，絕對大有可為，找條路，正正當當走下去。」

「我能做什麼呢？」

「什麼都可以幹，問題是你願不願意把以前的日子一刀砍斷？」

「我再不砍斷就將死無葬身之地。老朱，我恨我以前走錯了路。」

「有這句話就好辦，要不要我給你籌謀劃策？只要我能幫忙，我絕對不會搖頭。」

「我把石嘴山開發出來了，你知不知道？」

「我聽人說過，你準備做什麼用？」

「我沒做決定，我原打算種蔬菜。」

「種蔬菜是近程利益。我建議你養鹿，石嘴山的地形好，是處很好的天然養鹿場。」

此話正中廖大川下懷，養鹿要投資，他那來這分資金。

「我沒本錢又沒經驗。」

「大川，我沒忘記你替我還賭債那分恩情。」

廖大川期待地望著他不便啟齒，他希望朱軻三自己提出幫他的方案。

「這問題簡單不過，我給你三頭母鹿一頭公鹿做老本，好好養，十年以後，石嘴山必然是處規模龐大的養鹿場。這一回可要腳踏實地，正正經經幹，一點不能大意，只要你爭氣，我保證你絕對可以扳回以前失去的面子。」

「我沒有經驗。」

「我雇你，一方面讓你有分正當收入，另方面你可藉著工作學習養鹿經驗，而且，將來農會也會有專業人員輔導你。」

「老朱，我怎麼說呢？」廖大川像是抓到一塊救生浮木，終於有了得救的希望。

「什麼也不要說，大川，五年前的十幾萬，如果以利滾利方式計算，到現在也是一筆可觀的數目。當然，如以四頭種鹿來計算，那就相差太懸殊。當時你對我那分情，今天來核算，不止值一百萬，所以，我萬分感激你。」

廖大川緊握朱軻三的手猛搖，他把內心沸騰的感情自這緊緊一握中傳達給對方。

＊　＊　＊

廖大川有了一處屬於自己的養鹿場，奠下了第一塊事業基石。

他替朱軻三幹活！真的是使出了渾身解數，拌飼料、割牧草、洗地、沖鹿屋、給水……任何吃重的工作他都咬緊牙根一肩挑。

朱軻三有時遞給他一根香煙勸他不必這般勞累，他總是輕鬆地笑笑回說：「不累，我幹得下。」

「大川，我不希望你替我賣命，我們是朋友，這分交情還要長久的維持下去。」

「你放心，我會照顧自己，幹不下的話，我會找他們幫忙。」

廖大川一個人發揮了兩三個人的力量，每到月終發薪，朱軻三總會多給他三千兩千。

廖大川有種深沉的想法，他認定要救自己就該從現在開始，學著吃苦和吸收工作經驗。朱軻三毫無條件的幫他，自己要是不知好歹，只圖敷衍塞責，天理昭彰，報應不爽，絕對不是做人做事應有的態度。

每天中午休息時間，他就趕回石嘴山伺候自己四頭水鹿。

朱軻三的鹿場柵欄年久失修，有些木樁在公鹿春情發作追逐母鹿撞擊之下，早已歪斜傾頽。而且大鹿小鹿又愛挨著柵欄摩癢，愈益加速欄柱的耗損率。廖大川看在眼裏，他決心伐取自家山上的杉木，為朱家補修柵欄。

他曾作過估量，近千株巨杉挨挨擠擠生長一處，不但佔地盤，將來鹿場如能順利發展，也會影響牠們的活動領域，假如砍伐一部分，騰出一些空間，再闢出數條小徑，不但可供鹿先生鹿小姐一處談情說愛的場所，更讓牠們有處幽深蔭覆的徜徉所在。將來鹿爸鹿媽帶著鹿小弟小妹優遊於杉蔭灌木叢裏，當遊客走過幽徑，牠們睜著一對怯生生眼神回首凝望，然後施施然避開，那分情景，與非洲野生動物園的情調應該不相上下。

朱軻三對他有恩，他決定要報答。

朱軻三辛勤數年，終久有了收穫，經濟富裕之後，他有能力去各地觀光，臺灣本島的名山勝蹟他已數度停留，無甚新奇感，他決定跟隨一個旅行團去歐洲觀光，藉以增廣見聞。

廖大川等朱軻三出國後，便請了伐木工人去自家石嘴山砍伐杉木，然後裁成同樣長度的木樁，再以卡車運到朱村。他騙朱太太說是木材價錢老朱已經付清，只付伐木和搬運工人的工資就好。

朱太太滿欣賞自己丈夫的作為，她喜孜孜告訴廖大川說：「我早就跟阿三說過要換柵欄，他總是拖拖拉拉，這一回，他算是下了決心。去年，那頭公鹿領著兩頭母鹿逃出鹿圈，在外野了兩天，害得我們派了好些人去找才把牠們找回來，要是真的丟了，損失就是三十幾萬。」

廖大川笑而不答，他督導工人把鹿場作了一番澈底整修，鹿舍的破板裂柱也煥然一新。當他看著自己這手成果時，他滿意的笑了，他覺得他對朱軻三多少盡了一分心。

友情應該是雙向交流，不是單向的只取不予，形成一種偏頗局面。

＊　＊　＊

家裏沒有妻兒子女，不但失去家的溫暖，也失去一分歡樂。

廖大川每日疲憊回家，除非在朱家用過晚膳，通常還要親自下廚料理晚餐，然後燒水洗澡、洗衣服，為鹿添飼料、沖鹿屋都是利用煮飯的空檔時間趕工完成。

假如妻子在家，他就可以全心全意照顧四頭鹿，不必分心家務事了。

三年多不曾見著妻子兒女，雖然渴念，內心總有幾分慚愧，一直不敢回岳家去接，而且，那時真正缺少養育他們的能力，現在，他已重新開始，亦有固定收入，他決心要把妻兒子女接回來，重組家庭，重創幸福。

那天黃昏，他鼓起勇氣去唐厝。原以為不會那樣巧碰到岳父，無巧不成書，硬是與岳父碰個正著。老人家冷著臉問：

「你來幹什麼？」

廖大川囁嚅半天，才壯著膽子道明來意：「我想接秀嬌回去。」

「你養得活他們嗎？」老頭瞪一眼不信任的問。

「我有正當收入，而且在石嘴山蓋好一棟房子。」

「哼！房子，那算是房子嗎？還沒土地廟闊氣。你曾祖父蓋的那棟紅磚瓦房你不住，賭光典盡，現在卻住木板屋，你真有出息。」

廖大川內心愧疚，他不敢作適度反應。

岳婿不和諧的談話聲驚動廖家大大小小聚集到客廳，秀嬌出來瞄一眼，看見是自己沒出息的丈夫，立刻愧恧地抽身回去；廖大川眼尖，忙把她叫住說：「阿嬌，我接你跟孩子回去。」

她愕然地站著沒作表示。

「我在石嘴山蓋了房子，兩房一廳，夠我們一家住，而且，還養了四頭水鹿，另外我在朱家幫忙學習養鹿經驗，收入夠一家人生活。」

秀嬌曾經偷偷去過木扳屋，也看過那四頭壯碩的水鹿。形式上夫婦像是疏遠了，實則一夜夫妻百夜恩，在心靈情感上依然彼此關注和綰繫。她的內心多少有分悸動，嫁雞隨雞，嫁狗隨狗，只要他回頭，至少下半輩子有分依靠。娘家雖好，嫁出的女兒潑出的水，終久是寄人籬下，不是長治久安的辦法。

母親拍拍她手背算是給她一分鼓勵。父親的話卻是辛辣而刺激。

「不想回去就不必回去，爸還養得活你。外孫我有能力教育，做父親的不負責任，我做外祖父的也要對得起死去的親家、親家母。」

秀嬌尷尬地望望父母和丈夫，看著大川一附靦腆不安、愧悔無似的神情，她內心百般不忍，突然決斷的說：

「爸，我想還是跟大川回去比較好。」

「你不怕餓死？」

「只要大川回頭，就算餓死也甘心。」

大川這才膽敢走向她，信誓旦旦地向她保證：

「阿嬌，以後你也許會吃些苦，保證你不會受罪，我會好好幹，讓你後半輩子過好一點的日子。」

夫婦倆終於回到石嘴山的木板新居裏。

＊　＊　＊

「阿嬌，我們的母鹿生小鹿了。兩隻呀！」

大川站在山麓朝山脊喊。阿嬌欣喜地跑下山，看到兩頭小鹿掙扎著站起來，軟絨絨的細毛猶沾著母體分泌液的潤濕，在晨光映照下閃閃發光。夫婦倆內心充滿了喜悅和希望。

廖大川忙不迭將鹿嬰抱進鹿屋，母鹿雖是產婦，卻不能給牠燉雞酒進補，只好拚命給母鹿添加飼料。

廖大川懷著報喜的心情趕到朱村，朱軻三拾好於昨夜歐遊歸來，兩個人見面緊握著手問好，大川告訴朱軻三這分喜訊，朱軻三笑嘻嘻說：

「大川，恭喜你做了阿公。」

「你也做了外公。」

互相逗趣片刻，朱軻三感激地說：「大川，謝謝你替我把鹿欄修補好。」

「這是我分內應該做的事。」

「就算是你分內事，總不能連木料也貼上呀！再說，你把我家的事當做自己的事你才這樣做得盡心，要不然，你得過且過！還不是照樣領薪水。」

「那又何必雇我呢？我的為人你瞭解，凡事教我磨洋工我不幹。」

「好啦！我們是自己人，我不斤斤計較，工資不付，料錢非付不可。」

「何必算得這樣清楚？我在石嘴山的杉木，你只用了十幾根。前幾天我又賣掉五百多株，還剩三百多誅，剛剛成長丈來高的不算；樹是顯得稀疏些，卻一點也看不出山荒了。」

「正好騰空地盤養鹿。」

「我也是這個想法。軻三，我想再向你買幾頭鹿。」

「成呀！要幾頭？」

「四頭好不好？」

「可以，你自己挑，不過，鳳凰阿春那幾頭不行。」

「我知道你最寵牠們」

「就是說嘛，我們人類社會講究家庭計畫，一個孩子不嫌少，兩個孩子恰恰好，養鹿是生的愈多愈好。鳳凰跟阿春那幾頭是出名的大肚婆，生起小鹿來癮頭十足，總要比別的鹿多一胎才覺盡了責；牠們兒女成羣，我也沾光多拿鈔票。哦！錢不必急，慢慢付。」

「我賣杉木有錢。」

「對，我差點忘了，既然有錢，照市價打八折，算是朋友交情。」

廖大川的鹿苑就是如此這般建立起規模。

廖大川養鹿比朱軻三不但多了一分經驗，而且自己還設想不少新的飼養點子來。由於長時間觀察鹿的習性和飼養經驗，他歸納出三點結論：

一、清潔乾燥，不可受寒挨凍。

二、活動場地要空曠，讓牠們充分的自由活動。

三、營養均衡。

基於這三點結論，他把石嘴山全部移作自然養鹿場，放牧跟半放牧兼具，除山脊的杉林任他生長，作為牠們息蔭優遊所在外，並大量種植牧草，可以儘任鹿隻自由嚙食。其次，他自河中抽取河水經過沉濾以供牠們飲用和洗滌。沿著山麓搭蓋好些大小不同的鹿舍，地面鋪砌水泥磚，每日沖洗，保持清潔乾燥，以供牠們居住。食槽和飲水器經常洗滌，保持清爽，以重衛生。飼料除按時按量供給新鮮牧草外，並間以雜料乾草等，以免營養失衡。一旦下雨，則全部趕進鹿屋，避免受寒生病。

廖大川最大的絕招是裝設擴大器，每日放送輕音樂怡悅鹿的性情。動物原就蘊有靈性，尤其相處日久，彼此熟稔；每當播放音樂時，成鹿則昂首凝神諦聽，幼鹿跑跳踴躍，似在舞蹈，如果遇到大川夫婦施放飼料或加飲水時，不管成鹿或幼鹿都是一路跟隨討取食物，那分依依情愫，令人感到真是人鹿一家，和諧安祥。

廖大川由四頭種鹿開始，前後十二年時間，鹿的數目成幾何級數增加，如今，他已擁有一百三十二頭大小鹿隻，石嘴山成了農會標榜的養鹿示範區。

一百三十五頭鹿活躍在近萬坪面積的山坡上，有的依偎欄柵旁靜靜休息，有的躑躅山麓嚙嚼青草，有的躺在鹿屋養神，有的在杉蔭幽徑裏徜徉，有的在灌木叢裏唧唧我我，互訴情衷，各有屬於自己的生活天地，自由蹀躞，自得其樂，使整座石嘴山充滿了生意和情趣。

如今，廖大川五十有四，他把養鹿事業全部交由他長子負責，他每天坐在精雅的洋房陽臺上作技術指導。他那棟簡陋的木板屋經過精心改建，如今成為一棟歐式別墅，四週杉蔭濃鬱，青石板小徑迤邐而上，兩旁護持矮欄，居高臨下，俯瞰田疇河流和鹿隻，果真是精緻幽巧，別具風格。

鹿茸市價，目前每兩一千二百元，一頭鹿年收鹿茸八到九十兩，廖大川一年有五十餘頭鹿可以採收，而且，還有鹿角、種鹿、幼鹿出售的利益，除掉飼料、人工薪給及其他支出外，單是純收入就有五百萬之譜。

他感激朱軻三幫助他，感激妻子在他狂賭濫嫖時未曾背離他，在他迫切需要精神力量時，又不畏貧窮帶著兒女毅然回家，他更感激自己的良知未死，居然能夠幡然改圖創造自己另一番生命。

如今，石嘴山的山背山嶺，雖然仍是荔蔭幽深，清香四溢，紅磚老屋依舊巍然存在，但十年風水輪流轉，山的靈氣和精華卻轉移到他那塊僅萬坪的石嘴山來了。想到這一切都是朱軻三的賜予，他突然大聲把妻子吆喝過來說：

「阿嬌，我們下午去朱村。」

「幹什麼？」

「朱老三的大小姐非常漂亮，配我們老大挺合適，我們去朱家提親。」

「你神經？冒冒失失去提親，要是朱老三不答應，你這張老臉往那兒放？」

「不會吧，總得要試試，還沒試先就打退堂鼓，那有可能成功，像我養鹿……」

阿嬌沒反駁，只輕言細語說：「也許朱老三會點頭。」

「為什麼？你這樣有信心。」

阿嬌看看山腳下或起或坐的大小鹿羣，信心十足的說：

「一則我們兩家都是鹿農；再則，我曾好幾次聽朱老三夫婦誇我們老大精明能幹，人品好，還有碩士學位，所以……。」

「對，會成功，絕對會成功，你去換衫，我們現在就去朱村。」

廖大川劍及履及，說幹說幹。也就是這種劍及履及的精神，才令他戒掉了賭博，開墾了石嘴山，十幾年時間，養出一片「鹿苑長春」的輝煌事業。成功不是偶然的事。

納妾

香香還只十五歲年紀，秦復楚就納她為妾，老牛吃嫩草，世間那有這種喪心色魔？

秦復楚貪色，香香的老爹李司文貪財，一個賣女兒，一個買小妾，把一個純潔無知女人當成了貨品。

李司文多少讀過幾天孔孟書，說他是文人，他不會吟詩作對，說他是農夫，他不會掌犁扶耙．孔仁孟義把他變成一個廢物。君子固窮，小人出賣女兒籌措三餐，窮斯濫矣！窮而不堅，墜了青雲之志，悲哀！

秦復楚那個糟老頭千萬不該，年已五十有七，鬢髮白了一半，只因為有幾個臭錢，就把一個剛結蓓蕾的小姑娘買回家作小。白髮配紅顏，梨花壓海棠，糟蹋人也不是這樣糟蹋法。

秦復楚有錢，錢就是權力的象徵。莫說買一個香香，就是買十個香香，誰又能怎麼樣呢？納妾的風氣代代相傳，像瘟疫一樣有錢人家都受傳染，又不是秦復楚始作俑，你說吧！你究竟想怎麼樣嗎？

＊　＊　＊

香香拜別父母時，李司文夫婦只管抓住女兒的手流淚。

「爹，娘，我知道爹娘心裏的苦楚，我不會怨你們。」

女兒不說，或者滿懷怨憤上轎，父母心裏還好過些，偏偏她這般懂事，經她這樣一說，母親忍不住摟著女兒嚎啕大哭了。

「兒呀！你爹肩不能挑，手不能提；弟妹年紀小，要吃要穿要用，那能養活一家人，只有虧待我的兒了。」

香香看著爹娘兩張乾瘦的臉，一腔傷心話化作千行淚，父女三個哭成了三支淚蠟燭。

「好好伺候老爺，女孩長大，反正要嫁人，秦家有財有勢，以後茶來伸手，飯來張口，勝過嫁給一個愁三餐的莊稼漢，你這一去，再也不用跟著爹娘過窮日子。」

母親再次殷殷叮嚀。

千串淚珠萬般無奈，骨肉親情依然要別離，轎夫催著香香上轎，香香無奈，只有拜別爹娘，依依不捨坐進轎子，摸索著走上為妾的道路。

＊　＊　＊

娶妻、納妾都是一樁大事、喜事，少不得要宴請親朋好友，張燈結綵，好好熱鬧一番。

當秦太太準備發帖子、請廚師、約吹鼓手……把這當大事辦時，秦復楚搖手制止說：

「不用，不用，又不是什麼大事，何必大鑼大鼓張揚呢？」

「這是應該的嘛！去年王家，還不是熱鬧好幾天。」

「王家是王家，我是我，我這麼一把年紀，買進一個十五歲姑娘，還大張旗鼓鬧一番，像話嗎？」

「討小又不只你一個，王家、徐家、賀家，誰不是正室之外，還有二姨三姨太。」

「他們是他們，我是我，我還要留點顏面去見人。」秦復楚堅持己見。

「拜堂不應該免掉吧！」

「不必啦！太太，你的意思我懂，急著要為秦家延線香火，香香年紀小，等以後再說。」

「復楚，你要清楚，我們沒有一男半女，就指望香香替我們生兒育女傳宗接代。」

「命裏有時終歸有，命裏無時莫強求。」秦復楚拉起太太的手安慰她說：「我知道你很在意這個，凡事命裏注定，也不急著一時。要是老天有眼，祖宗有德，他不會讓我們秦家絕嗣。」

* * *

秦太太本來逼著丈夫與香香圓房，丈夫不肯，秦太太非常不滿意質問丈夫說：

「這個不行，那個不肯，你把香香討回來當祖宗供奉？」

秦太太急著要抱兒子，硬逼著丈夫沾腥惹羶，肚量倒寬大；丈夫卻不領這分情，他討香香有他另一番打算，他把主意悶在肚裏不說出來，免得惹出許多是非。眼見妻子生氣，他只有好言相勸道：

「香香還小，再養兩三年，等她真像個女人時再圓房，不是更好嗎？」

妻子沒法，只有把香香安頓在丈夫臥室旁的小房裏，希望他們朝夕相處，日久生情，近水樓臺先得月。

香香年紀小不懂這些。她以為做小就是伺候老爺喝茶、洗臉、鋪床疊被這些活兒罷了。新的生活，讓香香心裏有新的轉變。跟著爹娘過日子，一日三餐不喝稀飯就吃紅藷，十天半個月也沾不到一點葷腥，還得幫著幹粗活。秦家不同，有吃有喝，有葷有腥，家事有下人做，只要把老爺伺候好了便一切太平，雖然離開了爹娘弟妹，豐裕的生活讓她心滿意足。

秦太太待香香不壞，教她家事、教她待人接物，教她如何伺候丈夫，教她……有時，總會含意深長的說：

「香香，以後我們秦家就全靠你了。」

香香不懂，一個十幾歲的小女孩，她能為秦家做些什麼呢？

有時候，秦太太會瞪著香香傻笑，摸摸她的手和日漸豐腴的臉，借著替她整理衣衫的機會，故意摸摸她臀部和腹部，希望奇蹟出現，最後，總會幽幽一嘆說：

「這個死老頭，究竟安的什麼心？」

香香以為太太在咒老爺，反而替他爭辯說：

「老爺為人好，他每天忙著清理帳務，我看他腦子從來沒閒過。」

「香香，老爺對你好不好？」

「好。」香香認真點頭。

「怎麼好法？」

「他從來不罵我。」

「還有沒有別的？比如拉拉手親親你？」

「沒有，沒有，老爺是個正人君子，他才不這樣哩！」

秦太太看著香香一臉天真的表情，不覺被她逗笑了。

「老爺為人確實不壞。香香，你不懂，連我也不瞭解他究竟安的是什麼心？」

＊　＊　＊

秦家原來很窮，到秦復楚祖父手上才發迹！李家原本很富，到香香祖父這一代，產業漸漸長著翅膀像白鴿子飛去別人家。

俗話說：「十年風水輪流轉」，又說：「窮不過三代，富不過三代」，「千年田地八百主」。人生無常，窮富不定，過了三代富日子，也該讓別人分享一點福麻，好日子那能讓一家人獨占呢？

秦家富了，秦復楚依然兢兢業業過日子，深怕有福享盡佔用了兒孫的福澤。

當他把香香納進門後，他從來沒把她當小星看待，也沒當作下女使喚，總是客客氣氣說：

「香香，你替我泡壺熱茶好不好？」

「香香，你替我把皮袍拿來。你加衣服沒有？」他捏捏她的衣袖，便會笑著嗔怪說：「為什麼不多加一件衣服？留著那件皮襖幹什麼？棉褲也不穿，家裏又不短吃少穿，快去加衣服，晚上要多蓋條被子。」

「我不冷嘛！」

「不冷也要多穿，寧可冒汗，不可挨凍，懂嗎？」

「懂。」

香香就在秦復楚呵護照拂之下，心情愉快，生活無憂無慮，把她養成一個白白胖胖的青春少女。

＊　＊　＊

香香由十五歲長到十八歲，就像一粒青澀桃子邁進了時序七月，熟了，可以摘食。

秦太太逼著丈夫和香香圓房，丈夫總是推三阻四不答應，秦太太心裏有些納悶，他究竟在弄什麼鬼？要說丈夫身體有毛病，不像個男人，又不對呀！他跟自己同床共枕時，卻又表現得精神勇猛。

丈夫那邊弄不通，她只有從香香這邊下功夫。她把香香拉到自己房間問：

「香香，你來我們秦家幾年了？」

香香不疑有他，直率回答說：「三年。」

「你知道老爺把你買回來幹什麼？」

「伺候老爺嘛！」

「不止伺候老爺，老爺是買你當小的。」

「什麼當小？」香香不懂。

「就是做小太太。」

「哦！原來這樣子……。」香香臉色陰鬱不開。

「香香，這三年來我待你好不好？」

「好。」

「我現在跟你講句貼心話，我是不能生育，所以，才把你要來給老爺做小，我們秦家一大片產業，因為沒有一男半女，叔伯堂侄眼睛睜得銅鈴大，都想承繼我們的產業，等你生下一男半女，他們就別想打這個歪主意。香香，我們兩人要齊心合力保住這分家產，免得被佔走，下半輩子反而沒依靠。再說，女孩家嫁人，無非是找個靠得住的男人有吃有穿，像我們秦家有田有山，可說是茶來伸手，飯來張口，跟著老爺一輩子不愁吃穿。」

香香不作聲，雖然老爺年紀大些，但他為人和善，跟著他過日子，應該很幸福。

「香香，聽我的話，以後有空就沾著老爺，讓他自己找你。」香香似懂非懂，卻又不曉得如何作法？

「我想法子很快給你們圓房，當你生了兒女，我們這一房傳承有人，就可絕了同族子孫的歪念頭。」

＊　＊　＊

秦復楚還沒跟香香圓房，他又把香香的大妹蓉蓉買回家，外邊人都罵他一箭雙雕，啃完竹剝嫩筍。

香香有妹妹作陪，心情更加愉快，因為無憂無慮，香香長得像隻熟透的水蜜桃，紅裏泛白，白裏帶紅。

人成熟，女人的象徵像春天含苞放蕾，薄薄幾片外葉全包不住；內心也引起了不少變化，她感到很悶，又感到好樂，既感到空虛，又覺得充實，她的情愫在發酵，她的生理在吶喊，她像任何一位正常女人一樣，她有一種饑渴的感覺。

那是一個夏夜，單衫薄褲，青春的魅力就像霧般散出來，天候入夜涼適，心情和情感卻像熔漿般沸騰。香香在太太勸解鼓勵之下，摸索著輕臥在秦復楚身邊。

秦復楚下午勘察蟲害的稻田，跟佃農商討減租問題，復又喝了幾杯酒，感到好疲累，躺上床，習習涼風就像一雙溫柔的手，把他送進馨甜的夢境，一場好睡，不覺疲乏全消，醒來後發覺身旁多了一位女人，月色朦朧，他以為是妻子，轉回身把她摟進懷裏，綿綿細語，訴述不盡夫妻情愛。香香也不聲張，待他用手輕撫著對方的身體和面頰時，他發覺肌膚豐潤有如凝脂，臉頰像溢滿水分那樣豐盈，她不是妻子，他自己也不是柳下惠，他困陷在慾與靈的交戰中，慾說：「嚐嚐，不嚐可惜。」靈說：「試不得，一試就把你的苦心全白費了。」於是，他奮然坐起問：

「你是香香吧！」

香香怯懦的「嗯」了一聲。

「香香，你平常不是這樣子。」

香香不作聲。

「是不是太太教你這樣做？」

香香羞愧地再「嗯」一聲。

「不可以這樣子。」秦復楚嚴厲地說。

「為什麼？」香香驚訝的問：「是我不好嗎？」

「不是，你很好，我也很喜歡你。」

「那是為什麼？你既然把我買回來，又不要我，而且還買了我大妹。你究竟為什麼？」

泰復楚憐愛地拍拍她面頰，就像父親疼愛女兒。

「以後你就會明白，我不會糟蹋你，也不會糟蹋你妹妹，你在這裏好好過日子，再過一兩年，我會處理這件事。」

香香感到大惑不解。

* * *

香香應該有個婆家，二十二歲，年齡不大，二十二歲少女的心卻是浮動不安，飢渴和盼望，心如芽苞待放，它焦急地期待春風春雨的潤澤。

秦復楚知道香香小時候與河對岸甯家老二很要好，甯家雖非書香門第，卻是正派人家，要是撮合成對，倒是天造地設，了卻自己一樁心願。

那天，他去探望甯大夫婦。秦復楚本來深得人望，自從買了香香姊妹後，雖是地方風習相沿，納妾不算背德，但卻少人諒解。當他跨進甯家大門，甯大夫婦要待不理，又覺失理，要是接待，總覺內心那腔不平之氣沒處放，於是，冷冷地打聲招呼說：

「秦老，你請坐。」

秦復楚察言觀色，看出對方那副不屑神情，幸好自己居心正大，不曾違逆人倫，雖然所用手段不好，遭人誤解，想到真相遲早會大白，只有壓低火氣說：

「甯大，我有一樁事情跟你商量。」

甯大沒有熱烈反應，只冷哼一聲說：「哦——。」

「我知道你家老二跟香香很要好，現在兩個人年齡都大了，應該給他們成親才對。」

甯大不聽此言猶可，一聽此言，不由慌忙搖手說：

「不，不，我甯家再窮，也不撿破爛。」

「甯大，你怎麼說這種話？」

甯大理直氣壯回道：「怎麼不是，你收香香作小，現在又說給我老二成親，那不是收破爛是什麼？」

秦復楚半晌無言，直待自己激盪的心情平靜後，才解釋說：

「甯大，這裏面有原委，等你聽完我的故事後你才會瞭解我，你願聽嗎？」

甯大翻起白眼瞪他。「我要下田幹活。」顯然是拒絕。

秦復楚硬把他按下座位說：「你聽完後，才會瞭解我的苦心。」

甯大只有有勉強坐回原位，臉色陰沉，一句話也不說。

「甯大，我跟你和李司文從小就是要好的朋友，小時候一塊掏鳥蛋抓泥鰍，像兄弟一樣親，只因為我的日子過得好一點，你們就有意跟我不來往，其實，我一直不曾忘記你們兩個，尤其是你，偷隻小西瓜我們也分著吃，情感最親密，如果你也不瞭解我，我的滿肚子心事向誰訴呢？」

甯大不作聲，內心點點滴滴興起童年的趣事。

「我祖父在生時，曾經受過李家的恩典，等我家富了，李家卻不幸窮了，命運弄人，誰也奈何不得。李司文的為人你知道，內裏空面子卻要撐著，他寧可窮死，也不願接受別人幫助，我為了回報李家，好幾次派人送米送錢去，都被他原封不動退回來。收做小是我們這裏的陋習，明明知道不好，積習相傳，大家都認為名正言順，加之西蘭又不曾生下一男半女，她自作主張把香香姊妹收來給我做小，甯大，你想想，我是個快進棺材的人，香香姊妹是我的姪女輩，花樣年華，正當青春，我再有錢也不能糟蹋姪女，誤了她倆的一生。為了報恩，我只有勉強答應，卻一直不曾拜堂，一心想替香香姊妹找個好婆家。」

甯大這才恍然大悟說：「怪不得香香去你家這麼多年，一直不曾有喜，原來是這個緣故。」

「我寧可無後對不起祖先，也不能缺德糟蹋人家女兒。」

「秦老，你當時做法錯誤，為什麼不收香香做乾女兒呢？」

「西蘭願意嗎？她是一心一意叫人替我秦家生兒育女傳宗接代呀！就算西蘭不計較，族裏的侄子輩願意嗎？好好一片產業拱手讓給李家香香，那不鬧翻半邊天才怪。」

「對、對，我沒想到這層道理。」甯大這才心服口服點頭。

「西蘭一直催我拜堂圓房，我卻藉故拖延到今天，我知道香香心裏一直惦念著你家老二，我們合力辦完這樁事，讓有情人終成眷屬，也好了卻我的心願。」

甯大面有難色，秦復楚疑惑不安問：「你不願意？」

「不是不願意啦！」甯大嫂回道：「我們一時間那能籌得到錢辦喜事。」

「這個我早想到了，我跟甯大是好朋友，你們家的事就等於是我家的事。錢我已經帶來，不多，夠辦幾桌酒席。另外，我會為香香備份嫁奩送來，香香照顧我這麼多年，我不會虧待她。」

兩位老友咬了一陣耳朵，事情便這樣作了決定。

依據當地習俗，納小當時未拜堂，必須回去娘家再用花轎擡來重新拜天地祖先。香香早在三天前就回去娘家。

秦太太抱兒心切，興高采烈指使家人辦喜事，她忙得團團轉，秦復楚卻是內心篤定，一副漠不關心神態，像是專門等著做新郎。

當日，秦家張燈結綵，熱鬧非凡，人來人往，喜氣洋洋，客廳擺設幾十桌酒席，專等花轎進門。秦太太一會兒去門口張望，一會兒指使下人探聽消息，到了拜堂時辰，還未見花轎進門，她不放心，便囑長工老周去李家打聽，老周去了不到半炷香功夫，立即氣急敗壞跑回來報訊說：

「太太，花轎擡去了甯家，早跟甯家老二拜過堂了。」

秦太太一聽此言，氣得跳腳喊：「這是怎麼回事？快請老爺來。」

秦復楚心神泰然趨近問：

「什麼事？西蘭。」

「香香擡去甯家，跟甯家老二拜過堂了。李司文這個傢伙非常可惡，我花那麼多錢養香香不是白花了，扔進水裏還會冒隻泡。」

秦復楚笑容可掬湊到妻子耳畔說：

「不能怪李司文，這是我的主意，香香跟甯家老二自小就很好，千里姻緣天注定，撮合他們成親，比她替我生個兒子更積陰德。」

秦太太一聽此言，氣得七竅冒煙，手指著丈夫鼻子罵道：「你吃裏扒外，光瞞騙我一個人，害我瞎張羅……。」

一陣氣往上衝，思想扭了結，體力不勝負擔，人就像一截枯樹「咕咚」一聲暈厥過去。下人七手八腳把主母擡進臥室；前來作客的梁大夫進去急救，沒多久，秦太太甦醒，梁大夫笑盈盈走向秦復楚說：

「秦兄，恭喜你啦！」

秦復楚一臉茫然問：

「西蘭都暈過去了，還有什麼喜好恭的。」

「嫂夫人有喜了，如果我的診斷不錯，可能還是雙胞胎。」

秦復楚一陣驚喜，趕忙跑進臥室探望妻子。此刻，秦太太既不憤怒，也不嗔怪，神定氣閒靠在床頭羞答答說：

「復楚，梁大夫說我——」

「我知道了，西蘭，我真高興，這都是我們祖宗有德的報應。」

「今天這場局面，怎麼好向親戚朋友交代？」

「我早有安排，走，你去外面瞧瞧就知道。」

「我不出去，這麼大歲數還懷孕，羞死人了。」

「西蘭，你想兒女都快想瘋了，今日有喜，應該高興才對，反而害羞，又不是懷別人的孩子，走吧！」

秦太太無法拒絕，只好跟隨丈夫出去，到達廳堂，只見廳中央懸著一幅紅緞底金線繡成的大「壽」

字，上書西蘭吾妻五旬大慶，下書秦復楚敬賀。

秦太太深情款款瞄一眼丈夫，還沒來得及表示欣喜和謝意，客人便陸續走進客廳向她拜壽了。

母教

柯家兩男一女，柯文柯武大學畢業後，分別進入社會工作，只有女兒柯丹仍然在讀東海大學二年級。三個兒女是柯太太心上的三塊肉，不過，女兒是媽媽心上的主動脈弓，比較上還是重要一點。

臺北跟臺中相距不到三個小時的車程，交通便利，女兒看媽媽，媽媽看女兒，在某些情形之下，依然有些困難。由於柯丹是么女，依賴性比較強一點，儘管嘴巴上她一再強調要獨來獨往，隔些時日不回家看看母親和祖母，她內心就有一種無處安頓的感覺。

那天，她在沒有預告的情形下回到家，敲開門，兩位哥哥待在客廳看電視，母親則在廚房鬧翻天的炒菜做飯。

柯文柯武正要招呼妹妹，柯丹搖手示意別聲張，她躡手躡腳走到媽媽身後攔腰一抱喊：

「媽，我回來了。」

柯太太被女兒嚇了一跳，回頭端詳心上最放不下的一塊肉站在眼前，立刻眉開眼笑責罵道：

「回家也不先打通電話。」

「想給媽媽一分驚喜嘛！媽，今晚吃什麼？」

媽媽指著碗櫥的瓜仔肉、豆豉蒸魚、涼拌茄子、凍雞……說：「都在這裏。」

這是祖母愛吃的菜，柯太太不曾學過烹飪術，又要迎合婆婆的胃口，想翻新花樣也不敢輕易嘗試，女兒眼睛一瀏，不由噘著嘴發牢騷：

「年年月月吃這個，早吃膩了。」

「你要吃什麼？女兒，能這樣吃一輩子就是天大的福氣。」

「媽，變個花樣好不好？」

「變什麼花樣？」

「去吃館子。」

兩個哥哥一聽妹妹提議吃館子，同聲在客廳喊：

「好主意！」

柯太太看看三個兒女六隻企求的眸光，不得不解下圍裙答應：

「走吧！偶然吃一次館子也好換一換口味。老大去請祖母。」

一家五口快出門時，正好是新聞播放時節，老太太要看新聞節目，推說不去，要在家裏吃現成的。祖母不走，闔家歡樂減去一半，柯太太吩咐兒子錄製新聞節目，親自扶著婆婆說：

「媽，一塊去嘛！新聞錄下來，等吃完飯再看。」

老太太不好拂逆大家的興頭，只有隨著媳婦在孫兒女簇擁下離開家。

一家人吃罷館子回家，一家之主的柯家南比他們早一步到家，柯太太關切的問：

「你吃飯沒有？」一嗅他撲鼻的酒味，不由不悅的責問說：「又是應酬？」

柯家南坐進沙發，吩咐女兒開一瓶「康貝特」醒酒。

「朋友嘛！躲也躲不掉。」

他喝完「康貝特」，正要開電視，母親呵止說：

「應酬？我不知道你究竟在忙些什麼？一回家就只曉得陪電視，出了門，影子都找不到。老二。」她喚次孫柯武。「給奶奶放錄影帶，我要看今天的新聞節目。」

兒子拗不過母親，只有無奈地坐回沙發。

新聞節目先是報導股市新聞，接著便是播報「四、一七」，上湖遊行示威事件，老太太一面看一面喃喃咀咒：

「飽飯吃厭了就鬧示威遊行，等有一天把臺灣鬧垮了，大家一塊去跳海。」

新聞畫面先是看見遊行群眾呼口號、搖旗幟接著就是推擠、叫囂，警察阻擋不住，紛紛往後退，退到無法再退的地步時，警察停止退讓，於是進行群眾後面向前推擠，第一線往前面衝刺，一方面要進，另一方面不退，兩列人牆形成僵局，於是，遊行群眾亂鬨鬨叫囂、辱罵、扔石頭，前面一排遊行群眾趁勢衝破警察防線，警察被迫採取圍堵措施，幾個領頭的驃形大漢，乘機煽動鼓噪，混亂中扭住警察衣襟推擠拉扯，並用事先準備好的木棍襲擊警察。起先的畫面一團亂糟糟，到最後，畫面愈來愈清晰，幾個打人的特定對象不但看出他們的粗魯動作，而且還清晰地辨出五官表情。忽然，一張放大的臉譜在畫面上映出，電視機前的柯家大小全愣住了，柯丹驚訝一聲喊：

「那是爸爸。」

老太太冷森森看兒子一眼，孩子們惶惑不解的看著爸爸。

畫面由大而小，再由近而遠，只見柯家南不斷的揮著棍子朝警察亂打。

此時節，整個客廳的空氣像凝固般冰冷窒息。柯家南尷尬地立起身準備離開。

老太太春雷一般吼道：「把電視關掉，坐下，我有話問你。」

兒子忐忑不安回道：

「我有事要要出去。」他想開溜。

「出去幹什麼？喝酒？打架？鬧事？我看你是臉上掛不住？上了電視，成了新聞人物，像話嗎？你就用這個教育兒女？」

柯家南不敢聲辯，癡呆地站著。

「你為什麼跟他們搞在一塊？」

兒子像鋸嘴葫蘆，就是閉口不說話，被母親逼問急了，這才老老實實地回道：

「賺錢嘛！」

「打人也能賺錢？」母親驚訝地掃一眼孫兒女，半信半疑。

「一天一千，愈鬧愈多拿錢。」

「你缺錢用？家裏支用全是兩個孫子負擔，你賺錢一個人花，你幾時拿過一千兩千養家？幾時買過一點東西孝養我這個老太婆？」

兒子被數落得無話反駁，一張臉脹得像豬肝般通紅。

「賺錢不是這種賺法，人家警察也是父母生的，你把他們打傷了，你良心過得去嗎？他們是在維護社會治安，不是盜匪小偷，你也下得了手。再說，政府有什麼不好？你要跟他一夥瞎胡鬧，把政府鬧垮了，你有好日子過嗎？」

「他們說這是民主社會的常態，可以反對政府。」

「爸。」大兒子柯文辯正道：

「遊行示威不是不可以，而是要採取和平手段，像這種暴力行為，那是另有目的，你不能被他們利用了。」

柯家南把一肚皮氣出在兒子頭上，一巴掌打過去，柯文躲得快沒挨上，氣沒處發洩，他惱羞成怒罵道：

「我還要你教訓。」

柯武和柯丹立刻幫大哥應戰。

「爸爸說得對，打人是自由民主社會的常態。明天，大哥去公司打董事長，打總經理；二哥去工廠打廠長、打警衛；我去學校打老師，打同學，人家問我們為什麼有這種莫名其妙的暴力行為？我們就說這是我爸爸教的。」

老太太接著孫女的話尾說：

「你看看，孫子都懂得是非，你做父親的怎麼不慚愧？日據期間，你爸爸只罵了日本警察一句「巴格野鹿」，就被拖去打得死去活來，擡回家三天就斷了氣。媽為養活你，天天去田裏撿地瓜、揀田螺，一天三餐全吃地瓜稀飯，想送你上學校，沒有錢；現在，我們吃魚吃肉，住洋樓，穿進口衣服和皮鞋，三個孫兒女都讀大學，你還有什麼不滿意？」

兒子被刮得啞口無言，站在當地像半截木樁。幸好妻子趁機打圓場。

「媽，家南那天可能多喝了幾杯酒，他會知道做錯了。」

老太太長長一嘆，揮揮手說：

「你走吧！站在這兒惹人嫌。打警察，打路人，明日連母親也可以打了。這是什麼世道人心？」她面向孫兒女叮囑：「你們千萬別學你爸爸，做人要懂得是非，懂得感恩。」

柯家南挨了母親一頓訓責，內心感到很不是滋味，想到自己賺這種工錢，自己又沒什麼政治理想，也不由有些愧疚。現在已經脫離母親的掌握，立刻像老鼠般往外溜。柯太太問：

「你又出去？」

「不出去幹什麼？剛才挨媽半天罵，還不夠？媽的脾氣你又不是不知道？隨時想起來隨時就罵人。」

柯太太不好一再責怪他，丈夫已經五十二三了，兒女站著跟他一般高，依然像隻沒頭的蒼蠅，到處亂飛，好在是一根腸子通到底的人，凡事惱過也就天下太平，結婚二十多年，夫婦間也有意見相左的時候，大體上總是相處和諧，沒有什麼大糾葛。

柯家南一旦離家，兩個兒子便帶妹妹去趕末場電影，家裏只剩婆媳二人。

老太太原就患有膽囊炎，偶然發作一次，疼痛也很輕微，今天，因為飯前心情好，多吃了一些菜餚，飯後看新聞被兒子惹來一陣惱，兩火相攻，結果把痛楚攻了出來，而且一發不可收拾。她咬緊牙根苦撐，依然無法捱過那道痛關，兒子孫兒女都不在家，急得媳婦像是熱鍋上的螞蟻，滿屋子亂轉，到最後，只有撥一一〇電話，在等待警局救護車到達前，她留下一張字條說：「祖母去三總急診」。不一刻，救護車「嗚嗚嗚」駛到公寓門口，兩位警察用擔架把老太太擡上救護車，然後疾駛三軍總院，經過急診處理，劇痛減輕，老太太的眉頭才舒展些。

老人家已逾古稀之年，院方擔心她病情不穩定，便留她在急診室觀察，這一折騰，已經到了凌晨一點鐘。媳婦不斷給家裏掛電話，最後一通才由大兒子接聽，柯文告訴媽媽剛看完電影進門，一聽祖母生病，三個孩子都急著要去醫院照顧。媽媽一方面疼兒女，另方面知道只有自己才瞭解婆婆的性格，伺候茶水，照顧起居，才合老人家的心意，婆媳倆既像母女也像朋友，聊起天來可以絮絮不絕，所以，吩咐兒女早點就寢，明日再來。

醫院是另一個社會，急診室一直忙個不停，快到四點左右，忽然兩位警察攙扶一個滿身血污的漢子走進來。婆婆已經入睡，媳婦一夜疲累也似睡似醒般感到意識朦朧。過了好長一段時間，忽然聽見斜對角那位男人的聲音像丈夫。

「幹他娘，那幾個小流氓下次要給我碰到，我不把他們打成兩截才怪。」

一位警察在旁勸導說：

「算了，以後，你少喝點酒，那些小混混，能夠不惹就莫惹他們；剛才，要是我們來晚一點，你準得多挨好幾刀，說不定老命也賠上了。」

那個漢子被警察堵的沒話回。警察繼續剛才沒說完的話。

「好好睡一晚，醫生說不礙事，只縫合三針，明天就可出院。醫藥費我已付了兩千，多退少補。」

「謝謝，等我明天回家，我就把錢送到你們局裏去。」

「小意思，算不了什麼，以後要喝酒乾脆在家喝，外面人多分子雜，一句話不小心，說者無心，聽者有意，就可能出問題。」

「謝謝你。」

柯太太愈聽愈像丈夫的聲音，她待警察離開，悄悄攏近一瞧，不是丈夫是誰？她驚訝的問？

「你怎麼啦？」

丈夫也不由嚇了一跳，忙問：

「你怎麼來這裏？」

「媽舊病復發，剛送來急診。」

柯家南趕緊起身探望母親，妻子告訴他母親剛睡，別把她吵醒。丈夫不依，仍然躡手躡腳走到母親病床前看一眼，瞧見母親睡得很甜，這才走回自己床位說：

「睡得很沉，不痛了吧？」

「剛打過止痛針。你是怎麼回事？」

柯家南把跟朋友喝酒，不小心撞到一個小流氓，遭到小流氓追殺，幸好警察及時趕到，逮住其中一個混混，自己右臂也被捅了一刀的經過大致述說一遍。

妻子聽著心痛，忍不住抱怨說：

「叫你少喝酒，你就是不聽，總有一天你會死在酒上面。」

丈夫不在意的聳聳肩，這種嘮叨已經聽了二十多年，像唸經，聽久了，自己也會唸。

第二天上午，母子同時出院，回到家，聽過兒子捱刀的經過後，母親滿臉嚴霜的坐在沙發問：

「誰救了你？」

兒子沒有大腦，不曉得母親會借題發揮，直率回答說：

「警察。」

母親依然嚴凍不開，聲音鬱鬱地說：

「要是我當警察，我就讓小流氓捅你幾刀才救你，讓你嚐點苦頭。」

「媽，警察不會見死不救。」媳婦插嘴。

「就是不會見死不救，所以，這種打警察的人更不可以原諒。」

兒子知道自己行為魯莽，早就有了悔意，他告饒說：

「媽，我知道錯了，你別罵了好不好？」

就在這個節骨眼上，前次邀柯家南去遊行示威的阿木走進門說：

「阿南，賺錢的機會又來了，五月廿五日果農要示威遊行，一天一千五，打人、扔石頭加倍拿錢。這一次是先拿錢後幹活。我們幾個，他們誇我們很有衝勁，信得過。」

柯家南突然光火地罵道：

「幹你娘老××，我要先揍你這個王八蛋。」

柯家南拳粗身子壯，站起來像塊大石碑，人一光火，就像猛虎下崗。阿木一看苗頭不對，不像是在開玩笑，嚇得一邊開溜一邊問：

「阿南，你怎麼啦？神經。」

「幹你娘，你才神經，以後我專揍你們這批挖牆腳打地洞的王八蛋。」

紅塵劫

深沉的悲哀沒有淚，把悲哀化作了力量。

葉梅紅嚴肅地督導造坟工人把周樸的棺木小心謹慎放進壙穴，再看著一鍬鍬把黃土掩覆成堆。這時，天色已近黃昏，夏日晝長，太陽尚在西天戀戀不去，滿天霞彩，絢爛已極，梅紅的心頭卻是一片晦暗；她燃上一支香菸，痲木地坐上莉春的白色轎車，回頭再看周樸一眼，幾乎是毫無感覺地回到公寓。

莉春給她打開一罐果汁說：

「今天晚上我留下來陪你。」

梅紅搖搖頭回絕。「不用，我會照顧自己。」

「我怕你寂寞，我跟你聊聊，好歹有個伴。」

「寂寞也好，熱鬧也好，現在對我都不重要了，失去了錢財，失去了信心和一個至愛的人，還有什麼比這個更重要呢？」

莉春錯愕片刻繼續問：「我們去館子吃晚餐好不好？」

兩個人都不願意直接觸及那樁令人感傷的現實問題。

「我不太有胃口。」她怕過分給莉春難堪，立即改口說：「這樣子好了，你去買點燒臘來，我們喝兩杯；家裏有牛肉罐頭，再下兩小碗牛肉麵，晚餐我們就勉強對付一下。」

莉春不好拂逆梅紅的意思，連聲贊成。

沒多久，莉春買回一包燒臘。梅紅打開一瓶洋酒，斟滿兩大杯，兩個人便興趣索然地對飲起來了。一個是愁腸百轉，一個是傷心欲絕。酒澆不去塊壘，解不了真愁，喝著喝著，梅紅忽然「哇」地一聲哭了。

莉春漠然地望向她，沒勸解也沒安慰，只顧淺淺地啜飲著那杯酒。

哀痛傷山洪，找到了宣洩的導口，才可免於氾濫成災；若是壅塞淤積，遲早會潰堤決堰，造成無法收拾的局面。也好，哭就讓她哭吧！

梅紅由嚎號而變為飲泣，也許心胸那股鬱積獲得疏導，終於擦乾眼淚說：

「莉春，你回去時替我把門掩好，我很睏，我要睡了。」

莉春將她扶進臥室，然後收拾碗筷，將梅紅那小碗牛肉麵擱進電鍋保溫，留下一張便條，這才意興闌珊地回家。想到梅紅的遭遇，她忍不住嘆氣道：

「人生真苦。」

*　*　*

電話鈴一直響個不停。

梅紅翻個身，慵懶地抓起話機，剛剛「喂」了一聲，莉春立刻激切而驚喜地送來一大串話：

「梅姐，你把我嚇壞了，我以為你出了什麼事？」

「自殺？」

莉春有這種疑慮，卻沒有說出來。

「我當了一次傻瓜，不會再當第二次。」

「怎麼我搖這樣久你都不接電話？」

「我睡得很沉。」

「今天心情是不是好一點，等一下我來陪你。」

「不用啦！莉春，我看得很開。人生離合都是緣分，就像佛家所說的是一種孽，現在孽已經解了，我不會那樣死心眼拼命往牛角尖裏鑽。」

「這樣想就好，煩惱自苦都是自己找來的。我們活著，為什麼不能學瀟灑一點呢？你說是不是？」

「我同意。」

「梅姐，下午我請你看電影。」莉春換成一副撒嬌的口吻說：「西門町有幾部片子正在上演。」

「莉春，抱歉，我不能陪你，我打算去度幾天假。」

「你要去那裏度假？」

「我想去看看我表姐，她住埔里。」

「我知道，就是你經常提起那個辦育幼院的表姐，是不是？」

「對，就是她，我就只這位一百零一個表姐。」

莉春停頓片刻沒接話。反而令梅紅驚異地問：

「莉春，你怎麼啦？怎麼不說話呀！」

「梅姐，我是想，埔里的環境寧靜，你去那兒過幾天，會對你的心情恢復平靜有幫助。」

梅紅忍不住搖頭喟嘆。

「該還的債還了，尤其是情感方面，我現在是一無所有。不說這個了，你不是叫我學瀟灑一點嗎？事情都過去了，何必為這件傷感情的事情糾結不清呢？」

「梅姐，我高興你能提得起放得下。不過，讓我說句公道話，周樸雖然辜負了你，他償還給你的卻是一條活蹦亂跳的生命。」

「傻妹妹，你想想，這有什麼意義呢？他真要誠心誠意希圖償還我什麼，他就應該硬挺挺地活著，莊嚴地面對問題；即使他什麼也不償還給我，只要他對社會人羣有一點點貢獻，也就值得。一死了之，那是怯懦，是逃避責任，對我來說，什麼意義也沒有。」

兩個人同時都沒說話，同時頹然地放下電話筒，同時傳來彼此電話機擱下後的清脆鈴聲。

＊　＊　＊

自臺北上車到埔里下車，一路上，梅紅的思想一片空白。

心理上灰濛空茫，無涯無依，儘管景色蔥幽，鳥歌悠揚，在梅紅心裏依然激不起一絲漣漪。

人不可能瀟灑得一點情感上的反應都沒有，何況梅紅失去的不只是金錢財物，而且是她全部的情感。

找到「愛愛育幼院」，那些像鳥歌水吟的笑語聲，花放蝶翔的活潑身影，他這才感到有分喜悅，她從那張張純真稚嫩的臉龐上找到一分生的樂趣。

跟表姐見過面，秋吟把梅紅的提箱拎進臥室說：

「要堅強一點，現在我很忙，你什麼也不要跟我說，等晚上，我們慢慢聊。」

「姐，要不要我做什麼？」

秋吟思索俄頃搖頭，意義深長的吩咐：

「我只要你搬張椅子坐在簷廊下，看看孩子們的活動，你便會感覺到人生應該追求的不止是財富和愛情，還有許多許多東西值得你全部去投入。」

秋吟話中有話，梅紅感覺得出。她慧悟地朝她笑笑。

她自窗子向外張望，只見整個操場全是孩子們追逐的身影，他們歡笑、跳躍、遊玩，一件單純的事情在成人眼裏枯索無趣，在孩子們的心眼裏卻是蘊含無盡。

梅紅反問自己，每一個人都是從童年走過來的，為什麼當年齡邁入成年時，人便失去了純真和單純的快樂？在年齡的歷程裏，如果以純真的感情面對事物，每一段歲月都單純可愛，問題是人心機巧、自私，常常把單純的事複雜化，毀蝕去單純的快樂，於是社會人心互為影響，日益沉淪而不可自拔。

秋吟只收養六十幾個孩子，她把整個生命投入，她忙碌，她排除喪夫亡子的痛楚。因而，她忙得快樂，也不以為失去了丈夫和兒子就失去人生一切。看她照顧孩子那分愛心，梅紅覺得表姐找到了她自己需要的東西，走對了她生命的路。

六十幾個孩子，彼此各有個性，各有需要，在不同的性格發展下讓他們過相同形式的生活，這裏面就有許多截長補短的心理揣摩和因應。幸好秋吟和她手下幾位同事用愛心彌補了一切。待把孩子們一個個哄上床，時間已是十時多了。

秋吟疲累而笑意滿面的走進臥室說：「好不容易把他們哄上床了。」

「累不累？姐。」

「有一點點，習慣了。」

秋吟一面寬衣服，一面淡然的問：

「周樸究竟是怎麼死的？你信上只含含糊糊提了一點。」

「自殺。」語氣淒楚而忿然。

「為什麼自殺？」

「她盜賣掉我北投一棟房子去玩女人，錢花光了，那個女人把他當破鞋般甩了，他想回頭，我堅決拒絕重續舊好。姐，我要的愛是完整無缺而無瑕疵，撿破爛我不幹。不知道還有沒有其他原因？也許是良心發現，所以，他自殺了。」

「你以為周樸自殺是單為你嗎？」

「我不敢確定，他的遺書卻是這樣寫的。」

「我看不這樣簡單，周樸不是一個簡單人物，而且人心深險，誰也摸不到底。假如他真的為你自殺，一兩百萬買他一條生命，也算是連本帶利都討回來了。」

「姐，你以為這樣有意義嗎？對我來說，我究竟獲得了些什麼？」

秋吟無可無不可的笑笑。

「我是私底下這樣想罷了。當然，用生命去還債，除非是一個道德感和責任感強烈的人，像周樸這種人，他一生靠女人討三餐飯吃，不可能。」

梅紅沒作聲，多少有些同意。

「人死了就算啦！」秋吟補一句。

「那能就算。我不能眼看著他擺在太平間當無名屍處理，畢竟我們相愛一場。單為他的喪事又花了我二十多萬。」

「梅紅，你就是這樣厚道、專情、沒有心機，所以才處處吃虧，你可愛的地方也在這裏。我問你，你以後打算怎麼辦？」

「我會頹喪一陣日子，以後會再振作起來。」

「能這樣就好，我知道你是不會輕易倒下去的。男女感情的事，不可能說淡忘就輕輕易易淡忘掉；人生有許多事情待做，不能天天在愛情中掙扎浮沉。」

「我知道。」梅紅漫應著。

「累不累？熄燈睡覺好嗎？」

梅紅本來還有許多話待說，一瞧秋吟打了一個長哈欠，她只有無奈的回答說：「好吧！」

＊　＊　＊

山中夏夜好寧靜，蟲聲唧唧，像一條綿長柔細的絲線纏繞著人的思維不放鬆。

本來兩個人都有一些若有若無的睡意，待往床上躺下，將每一束肌肉放鬆後，肌酸分解，睡意也不來了。梅紅翻個身，不由輕輕喟嘆一聲。另張床上的秋吟，忍不住關切的問：

「你沒睡著？」

「姐，我一點睡意都沒有。」

「想什麼？」

「什麼都沒想，腦子一片空白，還有什麼好想的。」

「唉！問情何物？怎一個愁字了得。」秋吟漫不經心地淺吟著，歇了片刻，她又感慨萬端的說：「梅紅，你這個人就是被一個情字害了，事事動情，結果，弄成今天這個樣子。」

「人總不能無情。」

「對呀！人應該有情，但總要看對象才去動情。像周樸那種人，言善而偽，貌恭而險，只有自己，沒有別人，是一個十足的奸佞。你跟他交往時，我就勸過你要小心，你不但不聽姐姐的話，反而跟他同居，結果呢？……」

秋吟不好用「賠了夫人又折兵」這一句話刺傷她，只好中途停住。

「姐，一個人的心是看不出來的，尤其是一個善於偽裝的人，誰瞭解他的心有多毒多詐？上一次當，學一次乖，以後我不會真正動感情。」

「也不必存著『一朝被蛇咬，十年怕井繩』的心理，以後找到好對象，乾脆嫁人，有個歸宿，免得像浮萍一樣，東飄西盪沒有根。」

「情感已經支離破碎，身心兩方面也支離破碎，把一個不完整的身體和心靈交給對方，道德嗎？」

秋吟忍不住輕淺地笑起來，她緩緩走下床，撳亮電燈，雙手捧住梅紅美豔的臉龐問：

「妳現在很在乎嗎？」

梅紅認真點頭。

「梅紅，姐姐不是同性戀，妳漂亮，妳還有青春，姐姐看著都動心，男人更不用說了。以前的路沒走對方向，以後正確的走就是。」

梅紅不以為然地笑笑。

＊　＊　＊

人一旦陷入失眠的深淵，許多舊事會往心頭兜來。

秋吟想到自己跟梅紅在高雄闖天下那段日子。

那時節，兩個人同在一家小型工廠工作。梅紅原就是一個不甘蟄伏的女人，她一心想要往上爬，希望建立自己的地位，改善自己的生活。

兩個人一下班，秋吟留在房間看書，梅紅總是打扮花枝招展出去逛街，回來時，通常都是十一時以後。秋吟經常苦口婆心勸她說：

「梅紅，大都市環境複雜，處處都是陷阱，掉下去就爬不上岸來。」

「不會啦！姐，我會照顧自己。」

很不幸，梅紅單純的情感單純的心不曾把自己照顧好，有一次，她第二天十點多鐘才疲憊回來。秋吟嚴正的指著她問。

「妳昨天晚上到那兒去了？」

這一問，問出梅紅兩眶淚水，她一頭撲進秋吟懷裏哭泣著說：

「姐姐，我被他們灌醉強姦了。」

秋吟的心突然沉下去，既冷且僵。她所擔心的事終於不能避免的發生了。這年頭，不管東西文化怎樣交流混雜，人的思想觀念怎樣各趨異端，價值觀念怎樣因物質衝激而因人不同，在一位東方的女性來說，貞操依然是她生命中的一塊純玉，失去了再也找不回來。

「是誰？」

「華怡百貨行老闆。」

「你有他的電話和地址嗎？」

梅紅痛苦的搖頭，秋吟生氣的站起來指責她說：

「妳看妳有多糊塗，叫那個混蛋白撿了便宜。我早就提醒過妳要當心。」

梅紅只管一股勁地哭，她萬萬沒料到男人請她吃喝玩樂，原來另有目的。她必須討回公道，不能讓他白得了便宜。

兩個星期後，她突然塞給秋吟一捲錄音帶說：

「姐，妳聽聽。」

秋吟按下錄音機鍵子，她聽到梅紅跟一個男人纏綿悱惻的淫猥聲音，男人的姓名和行業，都從兩人斷斷續續的談話裏透了出來。秋吟生氣地關住錄音機問：

「梅紅，妳這樣卑賤？送上門去。」

「姐，妳耐心聽下去嘛！」

錄音帶裏套出周臺西灌醉梅紅強暴的自白，然後是梅紅嚶嚶啜泣和周臺西賠罪認錯的話。

「梅紅，你的犧牲也太大了。」

「姐，這一次我沒讓他佔到便宜，那些淫猥的聲音我都是衣服整齊讓他摟住說的，我不會傻得讓自己賠了又賠。」

秋吟與梅紅有了這捲錄音帶，跟周臺西談判了幾次，他害怕毀了事業家庭和社會地位，只有賠償了事。梅紅謹慎小心護著愛著的少女貞操，只賤賣了二十五萬元。

此後，梅紅便以既然下了水何懼沾濕衣服的心境去臺北舞廳酒廊闖天下。秋吟結婚生子，遭逢丈夫兒子車禍亡故，便把一腔愛心轉移到社會工作上。梅紅也在臺北開拓了自己的天地。十多年來，儘管各人的生活領域不同，但姊妹心靈上的相鳴相應卻是始終如一，當梅紅正打算自絢爛歸向平淡，而欲與周樸長相廝守時，周樸卻倒打她一靶把她坑了，後事還要叫梅紅替他了結。

人生好像原就是一場虛空，追逐奔競，最後依然一無所有。

「梅紅。」秋吟輕喚她。

「唔。」

「抓住後半生歲月，不要讓它錯失了，像放舟一樣，該收梢的時候就收梢，不能隨風飄泊，不知所止。」

「我會，姐，經過這十幾年來的生活浮沉，我對人生有了另一層體認。」

「什麼體認！」

「我會嚴肅的看問題，不會再像以前一樣遊戲人間，放浪自己。」

「這樣真好。」

＊　＊　＊

過了幾天寧靜而有趣的生活，梅紅覺得埔里這處山城有太多可愛的一面，四圍山色，觸目綠意，空氣清新，鳥歌怡人。不說人的因素，單是這些自然條件就足夠人流連忘返。

鄉村夜色來得早，十時左右，大都市的夜生活剛剛開始，鄉城周匝的許多村莊都已歸於靜寂而紛紛去尋好夢了。

多年鄉居生活，秋吟養成了早睡早起習攢。梅紅雖然是隻夜貓子，為了沉濾心靈上的渣滓，洗滌生活習慣上的垢汙，她決心學習改變自己，適應別人，雖然她同時跟秋吟躺上床鋪，卻是睡意遲遲不來。

秋吟沒有自己的兒女，卻擁有六十幾個孩子。每天早晨，梅紅看見一個個孩子尖著細嫩的聲音向表姐喊：

「媽媽，早安。」

熄燈就寢時，每一個孩子又爭著向秋吟親吻，然後親切的喊：

「媽媽，晚安。」

婦女懷孕是本能，愛自家骨肉是天性，若是把愛擴大範圍去愛其他人，何必非要自己懷胎十月生下兒女不可呢？

秋吟失去了丈夫和兒子，今日，她獲得的豈非比她當年擁有的更豐富鉅大？看到表姐那份滿足安詳的神情，她瞭解表姐的愛已經超越了狹小的骨肉範疇，陽光普照，不再自私。自己不是一直在尋覓人生真諦嗎？尤其自周樸盜賣她的房屋而又自殺以後，她覺得追求享樂的人生太虛幻，得與失並無明顯分際，我應該把人生方向作番調整。這裏絕對適合一個在聲色場合浮沉十餘年而今幡然回頭的人工作和居住。

三十二年來，自己窮過、苦過、吃過、玩過，什麼樣的豪華場面都經歷了，沒有遺憾，不必留戀，要找回真正的自己，應該從現在開始。這些孤苦無依的孩子需要人照拂和關愛，大臺北的聲色場合少了一個葉梅紅實在不稀罕。想到這兒，她突然坐起來撳亮電燈喊：

「姐，姐。」

秋吟早已沉入夢鄉，聽她連聲叫喚，勉強睜開眼睛，疲懶的應道：

「什麼事？」

「你昨天不是說缺人嗎？我想留下來幫你。」

「那怎麼行。」

「有什麼不行？我高中畢業，帶這些孩子絕對沒問題。」

「是要真正犧牲奉獻，不像在臺北上班那樣輕鬆悠閒。」

「我可以犧牲奉獻呀！」

秋吟聽她的口氣不像開玩笑，睡意立刻少了一半，她坐起來斜靠在床頭正視著問：

「梅紅，你不要盲目作決定，這兒的生活不比臺北喲！」

「我知道，姐，我喜歡這兒，埔里的寧靜比臺北起碼好幾百倍。」

「不是喜歡的問題。」

「那是什麼？」

「你放得下臺北的一切嗎？」

「我有什麼放不下？姐，老實講，這十多年來，我吃過、玩過、荒唐過、愛過，也恨過，臺北任何一種紙醉金迷的生活我都嘗試過，我還有什麼放不下呢？這幾天，我想了很多，我以為一切都是虛幻；像周樸，我這樣愛他，他卻忍心坑我，我又何必再在那滾滾紅塵中浮沉不止呢？今後，只有過有意義的生活，才能找回真正的自己，讓心靈充實。」

「梅紅，你真下了決心？」

「下了決心。」

秋吟欣然的說：「我答應你，我們合作把育幼院辦好。現在，我要睡覺，你也睡吧！想清楚後再做最後決定。」

「沒有什麼再想的了。」她走下床，一通電話撥到臺北的莉春，電話鈴響了好久，莉春才拖拖拉拉拿起電話筒：「喂！」

「莉春，我是梅紅呀！」

「梅姐，我正要出去，你幾時回來？」

「我不回去了。」

「為什麼？」莉春驚訝的叫：「找到了春天？」

「春天還沒到，要找，也不是現在。莉春，我要留在埔里幫我表姐照顧育幼院。」

「住幾個月，把心情養好再回來也好。」

「不是，我要一直留在埔里。莉春，我有一件事拜託你，我在『臺北小城』那棟別墅麻煩你找人把它賣掉，談好價錢以後，我再回去辦手續。」

莉春驚愕得半天說不出話，許久許久才怨罵道：「梅姐，你發神經呀！」

「我沒發神經，你瞭解我，我一經作了決定，十個火車頭也拉不回來。詳細情形，以後見面談。」

莉春頹然若失地放下電話筒呢喃著說：「好吧！……」

秋吟不曾睡著，就在梅紅和莉春通電話的當兒，她已精神亢奮地坐了起來，當她聽真切梅紅和莉春的對話後，她歡愉地奔向梅紅緊緊把她擁抱說：

「梅紅，請你原諒姐姐打個不倫不類的比喻，你像一條蠶，今天才真正蛻化出來了。」

神龍

連續二十七天春雪，爺爺跟奶奶峰立刻變得臃腫起來，爺爺峰本來瘦骨嶙峋，晴日，只見峰巒崢嶸，直入雲霄，就像根根外露的肋巴骨，一旦落雪，彷彿瘦漢多著了幾件衣服，胖是胖了，但胖得不真實，誰都知道他是肉少骨頭多。

北風把山頂凍成冰帽子，晶瑩貞固，卡得好緊：山腰是處凹地，風在肆虐，也只能在邊緣兜圈子，於是，雪一層層往下壓，堆成一隻油厚肉多的大肚皮。

據老一輩人說，爺爺峰陡削的右側就是因為雪崩而把土石一塊塌拉下來的。今年，二十幾天連續大雪落下來，誰都擔心會雪崩。

奶奶峰就像老奶奶性格，端端地坐在山頂頭，落雪歸落雪，她是紡紗搓麻照樣做，所以，奶奶峰很少發生雪崩，要有雪崩，也只像奶奶慈祥的臉，重言重語講兩句，一忽兒就過去了。

爺爺與奶奶峰都是五嶺餘脈，河有流向，山有走勢，看爺爺與奶奶峰的高度和岩質，可見五嶺起勢處高峻之狀。南嶽也是五嶺餘脈，論氣派，南嶽並不比爺爺奶奶峰峻峭，何以南嶽稱名山？而爺爺奶奶峰名聲不彰呢？這其中，可能是南嶽峰峰相連，高矮主從清楚，除南嶽主峰一枝獨秀外，其餘峰巒都像羣臣朝帝，侍列左右，尊卑顯然。爺爺奶奶峰呢？只是兩位孤獨老人，高傲怪僻，兒孫都去他鄉謀生，離他們遠遠的，當然少了一分尊榮華貴氣象。

奶奶峯胖敦敦，土多石少，森林茂密，棲息的禽獸多，可耕地也多，因之，住山腰的，狩獵、造林、種山產；住山麓的，把開闊地闢成農田，插秧育麥、種黃豆，收穫都很豐盛，也養活許多黎庶。只有爺爺峯，既不像學有專精，不獲世用，因而逍遙林泉那種爺爺；也不像不避風霜，勤苦耕耘那種爺爺；更不像長袍馬掛，活躍商場，而又財雄一方那種爺爺：他像一個受過很大打擊，心理失衡，非常憤世嫉俗那種爺爺。你看那些岩石，突兀峭峙，各不相讓，樹木非常費勁地才在岩罅中苦苦掙扎出一點蓊鬱，因之，大家都避著爺爺峯，既不耕種，也不狩獵，更少築廬定居。

這種環境，倒是釋道人氏非常喜愛，尤其是險峯峻嶺，水秀瀑急處，因為紅塵不到，紛擾不來，修觀建寺，可以滌淨塵心，養得佛性仙根。我們這座爺爺峯，山腰也建有一座佛廟，上山路徑都是避開險巇，躲過峭坡，時寬時窄，時急時緩，才能到達廟前。出家人為要修心定性，皈依三寶，這些因素都不足畏，正是考驗信心虔誠的關隘，攀爬跋涉，日日有人上山下山。

僧尼選在這地方建廟修持，原沒值得驚訝的地方。由審觀環境來評估，為什麼沈家也選在爺爺峰山腰建屋定居呢？

我看過沈爺爺，他不像慈眉善目的廟裏住持，兩道眉毛，像兩把銳刃，寒光逼人，眼神炯炯發光，具有一股懾人的「芒威」，身架子高大，好像擔得起千斤重擔萬斤苦難，十足的一個驃悍漢子。

爺爺峰沒有產權，誰都可以入山砍樹取石，沈爺爺可能看中這點，七年前只知會一聲方圓幾位有頭有臉的人物，便在山腰動工建屋，待房子落成，一家大小也就搬來進住，沈爺爺究竟是什麼來歷？誰也不知道。

從山腳仰望沈家屋宇，看不見整個屋子的結構，頂多只能從崖與崖空間和林木葉隙中窺得一些門窗簷角而已。

沈家男女很少與人來往，只要下山，他們便直往城裏跑，然後僱著牲口把日用品馱上山，很神祕。多少年過去，大家才熟稔，我們也有機會去沈家瞧瞧。待沿著迤邐山徑走到沈家時，這才曉得沈爺爺真是一位懂得享受的人物，房子沿崖壁建立，裸露在外面的地方很少，迴廊小徑，有如坐落在雲端，廳堂臥室，多是隱藏在巖凹裏，不是取天然石洞，就是人工開鑿而成，冬暖夏涼，極為隱密，屋後是陡削山峰，右為深不可測的谷澗，只有一條狹窄山徑可通，像是一座具體而微的城堡，一夫當關，萬夫莫敵，要想襲擊沈家，除非是鄧艾縋繩而下，要不然，不可能。

歲月終究催化了人與人之間的情感，沈家漸漸與人有了來往，沈爺爺也在地方上成為舉足輕重的人物。

* * *

沈爺爺遷來爺爺峰時，只有四十出頭年紀，十年歲月如輪轉，如今，他已五十多了，滿臉紅光，身體健壯，夏天短褐，冬天長袍，精神矍鑠，行動如風，不是時光能夠耗蝕的一位鐵錚錚人物。

據沈家下人說，沈爺爺每天天沒亮就在庭院練拳腳，早晚各一次，寒暑無間，打起拳來，手格高山猛虎，腳掃東海蛟龍，拳未至而力透，腳不到而勁隨，拳拳踏實，步步穩當，如此磨練，怪不得動作矯捷，肌膚勁韌。

據行家說，拳腳功夫練到家時，除了生理上化而生生不息外，氣功運行，尤足以打通各處穴道，而有祛病延年的效果，冬不畏寒，夏不懼暑，童顏鶴髮，老而彌堅。我看沈爺爺那份內蘊勁力和外射精光，可能已達到這種境界。沈爺爺平日卻是滿而若虛，實而不華，勇而若怯，言談舉止間，狀如鄉佬，誰也看不出他是一位身懷絕技的人物。

時間可以填平彼此間的鴻溝，十年不是一個短時間，沈爺爺終於跟鄉里建立了情感，地方事務，總要請他拿個主意。

有一年旱荒，旱荒年年有，沒有今年兇。

爺爺峰下雖有山溪流泉，但一出爺爺之峰便平曠夷坦，沒有築壩攔水的設施，任水源源流失；為了灌溉，大家只有挖塘貯水，塘水來源，多為雨後蓄積，久旱不雨，連峰下山澗都乾涸了，水塘無活源，當然是塘底朝天，魚蝦也連帶遭殃。

早晚一點點露水，滋養不了作物，稻田龜裂，藷苗枯萎，花生凋謝，高粱向太陽繳械投降。沒有收成，荒月度不過，凡事都可行騙，就是騙不過肚皮，而且來年生活也是一大杞憂。

大家為了延命，只有三餐減做兩餐吃，易乾為稀，變稠為薄，乾望著炎炎暑風、烈烈陽光而徒喚奈何。

大家都知道沈爺爺財雄一方，據說城裏還有好幾家店舖差人管理，每月他只去瞭解一下經營狀況，結算帳目，指示拓展方法而已，因之，在一次賑荒會議中，大家的眼光齊集向沈爺爺說：

「沈老，你見多識廣，你要為大家想條救急法子。」

其實，意思就是逼他出錢。

沈爺爺手捏著鐵蛋子咔嚓咔嚓響，蹙了一會兒眉心眼，他說：

「我倒有個法子，不知道大家同意不同意？」

「請沈老說出來聽聽。」

「我家房子狹，人多畜生雜，住著不方便，我想請人替我再開鑿幾間房子，開出來的石塊挑到河邊碼頭，自然有船裝運走，我加倍付工錢。至於明年大家的糧食，我會差人到別省去籌購，多少可以供應部分，只要熬過了今年，明年一定有法子種作物。另方面，由我出錢，大家出力，在爺爺峰下挖座水湖，既要寬又要深，再開出水渠把水引到各處農地去，水蓄的多，天再乾旱，我們也不用發愁了。」

這當然是條上上之策，大家紛表同意。

工程即日開始，鑿山洞的鑿山洞，挖湖的挖湖，一路上奔走著挑土運石的工人，哼呀哈呀！好不熱鬧，儘管烈日如火，揮汗如雨，因為每個人的心裏充滿著希望，大家也就不以為苦了。

古話說：「飢寒起盜心」，旱荒年月有工作有收入，沒有激眾為盜的因素，地方當然寧靜無事。秦始皇築長城，隋煬帝鑿運河，等長城、運河竣工，遣散的工人無吃飯所在，無正當收入，四處遊蕩，加之政治窳敗，他們便嘯聚山林，群起為盜，由單純的打家劫舍，進而為奪權攘政，秦、隋二朝也就相繼覆亡了。

沈爺爺把挖湖當作地方上永久生存的根源，志在長治久安，慮及千百年後，擾攘不靖的事當然不會發生，只是大家不解沈爺爺運走那些廢土廢石作何用途？也不懂得他的苦心。

鄉下人單純樸實，頭腦簡單，反正你叫我鑿洞、挖湖、挑土、運石，我都依命行事，只要有工資好拿，三餐無虞，何必管及其他呢？

經過夏秋雨季數百人工作，湖挖成了，湖堤用卵石層層疊砌，石縫用桐油石灰填塞，外堤植楊柳，湖面開成近百畝大。

天可能有意湊趣，等湖堤竣工，突然降了幾天秋霖，由爺爺峰匯集的山雨，源源注入湖心，眾流歸宗，湖水蓄滿，映著蒼翠山峰，映著雨後藍天，它像一面平鏡。

沈爺爺畢竟見過世面，想得深遠，他看湖水滿了，便自外埠運來馬鈴薯苗、冬季玉米……鼓勵大家栽種。有了水源便有希望、有了奮鬥方向，當然就有工作熱忱，秋收歉欠，開春以後，這幾項工作全都欣欣向榮，有了收成，秋收前的饑饉問題自然得到不少鬆活。

大家感恩戴德之餘，鐫石旌功，便把湖命名為「沈爺湖」。

因為沈爺爺對地方公益事業竭盡奉獻，贏得大家一致的愛戴，大家不再把他當外來人，彼此相處，掏肝掬膽，竭誠相見。如今春雪連月，爺爺峰隨時有雪崩的可能，沈爺爺卻是泰然自若，很不在意，那不讓人為他捏一把大汗呢？

那天，我家爺爺領頭去勸沈爺爺暫時避到城裏去，等雪融天晴再回來。這件事沒談攏，爺爺晚上回來，臉都氣僵了。

爺爺生氣有個徵候，那就是踏進門坐在搖椅上一聲不響，大家看到這情景，都懂趨吉避兇，說話做事，格外小心。只有奶奶不怕爺爺這個倔老頭。

晚餐，奶奶給爺爺上了一壺老酒，爺爺幾杯熱酒溫冷腸，飯飽酒醉，火氣也消了大半。奶奶輕描淡寫問：

「沈老頭不相信會雪崩？」

「相信。」爺爺答得很簡短。

「既然相信，他就應該避一避，天色壓得這樣低，雪不會說停就停，峰上雪積厚了，崩雪更難避免。」

「沈家大小都遷走了。」

「既然都遷走了，你看戲罵大街，替古人耽什麼憂？」

「沈老頭不走。」

「為什麼？也許他放不下心屋裏那些家私。」奶奶作解人，替他找答案。

「誰知道？這個人真不通情理，我們這樣關心他，他還一股勁安慰我們說：『各位芳鄰，謝謝你們關心，你們看我這些山洞，除非崩山，雪崩那能有影響。平日，我被人家擾煩了，要是雪崩，我正好躲在山洞好好休息幾天，洞裏有吃有喝，等雪融化，我再出洞，等於閉關修持。』」

「沈老頭可能說的是真心話。」

「等他悶死了，他才知道雪崩並不好玩。」

雪又連續落了兩天，黃昏時分，北風颳得特別緊，雪像棉絮般一塊一塊往下蓋。爺爺雖不再提沈爺爺，一想到他對地方的貢獻，唉聲嘆氣中，仍然為沈爺爺的安全操心。

半夜，突然一陣轟隆隆聲音，震得屋瓦門窗都格支格支響，推開窗子往爺爺峰瞧，在雪光映照下，只見雪花像霧霰般飛騰半個山，沈家屋子全埋在那片雪霧冰雨中。

上沈家的山徑偪窄崎嶇，復又不瞭解雪崩實情，想去救人嘛！也因天黑風緊雪勢猛而無所施其技。

那一夜，爺爺踟躕不安一整夜，好不容易盼到天亮，他便號召左右鄰居去沈家剷雪救人。

沿著小徑往上走，雪積冰凝，滑溜難行，幾乎是手足並用，才跌跌撞撞走到沈家宅第。放眼望去只見冰雪層覆，把沈家全掩埋在冰雪堆中。為了救人，也不管人力能否回天，大家只管鏟鍬齊飛，琤琤琮琮，震得爺爺峰裏一片碎玉擊瑨之聲。

這堆巨雪那是人工所能清理得了，三十幾人工作了一個上午，依然未能打開一條通道。正做得起勁，只聽見爺爺峰頂有崩屋塌樑般聲響，經驗告訴大家，這又是雪崩徵兆。爺爺一聲高喊：

「雪崩，躲進山崖去。」

說時遲，那時快，只聽見轟隆隆一聲巨響，隨即便是雪球像滾雷塌石般自頭頂壓下，幸而這地方崖坡突出，雪球跌撞到崖頂，一陣衝撞跳彈，便飛墜到山澗。主堆既墜，餘雪像霧像雨，奔瀉而下，經過好長一段時間才停住。再看看沈家門前的雪堆，好像有意給人顏色瞧，較之上午更增高增厚了。

這時節，有人埋怨沈爺爺不聽勸告，白白犧牲一條性命，害得大家勞師動眾，徒勞無功。有人則以沈爺爺曾為地方出錢出力，功德無量，再苦再累，也要把沈爺爺救出來。

下午，爺爺仍命令大家使勁剷雪。

風雪天，四體不動，便覺冷砭肌骨，酷寒難支，一旦運動，四肢血流加快，反而汗流浹背，遍身滾熱。

我們在那廂忙得氣喘如牛，卻見沈爺爺領著幾個壯漢自山腳談笑自若走上來。爺爺一見，不由火冒三丈問：

「沈老頭，你沒埋在雪堆裏？」

「沒有」
「你在那裏？」
「在山洞裏。」
「那不正是被埋了。你怎麼逃出來的？」
「逃什麼？前門被雪封住，後面還有通道，照樣可以出入，雪崩對我沒影響。」
爺爺火了，指著他鼻樑吼：
「你自己瞧吧！我們這幾十個人忙了一整天，究竟為誰？你說你怎麼交代？」
「各位鄉親待我沈某人好，我非常感激，我知道大家在剷雪救我，可是我又無法自小路爬上來告訴大家我還活著。我沒有法子感謝各位，我只有給大家發工錢。」
「誰在乎你那幾個臭錢，情感不是錢買得到的。」爺爺噘著嘴生氣。
「我知道，我知道，我不會送你錢，你上次不是說成立『積穀公會』嗎？我認捐五十擔底穀，再找大家分別捐十擔八擔，湊成二百擔穀子，以後遇到荒年，地方上就不怕凍餓。」
爺爺這才回嗔作喜說：
「沈老頭，總算你還知道通情達理。」
「我一向通情達理，只是你不承認罷了。」
錢這東西誰不喜歡，爺爺用錢，取之以道，用之以道。旁人憑氣力賺工錢，管他道不道？再說，沈爺爺富有，他發幾個子兒等於九牛拔一毛，算不了什麼。出身汗，換來錢，值得。寒雪嚴凍，若是坐在火爐旁取暖，一個子兒也樂不著，等於殺了生命葬了時間。大家忙活不到一天，每人得了一塊銀元，買葷膻腥，全隨自己意。

沒幾日，陽光露臉，春雪融化，沈爺湖注滿了融雪後的春水，綠柳垂堤，湖平如鏡，野鳧成對，桃花似笑，爺爺峰依舊瘦骨嶙峋，倒映在湖中，卻不像以前那副孤倔寒傖像。

此後，沈爺爺一家滯留城內不歸，峰腰房子嚴鎖密扃，不再開窗啟戶；爺爺峰除了佛廟早晚悠揚鐘聲外，自下仰眺，再也看不到沈家宅第中隱隱約約的燈光。

* * *

沈爺爺一家離開爺爺峰後，再也沒有看到他的影子，城裏幾家店面也結束營業，不知遷往何處？到了抗戰中期，他突然回來爺爺峰，一露臉，先就拜訪我爺爺，兩位老人家久別重逢，神情格外愉快；爺爺吩咐家人備酒席，沈爺爺卻輕淡的回絕道：

「侯老，你招待不起。」

一句話，惹得爺爺臉一沉說：

「沈老頭，你說話太貶人了，粗茶淡飯也有一分情義在，你有錢，難道要吃鳳肝龍腦。」

沈爺爺一向跟爺爺心契話無緣，只要張嘴，就會互找碴。沈爺爺知道爺爺誤會，趕忙拉著爺爺往門口一站，指著路上一長串搬運物品的人說：

「你看看，這麼多人，他們的肚皮像隻無底水缸，你招待得起嗎？」

爺爺征愕地望向沈爺爺問：

「沈老頭，你這是搞什麼？」

「侯老，我現在跟你實說了吧！我開爺爺峰下的山洞，是為軍隊準備彈藥庫；挖湖鑿洞的石塊運走，是因為岩石中含有豐富的銅金量，政府財源匱缺，運去煉金煉銅好打鬼子；後來把這工程停頓，是怕引起鬼子注意，加速攻打長沙；敵人攻打長沙的目的，是要打通粵漢鐵路，再西進廣州，南掃滇桂，如果情勢這樣發展，在四川的中央政府也會岌岌不保。爺爺峰瞰制湘江和粵漢鐵路，是敵人第一奪取的目標。最近，據情報顯示，敵人又要進攻長沙，企圖打通南下北進道路，長沙是個重鎮，關係湖北、江西、黔、桂、滇幾省安危，所以，政府派了一個營駐守爺爺峰，瞰制鐵路和湘江，船車被阻，速度不快，軍力，和後勤支援受到影響，敵人只有被迫走山徑，到時候，也會被我們軍隊一一吃掉，想攻佔長沙，鬼子等於在作白日夢。」

「那些人是——？」爺爺問。

「運彈藥，軍隊在後面。」

「爺爺峰那樣高險。」爺爺不解。

「高才能居高臨下，火力不會虛發；險敵人才無法進攻。」

「怎樣上山頂？搬梯子？」

沈爺爺笑而不答，只吩咐爺爺命家人燒幾鍋開水就好。

第三次長沙會戰，沈爺爺親自在爺爺峰上督戰，爺爺峰上的火力發生了奇大效果，敵人南下北上都不得逞，傷亡慘重，攻打長沙果真是場白日夢。

戰事結束後，未久，軍隊撤走，我們以弔古戰場的心情探訪沈家宅第，這才看出岩洞的奇妙效用，原來沈家洞後有出口，可以直達峰頂，下有蜿蜒小徑到達湖右堤，怪不得那次大雪崩，沈爺爺安然無恙；軍隊進駐山洞後，便能看到在山頂構工的身影。

長沙會戰結束後，沈爺爺又告失蹤。

半年後，爺爺收到一張沈爺爺的訃聞，在訃聞中才瞭解沈爺爺出生河南農家，自幼孤零，迫於飢寒，後在大行山成為有名的響馬，抗日軍興，他率領兩百餘眾正式接受政府番號，奔南逐北，創下不朽戰功，升至上校副師長後，戴雨農將軍愛重其機智勇敢，吸收去軍統局工作，他來爺爺峰建屋居住，原是銜命而來，一生獻身黨國，寢食不寧，未娶、無子息，在一次企圖暗殺土肥原行動中，事敗殉國，享年五十有八……。

爺爺一邊讀訃聞，一邊潸潸落淚，泣不成聲，這樣一位集「聖勇義智仁」於一身的好人，老天怎會讓他在大有為之齡而為國捐軀了呢？

我們想到沈爺爺的豪邁、富有、店面、以及爺爺峰居家的兒女群……原來這都是工作。

考試

我自小學考到現在，大考小考千百次，可說是身經百戰，從來沒有一種考試像這場考試經驗奇特。試場只有我一個人應考，主試官是兩個小孩；考試結果，我及格了，而且，當場獲得主考官的獎譽：「很好，我們同意……。」

要把這場考試的前因後果說清楚，非得追溯到十五年前一段往事不可。

＊　＊　＊

十五年前，我跟芬芬住同一個村莊，自小學到高中都同校同班，每天一塊上學一塊回家，十二年同來同往，使我對芬芬產生了情感。

芬芬並不是校花型的女人，但她很耐看，身材高䠷，臉形圓長，不刻意修飾，非常富有一分親和力，每一位男同學跟她相處都覺自然親切。要說芬芬有什麼特殊異人的地方，就是那對會說話的眼睛，明亮閃爍，好像有一股燄光咄咄逼人。

愛這東西很難詮釋，就像撲流螢，一個追趕，一個閃躲，追追趕趕，閃閃躲躲，待自己一跤跌得鼻青臉腫時，這才知道愛並不是一廂情願的事。

我跟芬芬間的情感也是這般情形。

我愛芬芬，芬芬不愛我，她愛華可正。華可正是我最要好的同學，我時常想，假如華可正珍惜友情，甘願退讓，我就可與芬芬順利的成雙結對。問題是華可正與芬芬互相吸引，互相愛慕；我是剃頭挑子——一邊熱。

華可正有了芬芬愛的支援，當然是強者姿態。

我愛芬芬，芬芬不愛我，芬芬愛華可正，華可正也愛她，我又偏偏希望芬芬不愛華可正回過頭來愛我。這等於希望太陽從西方昇起來，當然是不可能的事。

我說過愛情沒有道理好講，就像作戰，勝負原沒絕對的把握，只要部署好，兵力運用得當，一支弱軍照樣能夠攻城掠地，殲敵致勝。基於這分認知，我把華可正約到公園談判。

華可正是位非常用功的朋友，平常除了與芬芬蹓躂外，很少把時間浪費在玩樂上，因為我約他，他不好不來，一來，他就急著問：

「阿洪，是什麼事？你快說？」

「阿正，我很痛苦你知不知道？」

「什麼痛苦？這樣放不開。」他正視我問。

「我愛上了一個女孩，想退出，一直無法自拔。」

「我知道，芬芬跟我說過。」

「你知道了？」

「當然，芬芬把你給她的信都給我看了。」

「我也看過你給芬芬寫的信。」

「這表示我們三個人的友情比愛情重。」

「阿正，你放棄芬芬好不好？你的條件比我優越，家庭富有，又會讀書，將來絕對不愁找不到像芬芬這樣的女友。」

「那你不是把痛苦換給我了，就算我肯，芬芬那邊呢？」

「你可以漸漸疏遠她，讓我的重量在她心裏比你重。」

華可正笑著搖頭說：「這是條餿主意，恐怕辦不通。」

正在此時，芬芬突然自矮榕叢後冒出來說：

「你們兩個倒會打如意算盤，我是貨品？可以交換嗎？再說，你們任何人都沒權把我當貨品交易。」

我跟華可正同時嚇了一跳，齊聲問：

「你怎麼來了？」

「我偷偷跟蹤阿正來的，我以為他跟其他女孩子約會。原來你們在談交易。」

「芬芬。」我央求的叫她。

「阿洪，我感謝你對我的這份愛，但是我不能愛你，即使阿正不愛我，我也不會愛你。」

「為什麼？」

「愛是自然生長，那能夠勉強，再說，你在我心裏一直像兄妹一樣，根本沒有異性的感覺，那能產生愛。」

華可正隨著補充說：

「阿洪，我愛芬芬，我沒法子退讓，不管我跟芬芬將來是種什麼結局？我相信你永遠是我和芬芬的好朋友，我們的友情不會受到傷害。」

經過一段冷靜時間的思考，我發覺自己非常愚昧無知，愛情怎可以私相授受呢。

沒多久，我們畢業了，為了不干擾華可正跟芬芬的情感，我像逃避似的南下高雄謀職。我想，離開遠一點，時間和距離會沖淡一切。

＊　＊　＊

為了逃避華可正和芬芬，我有三年時間沒跟他們見面，待我看到芬芬時，她已經做了母親。

那年正月初三日，我碰到了芬芬，她懷裏抱著一個一歲大的男娃。

彼此突然見面，心理上沒有緩衝餘地，是驚喜也感到突然。彼此愣了片刻，我才問：

「芬芬，這是誰的孩子？」我以為她抱的是她嫂嫂的孩子。

芬芬靦覥回答：「是我老大。」

「你結婚了！結婚怎麼不通知我？」

「怎麼通知你？這幾年我從來沒見過你的影子，而且，我也不想打擾你。」

「阿正呢？他沒跟你一塊回來？」

「他跟我回來幹什麼？兩年前他就去了南美。」

「你是說你們畢業後就結婚了。」

芬芬愀然不樂回答：「我們沒有緣。」

我驚訝的瞪住她問：「你是說你先生不是阿正？」

芬芬陰霾滿面，語氣裏有憤慨。

「他去南美半年，就與一位南美小姐結婚了。我料不到我們的愛情是這樣禁不起考驗。阿正玩弄愛情，我恨他。」

追思華可正的為人，我不同意芬芬的看法，阿正不是一個薄情寡義的人，他對友情尚且堅執不渝，對愛情豈能中途異心？問題可能不像芬芬想像那樣簡單。

「芬芬，阿正不會是你想像那種人，這裏面一定有問題。」

「有什麼問題？經過與阿正這場愛情後，我不再相信愛，我只相信實實在在的生活。」

「芬芬，愛情本身並沒錯，錯的可能是許許多多糾結在一起的客觀因素。你比我強，你總算真真實實愛過，我呢？」

我有些怨尤，也相當憤慨，如果阿正真與南美小姐結婚，我愛芬芬，我有理由有能力照顧芬芬的一生，我恨芬芬不給我機會，更恨自己三年來跟他們隔得那樣遠。

「芬芬。」我有些醋意的說：「你以前不給我和阿正公平的競爭機會，我不怪你；阿正走了，你也不給我機會，我非常不高興，難道你一點也不愛我嗎？」

「阿洪，不要恨我，我想過，我們也無緣。」

她含情脈脈看著我，當她發現我用火燄般的眼光瞪住她時，她逃避似的低下頭逗弄懷裏的孩子。

「你先生是誰？」

「劉厝阿芳。」

「劉芳林？」

「對，就是他。」

「他待你好不好？」

「不錯，他很體貼。」

阿芳輔大畢業，性情憨厚但少風趣，畢業後進入縣政府工作，公教人員，薪俸雖然不豐，但生活安定，不愁衣食，芬芬跟他過日子，無風無浪，應該算是幸福。

愛是瞭解和祝福，阿芳既然體貼芬芬，芬芬也覺得滿足，我自然沒有怨尤感慨的必要。正如芬芬所說，我們兩個無緣，愛是自然產生，勉強不得。

* * *

阿正去了南美，芬芬嫁了阿芳，論理，我的心裏已經沒有壓力，也不再有期望，可以騰出心靈空間容納別的女人作主人，可是，我的心靈空間太狹窄，好像貞固得真的「曾經滄海難為水，除卻巫山不是雲」。

我對芬芬的愛，就像山間溪澗，平暢自然；不是山洪暴發，激流澎湃，既不轟轟烈烈，當然用不著為她抱獨身。也許是我心理上的怯弱，我怕介入愛情，我怕走進不到女性愛的天地而傷害了自己。因之，我一方面練習寫作，一方面學習國畫，以求精神寄託。

在學校，我是一個數字觀念十分混亂的人，但對文字魔術卻相當偏好，讀文學作品是我精神養分之一，考試開夜車，還要讀幾頁章回小說才能入夢。至於書法繪畫，原就有分濃厚興趣，美術老師曾經當著同學誇過我。如今，把情感轉移到這方面，自己覺得相當投入。

我是一個感性強過理性的人，寫作時，雖曾遭遇過不少挫折，經過自己的研究分析，我多少找到一些寫作訣竅。

有人說，寫作需要幾分天資，我在這方面或許多少有分天賦，投寄的稿件，居然有百分之五十的刊登率，「亞宏」這個名字也漸漸在文藝界中有些名聲。至於繪畫，我除了跟老師學用墨用筆外，我買回許多畫譜細心臨摹，每個星期天全天候奉獻在畫桌上。

畫畫也像百工雜藝，必須要有一分慧心，一分靈感、加上八成嫻熟的技巧，由於嫻熟和專注，我的山水、翎毛居然也有幾分飄逸生動的神韻。

由於這兩項成績略有可觀，我忘卻了愛情上的挫折，忘卻了年齡日漸老大，忘卻了找位女性伴著自己過一生。

一場師生畫展，我的兩幅水墨山水，贏得畫界一致好評；幾幅翎毛小品，大家都說我是喻仲林的傳人，其實，我沒有拜喻仲林為師，我只是以他的畫冊為臨摹範本，再摻以伍揖青先生的畫風，取長補短，糅和成我自己的風格。

畫展過後，我居然意外地得到一些名聲，尤其兩幅水墨山水，不但賣得相當好的價格，而且還有幾家畫廊主動邀我供畫，他們代我銷售。

人的機運就像掘水渠，鑿隧道，默默努力是過程，等水渠掘通，水便源源而來；隧道鑿透，一線亮光驀然射進，不再晦暗，不再空氣悶塞；當我們看到了汩汩清流，看到了熠熠光芒，一切勞苦都忘了，付出獲得了代價，耕耘後終於有收獲，所有失意和懊喪全都渾忘淨盡。

我的情景大體相類似。

十多年前的默默耕耘，由於畫展而獲得輿論和畫界的肯定，結果寫作上的些許成績，也被新聞界發掘，出版商打鐵趁熱，特地為我剪剪裁裁出了兩本散文，幸運像是逼著自己接受，兩本散文的銷售情形也令出版商相當滿意。

成功滋味使我心頭馨甜，我像突然找到了自己，不再徬徨空虛、也有了奮鬥方向。於是，我更熱中於寫作和繪畫，我不敢自詡在社會颳起一陣旋風，由於努力和投入，我的作品見報率和在畫壇上的名聲也更突出。

有人譽我是寫作和畫壇上的奇才，我不敢存這種自負，我只勉勵自己必須要努力求突破，才能報答別人的期許。

*　*　*

由於希望有更多的機會觀摩別人的畫作和跟寫作朋友切磋琢磨，我由高雄調職到臺北。在職務上，這些年來並沒有多大變遷，但在另外兩項自我開創上，我覺得很滿意很欣慰。魚與熊掌不可兼得，我當然不可能既擁有熊掌又有魚的幸運。

我醉心寫作和繪畫，我就忘記了自己的婚姻，每次回家，總不免要聆聽父母一番嘮叨。父母的嘮叨，完全出於一片愛心，正如老爸所說：

「有個女人照顧，你就可以更專心寫作和繪畫。」

我不是不想結婚，當我想起自己與芬芬那場無疾而終的愛情時，內心總有一種怯懦的感覺。加上自己把興趣轉移在另兩項工作上，我會忘了芬芬，一旦聽到父母提到婚姻問題時，芬芬的影子復又突然在我腦中出現，我發覺自己居然癡得被她盤據著整個心靈，容不得第二個女人進入。

我質問自己：「你愛芬芬愛得這樣深嗎？」

我發覺我對芬芬真的一往情深。我之所以對寫作和繪畫如此熱中，只不過是種補償心理；我能夠從這兩道窄門中擠出來，完全是因為芬芬無形間給我的一分力量。

我是一個頗知自制的人，我愛芬芬，絕對不願給她的家庭生活帶去困擾，所以，我除了間接探聽她一些生活情況外，我多方避免與她直接見面，也減少自己心理上一些激盪。

這樣維持了將近十年時光，我很意外地與華可正碰面了，那是我一場畫展揭幕酒會上，我看見一位臉型很像阿正的中年人遠遠站在展覽場一角向我舉杯微笑，我撇下許多貴賓擠過去，仔細打量，他果然是華可正，當時，內心那分重逢喜悅真是無法形容，在這種場合我不能過分忘形，我勉強壓抑自己，只是緊握著他的手說：

「阿正，我真感到意外，我好高興。」

我要來他下榻旅館的地址，告訴他晚上六點半，我準時去看他。

畫展前的宣傳工作做得非常成功，參與揭幕酒會的有畫界大老，也有年輕同好，有文藝界聲名卓著的作家，還有軍政兩界極有地位的顯赫人物。他們一致評許我的山水畫筆墨酣暢，不受羈勒，墨不掩彩，彩不奪墨，極得自然山水真韻。工筆花鳥，翩翎娟秀，神采飛揚，花葉舒卷如生，不受筆墨紙幅所限。酒會結束，慕名前來參觀的朋友摩肩接踵，我陪著笑臉為他們講解，與他們合影留念，贏得了榮譽，也欣慰自己多年來的筆墨耕耘總算見出些許成果。

如時趕到賓館，見到阿正，十幾年睽隔，我們依然像高中同學時那樣坦率無偽，時間與空間，只讓我們內心增加了熱情，蠢動著十多年想說而無法面對面交談的話。

阿正給我一瓶香檳汽水，我跟阿正舉杯慶祝重逢。自千頭萬緒的事情中，我揀著一件最急要的事情問他：

「你為什麼要背叛芬芬？」

阿正愣愣地看著我只管搖頭：「我幾時背叛過芬芬？」

「你一去烏拉圭就與一位烏拉圭小姐結婚，還說沒有背叛芬芬。」

阿正反過來訓我：

「阿洪，一個人沒有知識也應該要有常識。我去那兒人生地不熟，混三餐飯都要煞費腦筋，那有能力結婚。再說，南美小姐雖然熱情大方，又不是木頭石塊，隨時可以撿進口袋，也不可能跟你幕天席地、餐風飲露過日子。」

「那是誤傳吧？」

「豈不是誤傳。我是接到何昭文的信才知道芬芬嫁給了阿芳，我才在七十一年與一位華僑小姐結婚。阿洪，你呢？」

我攤攤手無可奈何笑道：「至今還是一個孤家寡人。」

「是因為芬芬吧！阿洪，對不起，當時我不該介入，如果沒有我，現在的局面可能不是這樣子。」

「怎能怪你呢？我愛芬芬，芬芬愛你，就像星星追月亮、月亮趕太陽。只怪我們都沒有緣。」

「芬芬還好吧？」

「她已經有兩個孩子了。」

「我想去看她。」阿正感慨的嘆氣。「一場神聖的愛情，想不到卻是這種結局？」

「阿正，算了，事情過去這麼多年，她的生活很平靜，你何必去干擾她。」

阿正點頭，很不甘心的說：「萬里迢迢回國，唯一的願望就是想看看老朋友，世事多變化，如今想見一面都有困難。阿洪，我在國外掙扎這麼多年，我有一些感想，年輕時，我們把愛情看得比什麼都重要，等踏進社會必須面對生活時，才知道生活最現實，沒有愛情的日子還可勉強活下去，沒有麵包的日子便只有死路一條。你今天已有相當高的成就，你應該成家，不要為芬芬再付出這樣深厚的情感。」

我真的該結婚成家，十多年單身生活，我把自己全部投入寫作和繪畫，我應該感謝芬芬暗地給了我一分力量，我對任何事都很執著，假如沒有芬芬的刺激，我不可能有今天。

* * *

古話說：「姻緣天註定」，既是天註定，當然天也註定了姻緣時間的長短。要不然，為什麼芬芬跟阿芳結婚十三年後，阿芳就因胃癌去世了呢？

當我得知這項噩耗後，我不再避嫌疑，主動幫芬芬料理阿芳的喪事。

阿芳父母早亡，自己是個公務員，雖有一點積蓄，用在醫藥費支出後，所剩已經不多，等阿芳溘然長逝，芬芬便沒餘錢辦理喪事。我跟芬芬是長達十二年的同學，不論在情感和道義上，我都義不容辭地要替她分憂解勞，幸好我的生活平日簡樸儉約，多少有些積蓄，最後，總算出錢出力把阿芳不算草率地殯上山。

阿芳死後，芬芬首先面臨著的是生活問題。撫卹金只夠芬芬母子生活支出，住呢？他們沒有房子。好在我在永和買了一戶廿六坪大的三樓公寓，我讓芬芬遷進去，一方面她不必付房租，其次，換處環境，也好減輕她內心一分悲痛。

我自己在仁愛路有間小型畫室，作畫、寫稿，我就在那間小天地裏馳騁翱翔。

為了不打擾芬芬母女生活，也怕芬芬心裏有種乘人之危的壞印象，我盡可能不去看他們，除非星期假日，我會偶然去拜訪，和芬芬母子聊會兒天。

芬芬的孩子是兩個小精靈，老大是女生，老二是男生，分別在國中、國小讀書。只要我進門，她們就寸步不離跟著母親。我瞭解孩子的心境，他們一則為了保護母親不受人侵犯，再則也不容母親情感走私，褻瀆了死去的父親。

每次見到芬芬，我總有種踧踖不安的感覺，情感蠢蠢欲動。我知道我還在深愛著芬芬，我多年不娶，是因為有芬芬的聲容笑貌橫梗在我心靈深處。芬芬是位很知分寸的女人，她瞭解我仍然在愛她，為了對阿芳的忠實，一年多來，她沒讓我碰她一下，嚴密而謹慎地保護她的身體和情感。直待我到了無法退避餘地，我便坦然跟她談判。我說：

「芬芬，我今年三十四歲，可說是老大不小，你認為我應不應該成家？」

「當然應該成家，有好對象還猶豫什麼？」

「對像是有，不曉得她願不願意嫁我？」

「你跟她求過婚沒有？」

「沒有，因為我愛她，她不愛我，等我可以放心大膽去愛她時，她又嫁給了別人，這一誤，誤了我十五年。」

芬芬驚愕地看著我，她知道我愛她，但不曉得我會愛得如此深，她含情脈脈看著我說：

「阿洪，你這樣死心眼，我非常感激。但我已不是你當年的同學，不值得你這樣愛。」

我否定她的說法。

「愛的本質不會變，變的是人的觀念。芬芬，你應該瞭解我這十五年來的心情。以前，你有丈夫，我不能破壞你的家庭，打擾你們的生活；現在，你不再有顧慮，你可以自己作決定。再說，你帶著兩個孩子也需要一個男人照顧，我有這份能力。」

「阿洪，我感激你，也辜負了你。」她蹙攏眉頭在找問題癥結，搖頭，感到為難。「兩個孩子可能不會同意。」

「想法子說服他們。」

芬芬不置可否笑笑，好像並不反對。

我們費盡唇舌依然無法令兩個孩子點頭，他們不容許任何人霸佔母親。

就在這個時刻，小愷因為急性肺炎住進醫院，芬芬兩頭跑累病了，當小愷病床寂寞時，我就代替芬芬照顧他，等他度過危險期，而且兩個人也建立了情感，我便向他下說詞：

「你媽媽實在太累了，又沒固定收入，每個月就只你爸爸一點撫卹金，付了生活費，就沒錢應付突發事件。像你這次生病，又不曉得要付多少醫藥費？假如有個男人照顧她幫助她，你們的生活就不必這樣苦，你母親也不必這樣疲累。」

小愷沒有像以前一樣拒絕聆聽，只是定定地凝視我。

「小愷，我跟你母親是自小學到高中的同班同學，以前，我愛她，她不愛我，現在，穆叔叔還在愛她，也愛你們姊弟，我希望能夠幫助你跟姊姊受到好的教育，更希望能照顧你母親。單憑你母親目前的經濟狀況，你們姊弟國中畢業後，就必須去找工作幫著母親維持生活，如果有穆叔叔，你們就可以什麼都不管，專心專意讀書。小愷，我希望你跟你姊姊研究一下。」

正在此時，芬芬領著小怡進來，她瞧瞧小愷凝重的臉色，問清楚原委，便附著小愷耳邊說：

「穆叔叔是位畫家，也是一位名作家。」

「吹牛。」小愷跟小怡同時望向我，不相信地搖頭。

「是真的。過兩天，教穆叔叔帶他的書和畫來給你們看，他的筆名叫『亞宏』。」

「亞宏就是穆叔叔？我讀過亞宏寫的童話，很有趣。」小怡像個小大人似的作決定。「等弟弟病好出院，穆叔叔，請你帶書和畫到我們家裏來好不好？」

「好，好，我一定去。到時候，我教你們怎樣畫畫，怎樣寫稿」

＊　＊　＊

那天，我攜帶三幅水墨國畫、五小幅工筆花鳥和四本散文，另外還帶了兩個孩子喜歡吃的零嘴去劉家。

我把畫幅展開，向他們講解用筆用墨的技巧和國畫山水高遠、平遠、深遠的佈局方法，並把自己畫作獨特地方指出來，以及欣賞畫作訣竅。再將幾本散文一一攤開，讓他們自由檢視。兩姊弟互相傳觀議論一番才說：

「穆叔叔，你好了不起。」

「沒有什麼了不起，只要你們以後能夠順利由中學到大學，你們將來會比穆叔叔更有成就。」

芬芬相機進言說：「我們住的房子是穆叔叔借給我們的，穆叔叔不要房租。還有小愷的醫藥費和你們去年的學費，都是穆叔叔付的。假如你們爸爸還在，就不用麻煩穆叔叔。現在，你爸爸死了，將來，小怡出嫁，小愷結婚，都會離開媽媽，媽那時年紀老了，便要孤孤單單過日子。」

小怡年齡大三歲，她聽出媽媽的話裏有話，她看看媽媽再看看我，然後附在弟弟耳邊嘀咕片刻，兩個人奔進臥室，搬來早就準備好的紙筆鋪在茶几上說：

「穆叔叔，你畫幾筆給我們看看好不好？」真的像考試。

我遵照兩位小考試官的吩咐畫成一小幅山水，交卷後，兩位小考試官端詳片刻，笑瞇瞇擱在一旁，算是順利過關。接著考作文，作文題目「家」，我寫成一篇三百字左右的短稿，儘量強調愛的重要性。兩個孩子看完後咬了一陣耳朵，怯生生問：

「穆叔叔，你會不會像我爸爸一樣愛我們和媽媽？」

「當然，我會比你爸爸更愛你們，因為你們兩個很可愛，我跟你媽又是十二年的同學。」

兩姊弟又交頭接耳一番，小怡這才笑盈盈說：

「穆叔叔，我跟弟弟同意你成為我們一家人。」

這是一項極為驚喜的宣佈，孩子既已同意，一切阻礙都被排除，我和芬芬同時互望一眼，內心一陣悸動，不約而同摟著兩個孩子說：

「小怡、小愷，謝謝你們，我們會加倍的愛你們姊弟。」

芬芬激動地流著淚走進臥室，我愕然望著她抽動的背影不知所措。小怡推推我說：

「穆叔叔，你去安慰我媽媽嘛！」

我很快的跟進臥室，輕輕攬著芬芬，芬芬一摔手把我甩開，我再度把她拉進懷裏，緊緊擁住她，二十七年的熱情就在這盡情擁抱中傳給芬芬，我說：

「芬芬，我是考試及格的。」

語帶幽默，而且兩個人都找到了春天，芬芬忍不住「噗哧」一聲笑了出來。她仰起頭，一副滿足而愉快的神情，十五年癡等，二十七年盼望，我這才有機會把顫抖的嘴唇湊上去。

迷情

她眉宇開朗，心胸像是秋日晴空，無雲無翳，晴朗澄明。

她原就是一位快樂的女孩子，每天上班，只見她展開牡丹盛開般的笑意向人道早安；從上班到下班，一整天時間，她不停地輕哼著時代歌曲娛樂自己，每當心靈爬上快樂的巔峯時，她會情不自禁的把音階提高一些，當她發覺全辦公室的眸光都突然射向她時，她會天真的伸伸舌頭道歉：

「對不起，對不起。」

「我們以為大歌星在作秀哩！」

總有人這樣似嘲弄又似奉承的逗她。

美，不管男人或女人，都認定是自己的基本條件，尤其是女孩子，美再加上幾分外在才華，不但會使她自己迷失，也會誘使男人迷惑。

鬱鬱既具有美的基本條件，又富有磁性的歌聲，結果，她成為許多年輕男人愛慕的對象，她自己也就在不自覺的情形下失去了自我。

古話說：「紅顏薄命」。鬱鬱是不是一個薄命的紅顏呢？目前尚難下定論。我覺得任何人的命運都是掌握在自己手裏，幸福也掌握在自己手裏。像鬱鬱，她不應該為情所困，為情所迷，為情所惑。

在辦公室裏，我是一個比較嚴肅而又微不足道的小人物。不是我排斥漂亮的女性，而是我自己掂過自己的分量，既無才華，又不英俊，除了我太太把我當破爛收收撿撿外，別個女人，打包票也不會多瞄一眼。基於這分自省自覺功夫，不管明裏暗裏，我都惕勵自己要做妻子的忠實丈夫，做兒女心目中尊榮崇高的父親。我這尊在兒女心目中已經塑鑄成的偉大父親偶像，不能因為自己蕩檢逾行而毀壞了。

由於自己的嚴格約束，我便成了男女同事的好朋友，男同事找我訴苦，女同事把我當作可以共秘密、道苦樂、問計定策的顧問。

那天，鬱鬱欲語還休的走向我說：

「鈍大哥，你在忙？要不要我幫你？」

我一面整理公文，一面回答說：

「不用，謝謝你，今天公事不多。」

待我把文件大致理出一個頭緒，再擡頭望向她時，我發覺她一臉掩抑不住的笑意。

「鬱鬱？什麼事叫你這樣高興？」

鬱鬱忽然眉峯蹙攏來，長長嘆聲氣，又忍不住輕搖著頭。

鬱鬱從來不嘆氣，從她嘴裏呼出來的只有輕快的音符，絕對沒有憂鬱的嘆息。現在她嘆氣了，使我相當驚訝。

「可不可以告訴我？讓我替你拿個主意。」

她把她矛盾的心情告訴我，我驚異得難以置信。鬱鬱有丈夫和女兒，夫婦間絕對恩愛幸福，她沒有理由將心靈的後門悄悄啟開，容許另一個男人走進去。更不應該將愛的殿堂挪出一角，讓別個男人住進去。

楊源呢？鬱鬱把他擱往那兒去？

她瞧我沒有立即表示意見？她反而嚴肅的聲明說：

「鈍大哥，我們是純友誼，可是，我又不知道應不應該跟他交往？」

我是男人，我瞭解男人的心理——

男人為了追求女人，他會認她做乾妹，用甜言蜜語，小情小惠攻潰她的心防。

已婚男人要追求一個女人，他會誑她說夫婦合不來，把自己的太太形容成一個既兇悍又嘮叨的女人，他是一個受害者。

在男人心目中，男女間絕對沒有純友誼，要有，那是高級智識份子之間的事，一般人的最終目的，只是企圖上床。尤其對一個已婚而又略具幾分姿色的女人，他們以為即使上了床，也可以避免負起上床後的責任。

當我把男人這些劣根性告訴鬱鬱時，鬱鬱一口咬定說：

「他不是這種人。」

「我們先別問他是那種人，我只問你，你不為你的終生幸福著想嗎？」

她躊躇片刻說：

「交個朋友會影響我的終生幸福嗎？」

「你替楊源想過沒有？」

「這對他有什麼影響呢？」她天真的問。

「你情感走私，還能說對他沒有影響嗎？」

「鈍大哥，你說得太難聽了，我們之間是百分之百的純友誼，不是愛情。」

她大方的笑笑立起身，眉宇間那個結還在，只是她好像不再矛盾，不再有罪惡感，好像要坦然的接受這分情感。

我有些惶惑，男人有七年之癢的毛病，難道女人也患嗎？

婚姻的厭煩感，怎麼說也不可能在婚後三兩年就發生，除非先天性就是個喜新厭舊的人。鬱鬱性格穩定，不是一位容易迷失自己的女人，為什麼她會突然迷失了？

那幾天，我為鬱鬱的事非常惶惑，我也不忍眼睜睜看著鬱鬱陷溺下去。

男人做事，一向粗枝大葉，但任何一個心胸開闊的男人，都難忍受自己同床共衾的妻子感情走私，我以為鬱鬱的丈夫是個直接受害者。

揚源跟鬱鬱經過好長一段時間熱戀才結婚，楊源深愛著鬱鬱，他寵她，縱容她，絕對可以肯定的是揚源不會縱容鬱鬱投進別人的懷抱去。

難道說凡是得到了的東西，在心理上便會產生一種敝屣般的情愫；遙不可及的東西，才汲汲想獲得嗎？

這或許是一般人共有的心理現象。鬱鬱是個心靈澄明的女人，難道也是如此？

我認識楊源，彼此雖非深交，見過幾次面以後，我覺得他是一位非常上進的年輕人，由於我「素性良好」，所以，楊源也比較信任我。假如鬱鬱為了一時心靈上的寂寞而讓別個男人在自己愛的殿堂排闥而入，甚者登堂入室，這對楊源來說實在不公平，也是一種絕大的傷害。

再說，鬱鬱跟我共事多年，我一直把她當妹妹看待，假如她因一時防守不慎，輕易被另一個男人登上心牆，便頹廢的放棄守城責任，任他在城內肆無忌憚的蹂躪破壞，這種消極頹靡的思想，實在不是一個現代女性應有的態度；萬一因此毀了夫婦倆小心謹慎建立起來的家庭幸福，也不是一個聰明女性應有的作法。旁觀的朋友是不是也該負起一分未能善盡精神鼓舞的責任？

我不是道學家，我一直認為男女的貞操觀念，絕對是夫婦倆的相對行為，不能說一方嚴格要求對方守貞，自己卻在外面放浪形骸，無所不為。我也不反對男女之間的友誼存在，假如男女之間的友誼不是發自高貴的心靈，而是假借友誼為橋樑，另有目的，我以為在取捨從違中，應該另有分寸。

基於自己這分唐吉訶德式的心態，我便直截了當跟鬱鬱說：

「鬱鬱，我反對你這種作法。」

那天下班後，我們相偕走到紅磚道上去搭公車，我怕別個同事影響我們說話方便，所以，我故意要求鬱鬱替我抄寫一些文件，然後拖到最後下班，好與她面對面討論這個問題。

下班時節，人車很亂，倒是天氣格外好，十月小陽春，太陽真像小婦人般溫婉可人。

鬱鬱一時沒會過意來，她愕然的問：

「什麼事？鈍大哥。」

「就是你上次談的那個問題。」

她突然咯咯地笑起來說：「那有這麼嚴重？」

「你想過將來沒有？鬱鬱，情這種東西，燃燒起來就很難熄滅。」

「我不會，我非常理智。」

「這幾天，你為什麼老是愁眉不展？」

「我心理有些矛盾。」

「是不是有一種犯罪的感覺？」

「對，鈍大哥，我不騙你，我曾想試探一下，又感到對不起楊源。」

「你就應該懸崖勒馬。」

「他常給我電話，緊迫釘人。」

她沉吟著，一副醉癡的神情。「沒有接到他的電話，我好像失落了什麼，一旦聽到他的聲音，我似乎重新找到少女時代初戀的滋味。他的聲音好甜好富磁性。」她喜孜孜補充。

「你不會拒絕嗎？鬱鬱，你有丈夫和孩子，你不可以玩火。妳不聽鈍大哥的話，你將來會後悔。」

他斂眉沉思，許久許久，她喃喃自語說：

「我無法拒絕他，我不曉得為了什麼？」

我終於找出鬱鬱無法拒絕他的理由，因為，他是鬱鬱的舊情人——黃景東。

黃景東曾經是個濫情的年輕人，自他手上扔掉的女孩至少有半打以上，偏偏鬱鬱跟他難捨難分。也許愛情本就是一件盲目而無可奈何的事情。

鬱鬱跟黃景東的個性都強，有一次不知為了什麼事情，兩人鬧翻了，這一鬧，他倆幾乎有半年的時間不曾見面，當愛情的河道被淤塞後，彼此都積極為情感找出路，結果，黃景東有了新女友，鬱鬱也俘虜了楊源，在「鬥氣而不鬥志」的情形下，各自結婚成家，於是，他們真正成了陌路。

愛很難作適當的解釋，尤其是男女間的愛，精神上的，肉體上的，那一種絕對正確呢？得到的，失去的，那一項是真正收獲呢？這裏面，不管怎樣美好？事實上都摻進了各自主觀的幻象製造。男女雙方，明明曉得愛原就是自古以來令人悲喜苦樂的心靈煎熬，當他們賦予理想之後，便把所有的弊害全忘了。

當鬱鬱與黃景東重新點燃愛的火苗後，他們居然忘記了客觀事實的存在，也沒被愛的煙霧薰得眼痛，只感到那星星之火的愛苗　溫馨和光明。

兩個人把家庭當賭注，把一生幸福當賭注，把兒女漫長的一生當賭注，就是為了那分饑渴的愛情。男女相愛，靈與肉可能很難分得清清楚楚，假如單有靈的默契，在客觀事實上絕對會感到不足，他們必然會進一步尋求對方肉體生命的奧秘。倘若能自雙方身子實體上獲得醉癡，即使靈的方面不夠默契，也許彼此不但原諒了自己，也會原諒對方。

我不瞭解鬱鬱是不是這樣一種類型的女人？

假如是的，假如她理智一些，假如她能想得深遠一些，假如她能從音樂、藝術……去昇華一些欲望，她就能找到她自己冀望的樂趣，排除心靈上的苦悶，沒有必要把自己的一切全投注在這裏面。愛，本來就是男女雙方面的事，旁人絕對沒有置喙的餘地。若是兩個人為了不正常的愛而形將沉淪，做為一個朋友，有沒有責任把他們拯救出來呢？

那些日子，我為這件事作了相當長時間的掙扎。我想，為了拯救鬱鬱和黃景東兩個家庭，以及他們兩家無辜的親屬，我應該去作釜底抽薪的工作，讓鬱鬱自動把腳抽回來，這是百分之百「愛人以德」的事情。

週末，我邀鬱鬱爬「指南宮」。

我們自山麓一階階往上爬，爬一段時間就在路旁石凳上坐下來休息片刻，利用休息時間，我問鬱鬱：

「妳累不累？」

「好累，腳都發軟了。」

「爬累了，你今天晚上就會睡得很甜。」

「下次，我不想爬了。」

「鬱鬱，你不覺得這滿山青蔥的樹木很可愛嗎？爬爬山，會感到心胸開朗，什麼煩惱都忘了。」

「那有這樣奇妙效果？」

「你體會不出來，表示你少接近大自然環境，還不能忘懷世俗中的快樂。」

鬱鬱笑笑，她好像默認了我的批評。

爬上指南宮，居高臨下，木柵、新店的景色全拜在腳底下，視界廣闊，我的心胸好像另有一個天地。

鬱鬱沒有這種感受，她在殿前殿後繞了一圈，便急著要下山，我問她幹什麼？她告訴我有一個約會。

也許我愚誠可靠，許多事情鬱鬱都不瞞我。

我問她：

「鬱鬱，是不是趕赴黃景東的約會？」

鬱鬱不作聲，顯然是默認了。

「鬱鬱，別嫌鈍大哥多管閒事，這種出軌的愛，踰越禮法固然得不到別人的諒解，就是不踰越禮法，規規矩矩的愛，也難得到別人的同情。出軌就會翻車。」

「鈍大哥，我應該有我一點點的感情生活。」

「我不反對有你的感情生活，但要考慮你們雙方當前的處境，想打破兩件好東西，重新組合一件新東西，可能嗎？鬱鬱，我以為你像一個賭徒，一踏進賭場，你不但把身上所有的金錢當賭注，而且還把生命也投了進去。」

「我以為不會有這樣嚴重。」

「鈍大哥勸你，只能適可而止，你自己的事自己去把握舵。凡事應該清醒一點，要不清醒，你會把所有的一切賭輸掉。」

此後，鬱鬱仍然沉迷不醒。我已盡了言責，喚不醒她，我只有放棄，保持三緘其口。

有人說見到鬱鬱跟黃景東坐在咖啡屋情人座裏偎依纏綿。

有人傳說鬱鬱跟黃景東去旅館開房間。

有人說鬱鬱跟黃景東去花蓮旅行。

這都是傳言，不論虛實，全是兩個當事人的私人行為，旁人沒有權力瞎攪和。

這樣過了十個月。楊源突然從沙烏地阿拉伯回國休假。

很不巧，鬱鬱正好向公司請了四天假去旅行。

楊源找不到鬱鬱，便直接來公司找我。我猜得出他是有所為而來的。

我把他請到大樓地下室喝咖啡。兩人坐定後，我試探的問：

「你在沙國工作，辛不辛苦？」

楊源長長噓喟一聲，好像有滿腹委屈。

「鈍大哥，那有不辛苦的道理，沙國的太陽像火爐，我們成天在高溫度陽光和風砂吹襲下施工，人就像關在蒸籠裏燒烤一樣。」

「苦一兩年就回來，省下來的錢夠買一戶公寓就行了。」

「我灰心透啦！買房子給誰住？我在沙國辛辛苦苦工作，鬱鬱卻在跟別個男人搞七捻三。只有我這個傻瓜才心甘情願為她犧牲奉獻。」

楊源遠在萬裏之外，他怎麼會清楚？俗話說，紙包不住火，男女間這檔子事，誰都喜歡繪聲繪影作義務宣傳。

我不便插嘴，只是默默地聽他發牢騷。

「鈍大哥，我萬裏迢迢趕回國，推開家門，居然看不見太太的影子，你想想，我內心裏是種什麼滋味？」

「你沒看見鬱鬱？」我是明知故問。

「只看見飯桌上擺著幾隻空啤酒瓶，房間一大堆髒衣服。鬱鬱不喝酒，這些空酒瓶令人費解。鈍大哥，鬱鬱跟我都很尊敬你，她交男朋友，你就眼睜睜看她親手把我們的家庭幸福毀掉嗎？」

楊源的話，冷峻而鋒利，使我不由得倒抽一口冷氣，我把自己好有一比——豬八戒照鏡子，裏外都不是人，我能和盤托出，更加深他夫婦倆的裂痕嗎？

「這都是傳言，不能相信。」我輕描淡寫的說。

「你還替她掩飾，我弟弟把她的事情一五一十寫信告訴了我。」

「你在國外，她一個人守著家，也許心裏有些寂寞，跟朋友逛逛街看看電影的事可能難免。」

「如果就只看電影逛街，我並不反對，問題是鬱鬱太過份了，鈍大哥，我們是中國人，你看看這些資料，假如你是她丈夫，你能忍受嗎？」

他從一隻大封套裏抽出幾張影印資料遞給我。

「鬱鬱化名李春美跟黃景東開房間，而且不止一次。一位已婚婦人，難道就可以對丈夫不忠實嗎？你仔細辨認一下是不是她的筆迹？」

我架起老花眼鏡一瞧，心裏不由得暗暗叫苦，鬱鬱怎麼可以這樣糊塗？

我們不是西歐國家，西歐國家性開放，為了需要，可以放棄一切，但也有相當程度的約束。我們是個講究禮法的國家，雖說男女間的貞操觀念已不像宋明理學昌盛時那樣重視，夫婦間相互忠實，那是絕對不移的真理，怎可以基於一時衝動而背叛丈夫呢？。我非常惶惑。

「鈍大哥，麻煩你告訴鬱鬱，我楊源所要的愛，是分完整而潔淨的愛，凡是不完整又被汙穢了的愛，我不需要。」

「楊源，可以挽救。你不要孟浪，造成兩個人最大的不幸。」

「需要挽救嗎？是她主動背叛我，我還要撿這分破爛骯髒的愛嗎？現在，我主動放棄她，我不需要挽救。」

楊源沒有啜飲咖啡，他把資料留給我說：

「我腦子裏有我做人做事的基本原則，不管在任何環境之下都不會變更，叫我頭上戴頂綠帽子來維繫一分殘缺的愛，我不幹。」他痛苦的搖頭。「鈍大哥，請你把這些資料交給鬱鬱，我也留了一份，叫她平心靜氣比較一下，為了追求短暫的歡樂，結果，失去的是不是比得到的多？他媽的，愛，全是謊言。」

楊源對愛動搖了信心，對我也動搖了信心。臨走前，他還怪罪我說：

「鈍大哥，你沒有盡到朋友的責任。」

「我盡到了。」我內心掙扎的喊，只怪鬱鬱這樣一位水晶般靈明的女孩，突然失去了靈智。也許不是她的錯，錯在她在不可抗拒的情形下迷失了自己。

做為一個人，對許多事情如果都以不可抗拒的理由作搪塞，那怎能將是非標準建立起來呢？

楊源憤然地返回沙國工作。

鬱鬱旅遊回家，她這才感到事態嚴重。

我不敢確定她是不是跟黃景東去旅遊；根據側面消息她玩得非常盡興，非常瘋。

那天晚上，幾乎快十一點鐘了，鬱鬱氣急敗壞趕到我家裏說：

「鈍大哥，楊源回來又走了。」

「我知道。」我漠然回答，並以非常氣憤的口吻質問她：「你玩得非常高興是不是！」

「我不曉得他會回來。」

「我以前警告過你，叫你要理智，絕對不能迷失把自己陷溺下去，你把我的話全當耳邊風了。現在，你惟一的一條路就是趕快向楊源懺悔，保證不會再有類似事情發生。」

鬱鬱搖頭，她的眼淚像雨珠般隨著搖頭的動作向左右兩邊撤撥。「已經晚了。」

她遞給我一張紙，原來是楊源留下來的離婚書。這可真正事態嚴重了，我瞭解，要挽救絕對不可能。楊源需要一分完整而潔淨的愛，鬱鬱自己把它撕碎了弄髒了，怎麼可能挽回楊源的心呢？事由鬱鬱和黃景東兩個起，解鈴還需繫鈴人，我馬上撥一通電話給黃景東說：

「黃先生，我是鈍三，是楊源跟鬱鬱的朋友，你可能間接認識我。我現在告訴你一項好消息，楊源為了成全你跟鬱鬱，他決定跟鬱鬱離婚。我建議你趕緊跟你太太辦離婚，好跟鬱鬱結婚。」

我要挖掘黃景東對鬱鬱的愛究竟有多深？證明鬱鬱追求的愛究竟是種幻象？還是一種可資依賴的真誠？

果然，黃景東一口拒絕了，他說：「那怎麼可以，我只是玩玩而已，怎麼可以當真呢？……」

我趕忙把聽筒遞給鬱鬱，讓她聽到黃景東愛的誓言。鬱鬱聽到一半，聽筒「嘩啦」一聲從她手上掉落地面，她顫慄而無助的喊：

「鈍大哥，這怎麼辦？」

我也不知道怎麼辦？只是陪在一旁嘆氣。

我曾經說過她是在玩火，鬱鬱始終聽不進去，她終於惹火上身，把自己也焚燒了，我又能怎麼辦呢？

棠棣之華

何棣跟弟弟何之按了好半晌門鈴都沒人應門，兄弟兩互望一眼，心裏有數，八成是父母兩個都去打牌。

「你帶鑰匙沒有？」何棣問何之。

何之胸有成竹地從鎖匙包掏出鎖匙將門打開說：

「萬能鎖匙，隨身攜帶，只要有門的地方就可進出自如。」

「你真行，老三。」

「工欲善其事，必先利其器，沒有工具，怎麼能夠混飯吃。」何之洋洋得意，表現他的慮事周詳。

開門進屋，忽然看見小弟何華衣衫不整，自臥室走出來，臉色緋紅，表情尷尬。

何之納悶的問：

「天都快黑了，還在睡午覺？」

何棣心裏起疑，推開小弟臥室門一瞧，發現棉被底下好像有個身影。何棣一向放蕩不羈，見多了這種蹊蹺事，他順手將被子一掀，喲！好一副誘人的女性胴體，皮白肉嫩，赤身露體，就像剛剛去毛的小肉雞；他本想衝去摟住她親熱一番，回頭瞧見小弟憤怒地瞪住他，這才把被子蓋好說：
「把衣服穿好。」內心裏摻雜酸溜溜和揶揄味。「小弟，你真有本事，能把小妞釣回家來舒服。」
「你幾歲了？」何之正視何華。「才高中三年級，亂搞男女關係？這個女孩是幹什麼的？」
「你管她。」
「好女孩不會隨便脫褲子，壞女孩也用不著帶回家亂七八糟。」
「省房間錢嘛……老三，小弟鑾會打算盤，畢竟是學商的。」
「快帶她離開。」何之吩咐。
何華帶小姐匆忙離開屋子，那分豐滿滑膩的印象卻在何棣心目中許久不曾消褪。
「一身細皮嫩肉，要不是小弟站在面前，我真不想客氣。」
「也沒見過這種饞法。」
何棣曖昧一笑說：「誰不饞？本性嘛！那包東西呢？」
何棣自帆布袋掏出一隻牛皮紙袋往茶几上抖，金項鍊、金手鐲、戒指、珍珠、寶石……嘩啦啦滑滿四分之一茶几，黃澄澄、白花花，耀得人眼睛睜不開。
「怎麼這樣多？」何之瞄向哥哥問。
「那還不容易，前幾日跟李衝力幹了一票，他媽的，李衝力好狠，說好二一添作五、結果，他撈去多半，讓我啃骨頭喝剩湯。」
「很不錯啦！哥，以後別合夥，乾脆獨來獨往。」
何棣瞪弟弟一眼兇他。

「說的比唱的好聽，你是千手觀音。踩路、跟蹤、把風、報信……那一行不要專人？錢這樣好弄，我早發財了。」

何之被訓得悶聲不響，回眼望望二哥那分肅殺剛毅神情，佩服他真有一套邪門本領。要跟二哥比，還差一大截，活該只能跟著跑龍套，聽候差遣，要想獨當一面，還早。

兩兄弟把廚房洗滌槽搬開，挪開活動磁磚，然後將東西用塑膠袋包好塞進壁洞內，恢復原位，看看萬無一失，這才滿意的把手洗乾淨。

「二哥，以後行動千萬要小心，趁現在年輕弄夠了，乾脆去國外當寓公，最好去瑞士，要不然，南美洲或加拿大也行。」

「我知道，我會有打算。你晚上有節目沒有？」

「沒有。」

「跟二哥去『紅鶴酒廊』，你不是喜歡那個紅娃嗎？今夜開銷，二哥全負責。」

何之向何棣感激一笑說：「謝謝二哥賞賜。」

一條樹根發四粒芽，全部聲氣相應，臭味相投，不曾好好培護，任它自然生長，結果會失去了自制能力。

* * *

何太太打了一整天的麻將，本來感到有些疲憊想回家憩息，因為經不起牌友的熱情挽留，依舊欣然地坐回原位。

搓麻將是何太太幾十年的老習慣，自打「車馬砲」起步到搓麻將，由於三個兒子賺錢，打牌的級數也逐年升遷，以前為柴米油鹽發愁，現在只剩老四一個人消費，不打麻將就像遍身抽去筋膜卸下骨頭架子般不帶勁。

今日，經濟發達、社會繁榮，外匯存底累積到五百多億，老百姓先是為飽暖苦心經營，經過幾十年奮鬥，人人有存款，戶戶有儲蓄，錢多了，生活不虞匱乏，不搓麻將消遣日子幹什麼呢？尤其是何太太，兒子都已長大成人，復又成天閒得慌，習慣養成了，改也沒有必要；而且，人到暮年，來日無多，何必矯枉過正把舊嗜好硬性革除跟自己過不去呢？

女人聚在一起，不是聊家務、兒女，就是比家世金錢。何太太原來住雲林鄉下，寒酸日子過怕了，等兒子為她在桃園市區買了寬大的公寓樓房，住進以後，立刻把以前那段身世全割棄掉，說話處世，都以新格調出現，加上三個兒子拿回家的錢不少，何太太不再是以前買一斤小菜討兩棵蔥的窮太太，她闊了，闊太太說話的聲音也不免高幾個音階，等左右上下鄰居處熟悉搭成牌友後，彼此坐上桌就不免以自己的兒女作談助而感到光榮驕傲。

黃太太的兒子讀公大研究所，雖然黃太太也是牌桌上的死黨，由於丈夫守著家庭陣地，克盡厥職，她不管教兒子，兒子在父親嚴厲的督教下，照樣能夠奮發上進，由小學到研究所，有如爬樓梯，一步也不曾耽誤。

李太太的兒女自治力較強，三個孩子曾經堅決反對媽媽打牌，無如「病入膏肓」，無可救藥，因而只有互相勉勸說：

「我們靠自己，等我們長大，千萬不要學媽。」

三個孩子分別在高中、五專畢業後紛紛離開家庭，結婚後自立門戶。

因太太不是牌桌上的悍將，她只能共安樂不能共患難，贏了錢想法子開溜，輸了錢也會適可而止，能拖就拖，除非牌搭湊不起來才電話徵召她，萬不得已，因太太也不會爽快應召，所以，她的兒女也能正常成長。

只有何太太自己耽於此好，而且視之為常業；何先生又另有他的享樂路子。以前在鄉下跟鄰居玩紙牌，一上桌就把生活秩序攪亂了，孩子放學回家，贏了錢就塞一張鈔票給他們解決民生問題，輸了心情不愉快，不是吼叫就是責怪，餓也活該倒楣。所幸如今孩子都長大了，而且三個孩子都在賺錢。

「何太太，還是妳命好，家裏佈置得富麗堂皇，三個孩子都賺錢回家，你儘管坐著享福。」

「說不上享福啦！不過，孩子還懂得孝順就是。那像李太太，三個兒女都結婚成家，還抱了孫子。我們家老大整歲三十五，還在打單身沒人要。」

「那會沒人要，你老大在挑選，錢賺得多，當然要揀精選肥多作比較。」

何太太內心是如此想法，也在欣慰地笑。黃太太家慕儒讀研究所有什麼了不起，畢業後頂多賺兩三萬塊錢一個月，我們家孩子不讀書還不是照樣賺大錢。不說別的，單是那套十萬塊錢的皮沙發，黃太太作夢也不要想，心裏如此琢磨，嘴裏又不好不講一番客氣話。

「還是黃太太兒子爭氣，研究所畢業就可出國留學，等三五年回國，一變就變成學人啦！」

「那有這樣幸運，讀書要靠真本事硬功夫，變不出來的。」黃太太內心不舒服，有本事就有本事，還用得著變嗎？要能變，你四個兒子怎麼不會變出一個學人來？真是莫名其妙。「這都是我老頭的功夫，單靠我，兒子早成了賭鬼，種子好真有關係。那像何太太，四個孩子都爭氣。」

大家你一言我一語，捧得何太太心花怒放，陶陶然不知姓甚名誰？注意力也不擺在牌面上，輸起錢來也格外大方，到最後結賬，何太太輸了兩萬五。她倒是乾脆大方，掏出一把鈔票一張張點出去，一個子兒也不欠。

田太太贏得最多，這會兒心眼裏更高興，奉承話愈加說得悅耳動聽。

「何太太畢竟闊氣，贏錢不計較，輸錢不皺眉頭，兒子爭氣，清福享不完。」

何太太愉快驕矜地向大家揮手道別。等何太太一出門，三個女人立刻聯手編排她的不是。

「她以為她是誰？闊氣，闊個屁，兒子賺大錢，哼！錢是怎麼來的？誰知道。」

「管他，反正我們把她皮包裏的錢掏到手就好。」

做好的圈套，專等何太太自己鑽進去輸錢。

＊　＊　＊

何欣太睡到半夜忽然坐起身說：

「我回去。」

睡在身邊的阿桃被他這突兀的行動驚醒來，感到有些錯愕的問：

「你怎麼啦？」

「我要走，整夜不回家，太太兒子知道不好看。」

「你算了吧！你又不是第一次不回家，今天良心發現了？再說，你太太坐上麻將桌就不曉得天黑天暗，三個兒子兩個月也難得碰次面？你怕什麼？」

「我家還有老四。」

「老四過老四的生活，你不是說他有位要好的女朋友嗎？」

「是呀！」何欣太欣然點頭。「那個女孩我見過，挺體面的。」

「老何？你還是不回去的好，萬一你兒子摟著那個女孩睡在一張床鋪上，你打算怎麼處置？」

「不可能。」何欣太肯定的說：「他有多大年紀？」

「不可能，哼！」阿桃不屑地冷笑。「現在孩子早熟，國中學生就知道嫖妓女，何況你兒子讀高三，這種事情根本不需要人教，電影院、錄影帶義務替你們做父母的教會那種事。就說你吧！你不是在兒子太太面前裝得一本正經嗎？怎麼老來我這兒偷腥惹羶打野食吃？」

「逢場作戲嘛！」

「你兒子不會逢場作戲？老何，不是我揭你的短，你太太成天坐在麻將桌上不下來；另外三個兒子兩三個月也不回家打個照面，回家也像蜻蜓點水般一晃就走了；你嘛！喝酒打牌玩女人；剩下一個老四在家，閒著不是去地下舞廳跳舞？就是看錄影帶，黃的黑的全部看。俗話說，歹竹出好筍，像這種家庭環境，好筍也會受污染變成歹竹。黃色帶子看多了，又沒人正當引導，他不會找女友回家做實驗，學學父親和哥哥的樣嗎？」

何欣太阻止阿桃說下去，點燃菸靠在床頭細細思量，覺得阿桃說得確有幾分道理。有句話說：「上樑不正下樑歪」，自己這一生什麼都不愛，就是愛牌愛酒愛女人，喝了酒就想佔有女人，有了女人什麼也忘了。明明曉得這是一種劣行，改了千百次就是改不掉。太太更是一個麻將迷，大人如此，小孩怎好嚴格要求呢？難免不走歧途。

「老何，你三個兒子在幹什麼？」阿桃突兀的問。

「我不清楚。」

「你這個父親可真能幹，兒子在外面幹什麼行當都不清楚，萬一他們詐騙搶拐呢？」

「不可能，我的兒子個個安分守己，回到家一聲大氣都不敢哼，怎麼可能呢？」

「很難說，孩子長大了，絕對不像他小時候那樣乖順聽話。」

「聽說都在汽車修護廠做事。」

「當技工能有幾個錢？自己要吃要玩還供你們夫婦花用。像我，我騙父母說是在工廠當女工，結果，我在幹應召女郎，夜夜陪男人睡覺；父母鄰居那知道我在幹這種下賤工作？老何，你要注意點才對，不要讓馬脫韁了再想抓回來，就難。」

「說的也是。」何欣太同意阿桃的意見。當他一眼掃過阿桃肉質豐厚的胴體時，他的警覺心全忘了，熄掉菸蒂，身子不由自主的橫過去。

「你怎麼啦？老何？發羊癲瘋了？」

「阿桃……。」何欣太濃情蜜意地喊。語音不清，好像黏了漿糊。

「你不算算你多大年紀了？身子用得著這樣糟蹋嗎？好好睡一覺養養神。」

阿桃嚴辭拒絕，而且立刻以行動作反應，惹得何欣太一肚皮不高興。

「阿桃，我沒有付錢？」

「喲！付了錢就該不顧自己死活？」阿桃尖刻地回他。「你活了今天晚上明天就不活了？我是為你好才這樣，你愛就來呀！你以為我怕？一個糟老頭，肉少骨頭多，究竟有多大能耐？你以為你是楚霸王項羽？來吧！我不在乎，為你好還不領情哩！」

何欣太一下子洩了勁，他噘著嘴說：「好嘛！睡覺就睡覺，有什麼了不起，一張嘴巴像兩片刀子，也不怕傷了人」。

阿桃這才拍拍他面頰安撫他。「因為疼你才這樣子，我又沒有壞心。」

* * *

何棠回家，破例在家睡了一夜。

那天晚上，何欣太安安分分守在電視機旁，何太太也沒趕牌會，小弟關在臥室聽熱門音樂。何棠表情坐立不安，說話也有些閃爍其詞，語意不明。何太太看在眼裏，不由納悶的問：

「老大，你有什麼困難是不是？」

「沒有。」

「沒有？怎麼會站不是坐也不是？」

「媽，你現在的日子還過得習慣嗎？」

「怎麼不習慣，不愁吃穿，打牌也有牌搭子。」

「媽，假如你的生活突然有了改變，要回鄉下住呢？」

「老大，你怎麼有這種想法？」

「我是說假如。」

「回鄉下就回鄉下嘛！反正那棟老房子還在，收回自己住就行了。」

「我也是這樣想，一個人要能過好日子，也能過壞日子才對。」

「我又不是不曾過壞日子，做小姐跟你阿公阿媽住臺西，吃頓飽飯都得靠番薯搭著吃。以後嫁給你這個沒出息的爸爸，也是天天為柴米油鹽發愁，你爸爸還要三餐喝紅標米酒。只有現在日子才好過一點。」

「媽，我會跟弟弟給你和爸爸存筆養老金，將來你跟爸計劃著用。」

「好啦！一切隨你們，反正好日子好過，壞日子壞過。」

「我會處理，媽放心。」

當天夜裏，何棠睡到半夜就走了。何太太那天晚上睡得不太安穩，她琢磨老大這番話，越想越不對勁，猜不透什麼意思，倒好像是番倒頭話（註），聽得人心驚肉跳，毛骨聳然。加上老二老三兩個多月不曾碰過面，更讓她提心吊膽。

他們兄弟究竟在幹什麼？

「老頭？孩子他們究竟在臺北做什麼工作？」

「我怎麼曉得，不是說在汽車修護廠嗎？」

何太太眉頭一皺，覺得有些不自在，大姐的兒子也在汽車修護廠工作，一個月不到三萬薪水，養了妻兒子女，一有紅白帖子就感到荷包吃緊，何棠兄弟怎會這樣鬆活呢？

「老頭，他們兄弟不會做壞事吧？」

「應該不會才對，村子裏同年齡的孩子好幾個都得了博士，他們多少會受到一些影響。」

「有樣學樣，無樣自像。」何太太感嘆地說：「變起來很難說，像我，小時候那曉得打麻將，結婚後，由車馬砲打到現在的麻將桌上，還不是自己變的。老頭，以後你要多管管。」

「我怎麼管？他們都這麼大了，我又不能天天跟著；要是真的變壞，也是你這個母親沒盡到責任，天天耗在牌桌上不下來。」

「你自己呢？你經常不在家，不是喝酒就是專揀不乾不淨地方跑，我想找個說話的人都沒有，我不打牌，你想叫我悶死？」

何欣太知道這是一個永遠沒有結論的問題，他不再作聲，免得引燃戰火，轟然一響爆炸，破壞難得一見的平靜。自己有錯那還能理直氣壯。

次日早晨，何華匆匆上學，何太太幫兒子收拾房間，無意間翻開枕頭，一份色彩鮮豔而又不堪入目的畫冊把她嚇出一身冷汗，自第一頁到最後一頁全是妖精打架，中外兼收，洋洋大觀。何華多大啦？還只讀高三就不上正道，一旦長大成人那還得了？何太太愈想愈戰慄，她趕忙把丈夫叫進房間說：

「你看，這怎麼得了，老四這麼一點年紀就不學好，將來怎麼得了？」

何欣太接過畫冊冷冷的說：

「這有什麼了不得，社會上比這個精彩的還多得很哩！」

「他還只是個小孩，那經得起這樣引誘。」

何欣太不再答話，趁著太太翻箱倒櫃機會，津津有味一頁不漏往下看。那些精彩畫面他在錄影帶裏常見面，但很粗糙野性，沒有這些圖片精緻文靜。他想，孔夫子說過「食色性也」，孩子大了，性之所趨，當然難以避免。

何太太不翻翻找找還罷了，一待她翻翻找找，立刻從老四的床頭櫃底下翻出兩捲錄影帶，何太太為了求證錄影帶內容，待往錄影機裏播放，全是男女間事。何欣太真會趕熱鬧，見了動畫立刻放棄靜畫，他神靜氣閒坐在電視機前專心一志欣賞；何太太把開關關掉，他還意猶未盡央求說：

「要放就放完嘛！不看白不看。」

「放完你個頭，老四變成這個樣子，你不關心，還有興趣坐著看黃色錄影帶，將來他要是往邪路走，那就是你的報應。」

「那有什麼辦法？一切都是命，誰能鬥得過命？」

「以後，求你少往外面跑，多盯住他一些。」

「你也少去打麻將，四隻眼睛看緊他，省得他作怪。」

何太太同意丈夫的意見。

「只有這樣辦了，現在再不看緊他一點，一旦學壞想救也來不及。」

正在這當兒，電話鈴忽然「叮鈴鈴」響起來，何太太正好坐在電話機旁，順手抓起電話筒「喂」了一聲，立刻眉開眼笑問：

「有那些人？」

「……。」

「哦！好呀！我換件衣服馬上就來。」

她立起身吩咐丈夫說：

「你今天看家，務必等老四回家好好教訓他一頓。我去陳家一下，馬上就回來。」

「又是三缺一？」

「我那有這樣大牌癮？陳太太找我有事。洗衣機裏的衣服，你脫好水把它晾起來。」

何太太像一陣風般捲出去，何欣太三兩下就把衣服鞋襪穿好，走出臥室門不由滿腹怨憤說：

「你打麻將，我找阿桃去，你不要家，我神經病？偏偏要死守住家發瘟？………」

一戶五十多坪裝潢豪華的公寓樓房，只剩下何華一個人守住，年輕人心性未定，長夜無聊，他不看黃色錄影帶找女友做性實驗還能幹什麼呢？

＊　＊　＊

醞釀多年的癰包終於潰破出膿。

那天，何太太又在陳家搓麻將，忽然接到何華的電話。

「媽，你趕快回來，家裏有急事。」

兒子火燒眉毛急，何太太卻是一副滿不在乎勁兒，她一疊連聲問：「老四！你不去學校在家幹什麼？什麼急事？有急事叫你爸爸去處理。」

「媽。」何華在電話那頭發瘋般喊：「你一生就只曉得坐在麻將桌上不下來，你這種媽媽，全世界就只你這一個……。」

「老四，你敢挑媽媽不是，看我回家不揖你。」

「不必揖了，搞不好，大哥二哥三哥都會挨槍斃，我也免不了坐牢。」

「你說什麼？老四」。何太太這才聽出話裏有話。

「你不認識字，也該聽聽廣播，大哥二哥都被警察捉走了」。

何太太立刻臉色發白，身子搖搖欲墜，幾個牌友趕忙把她扶住問：

「怎麼啦？何太太」。

「對不起，我家有急事，我要回去」。何太太強自鎮定回答。

「那怎麼可以，打完八圈再走」。

你急人不急，天下事那有搓麻將重要。

何太太再也不像以前那樣戀著牌桌不下來，她拎起手提包三步併作二步跑回家，走到門口，正好碰上老三老四拎著手提箱出門。何華恨恨地瞪媽媽一眼，涕淚滂沱怒責說：

「媽，你回來幹什麼？打牌那樣緊要的事，你只管打牌就好，以後去刑場收屍就可以看到兒子。」

何太太這才知道事態嚴重，緊張的問：「究竟怎麼回事？」

兩兄弟匆匆忙忙走進電梯，何之有些訣別意味般戀戀不捨說：

「媽，晚報上會有消息，你叫爸唸給你聽。」

何太太孤零零站在電梯旁發呆，過了好久，才開門進屋，不到半小時，幾位警察專程登門拜訪，追問何之何華去那兒？何太太隱瞞著說：

「我剛回來，不曾見到他們。究竟發生什麼事？」

警察輕描淡寫回答說：「你家孩子涉嫌二十幾件搶劫殺人案子，其中十三件案子何棠何棣都承認了。」

「不可能，不可能，我的兒子不會幹這種事。」

下午，她到處打電話才把丈夫找回家，買了兩份晚報讓丈夫逐字逐句唸給她聽，報紙內容繪聲繪影，嚇得她眼淚鼻涕大把大把往外冒，她不再像在牌桌上那樣叱吒風雲，何欣太也不像在酒廊和在阿桃床上那樣驃悍驍勇。兩夫婦淚眼相望，傷心對泣。

第二天，好幾位警察來到何家搜尋證物，影帶、日記、衣物、洋酒、紀念幣……上窮碧落下黃泉，終於在廚房洗滌槽牆裏翻出好幾包金飾和珠寶，何欣太夫婦傻了眼，證據確鑿，不由他們不相信，孩子犯下了滔天大罪，夫婦兩人怎會全蒙在鼓裏？

以後連續幾天新聞報導，全是何家兄弟佔頭條，何之何華也分別就擒而鋃鐺入獄。

偵察期間，何家夫婦無法見到兒子，等偵察完畢，夫婦倆去了四、五趟，四個兒子都拒絕見面，何太太苦苦向法警哭求才把四個兒子帶出來會面，隔窗相望，彷彿置身兩個世界，何太太一邊哭一邊訴說兒子的不是。最後，輪著何棣申辯理由。

「爸，媽，不要再說了，我們有今天，全是你們沒盡到責任。爸爸成天在外面喝酒泡女人，以為我們不曉得，其實，我們做兒子的不好揭穿罷了，心裏全清楚。媽嘛！除了關心打牌輸贏，從來沒有關心過我們，我們由小到大，很難吃過家裏一天三餐熱飯，飽一頓，餓一頓，自生自滅；家裏沒有溫暖，我們只好往外面跑，外面什麼是好？什麼是壞？怎樣做對？怎樣做不對？你們一個字都不曾跟我們說；等我們交上朋友，精神有了寄託，卻已經走上了邪路。爸，媽，你們想想，這究竟是誰的錯？」

「孩子，也不能全怪爸媽，你們自己就該學好。」

「我們年紀小，誰知道好壞？你們一年到頭忙你們自己的，幾時告訴過我們事情好壞？……」

何欣太夫婦無言以對，只有眼睜睜看著四個兒子拖著沉重的腳鐐，鏗鏘有聲地被押進囚房。悔恨與無助，一切都遲了，生命已經抹上汙黑，再也無法洗滌乾淨。

＊　＊　＊

證據齊全，第一審很快作了宣判——

何棠、何棣共謀搶劫殺人處死刑，褫奪公權終身；何華幫助搶奪處有期徒刑七年六個月；何之淹沒證據，銷售贓物，處有期徒刑兩年。

何家夫婦養育四個兒子，四個兒子等於全報銷。

何欣太一急之下歸了陰，結束了他荒唐頹廢的一生。

此後，桃園郊區不時出現一位瘋老太太，她的心眼裏不再有家有兒女，她只記得老父親為她兒子取名字時說：

「不管生男生女，都用單名——棠棣之華，表示友愛。」

本來「棠棣之華」是表示兄弟友愛的意思，如今「棠棣之華」反諷似的全關在監獄。

同根同氣，同惡同樂，是誰造成這項惡果？父親？母親？是他們兄弟自己？也許只有何家鐵冷大門上的法院封條才有資格作答覆。

註：倒頭話就是臨終前遺言之意。

恕

飯桌上的氣氛相當凝重。

母親掃一眼三個兒女，三個兒女互望一眼故意低下頭有一搭沒一搭的扒著飯，像數飯粒一粒粒往嘴裏挑。

母親不死心，仍然緊追著問：

「讓他回來算了，反正多添一副碗筷，也不在乎多一個人開銷。」

「反對。」三個兒女異口同聲說。

「他畢竟是你們的父親。」母親的聲音有些沮喪。

大兒子首先提出異議。

「他什麼時候盡過父親的責任？三十年來，我們靠母親給人洗衣服養大。等我小學畢業，我就去當學徒，老闆每月給我的零用錢，我一分錢都捨不得花，原封不動拿回家給母親作家用。媽，我那時只有十三歲，我都知道顧家；他呢？他幾時拿過一分錢回家養妻子兒女？現在人老了，別人把他一腳踢得遠，又貧又病，無處可去才想到回家，我們不開救濟院，我們不收容。」

「老大，你說話怎麼這樣絕情。」母親厲色呵斥兒子：「好歹這是他的家呀！」

「他那兒有家？媽，房子是我跟弟弟買的，今天的吃用，全是我們三兄妹賺來的。他給我們留了什麼？什麼也沒有，留給我們的是沒吃沒喝沒穿沒用的窮日子，等我們生活過好了，他才回來享福，我不幹。」

母親知道老大脾氣固執恨心重，要想叫他點頭不可能。於是，她轉向老二問：

「老二，你的意思呢？」

「媽，你受了三十年的罪還不夠？三十年是怎麼過的？你現在就忘啦！」

老二的口氣雖沒老大堅決，顯然他的意志和老大相同——拒絕父親回來。現在只剩下一個女兒，為了爭取一個人的支援，她以商量的口吻問女兒說：

「秀貞，你是女孩子，心情比較柔順，你的意思呢？讓不讓你爸爸回來？我們做人應該要寬厚一點，他過去確實是對不起我們，事情都已過去，我們還記他的壞處幹什麼？而且他又老又病，無路可走才想到回家，我們就算是白養他，看他那副可憐兮兮樣子也養不了多少年，何必叫人批評我們無情無義呢？」

「媽，我不堅決反對，也不十分歡迎，爸在我心裏根本就沒有印象，我今年三十歲了，只記得好像曾經見過他一面，究竟是胖是瘦是高是矮？到現在我全忘了。今日，我沒嫁人，就是耽心媽沒有人作伴才不打算結婚；假如媽有爸陪著，我也就無牽無掛去談戀愛了。所以，爸回來不回來？我是隨便；不過，家裏突然多一個陌生人，多少會擾亂家裏的寧靜。」

「你跟你哥哥的立場一樣？」

「媽，我並沒說反對呀！」

母親重重把碗筷一放嘆道：「他是自作自受，我受了三十年罪我已經不恨他。兒女不要這個爸爸，我能有什麼辦法呢？」

＊　＊　＊

電話鈴叮鈴鈴響。方秀貞接聽後笑嘻嘻跟大嫂開玩笑。

「大嫂，你跟大哥結婚十多年了，連半天時間都分不開呀！」她故意提高嗓門說：「大哥，你快回去吧！大嫂在想你哩！」

「秀貞，你要死啦！」電話那頭也在笑嘻嘻回嘴。「人家找你大哥明天去包工程，所以我才打電話，要不然，我才不稀罕你那個邋遢大哥哩！」

「別說大話，要是大哥兩天不回家，你不發瘋才怪哩！」

「好啦！秀貞，你別跟我磨牙好不好？快叫你大哥來聽電話，我有事跟他商量。」

「好啦！就是急也不必急成這個樣子嘛，又不是飢荒了幾十年。」一語數關，逗得大嫂在那頭狠狠的說：「看我下次不好好收拾你才怪。」

方順發笑盈盈接過電話，哼哼哈哈說：「我知道了，你告訴他明天我會直接去找他。我還要坐一會，九點鐘左右我會到家。我沒喝酒，開車我會小心。」

掛好電話，方順旺問：

「又有工程啦？」

「對啦！一棟公寓大樓快要開工，叫我包水電工程。」

「是不是轉包工程？大哥，轉包工程叫別人賺一手我們不合算。」

「不是轉包，老闆是我朋友，他叫我直接去看工程估價。」

「那就好。我最怕做轉包工程，別人坐在家裏賺錢，我們替他出死力。」

「那還用說。老二，你打個電話給和珍，告訴她有事要晚一點回去，等下我還要跟你商量包工程的事。」

方順旺順從的給太太通過電話後，兩兄弟坐在沙發上商討了一陣包工程的事，最後，方順發以堅定的語氣指示弟弟說：

「你趕快把你那邊的配線工作辦個結束，我們好去把那個大工程包下來；不過，你要實實在在把事情做好，不能馬虎。大哥今日信用好，許多人都爭著邀我去包工程，就是看我做人做事實在，針是針，線是線，一點也不馬虎。」

「不會啦！大哥，你放心，我是你弟弟，自己沒面子不要緊，我不能砸了你的招牌。」

方順發滿意的點頭。

秀貞端來水果，方順發問：

「媽呢？」

「上床睡了。」秀貞回答。「心裏可能不舒服。」

方順發搖頭嘆氣。

「媽真是個好女人，爸這樣待她，她居然一點也不恨他，還叫我們把他接回來，心地這樣寬厚善良，這世界上除了媽可能不會有第二個女人。」

「所以，老天才讓她生出兩個會賺錢的兒子報答他。大哥，關於爸的事，你究竟有什麼打算？」秀貞一面吃草莓一面瞪住大哥問。

「對自己的父親，本來我們不應該挑剔什麼，就算做錯了，我們也應該原諒他。不過，當我想到媽受了三十年委屈，守了三十年活寡，我就一肚子的氣。秀貞，你記不記得媽帶我們三兄妹求爸爸回來的事？」

「我不記得了，一點印象都沒有。」

「不記得也好，免得生氣，這件事以後再說。順旺，你要不要馬上回去？」

方順旺看看手錶八點十五，起身說：「我們一塊走吧！」

「跟媽說一聲。」方順發一面說話，一面起身走向母親臥室，兩兄弟雙雙喊：

「媽，我們要走了。」

母親沒有回答。方順旺面對大哥說：「媽在生氣。」

＊　＊　＊

順旺坐進順發的車子後，懊悔沒有開車來，他說：

「大哥，你先送我回去，我沒開車。」

方順發發動引擎後，隨又把火熄了。方順旺納悶的問：

「你怎麼啦？」

「老二，大哥心裏有些不平衡。」

「你還想到爸爸的事？」

「怎麼不是，我們受苦受罪的日子，他自私的在外面風流；等我們苦過了熬出頭了，他回家來撿現成的。」

方順旺沒有立刻答腔，停了好半晌才說：「我們不能太給媽難堪，媽都原諒了爸，我們做兒女的沒有必要那樣堅持；再說，媽受的傷害比我們做兒女的大得多了，他能讓爸進門還要為他向兒女求情，我們更不該違背媽的心意。」

「我知道，老二。唉，想起這三十年的日子，心裏就一肚子不愉快。你還記得吧！那一次，我們跟媽去員林，我八歲，你五歲，妹妹兩歲……。」

兩兄弟坐在車內悶聲不響，方順發卻陷入痛苦的沉思裏。

那是仲秋，秋節那天，母親只給家裏準備一碟鹹帶魚，眼看左鄰右居雞鴨魚肉，香花水果祭祖拜神，母親趁早把孩子的肚皮填飽，並且殷殷叮嚀：「今天晚上早些上床睡覺。」不到天黑就把門緊緊門上。直到八九點鐘，門被擂得「咚咚」響，順發打開門一瞧，只見對門阿伯送來兩大碗菜，順發噏著口沫朝屋裏喊：

「媽，阿伯來了。」

母親走出來，看到阿伯手上端的兩碗菜，還沒講話，先就嘩啦啦落了淚。

「阿木哥…我們已經吃飽了。」

「我知道，給孩子們吃，倒起來，倒起來。」

「阿木哥……。」

「我知道你心裏的苦楚，阿水太不像話，不要妻子也該要兒女。找時間去跟他談談，他再不回心轉意，阿娥，你有三個孩子，這就是你最大的本錢，看他能夠風流到幾時？」

過了五六天，母親領著三個兒女搭慢車到員林，找到丈夫落腳的地方，一個女人自屋裏走出來問：

「你們找誰？」

阿娥怕孩子說漏嘴，讓丈夫避不見面，她趕忙接控：

「找方先生，他上個月替我蓋的廚房還沒完工，我問他一聲究竟那一天把我家廚房蓋完？」

女人朝屋裏喊：

「阿水，有人找你。」

阿水輕搖緩步走出來，後面跟著兩個小男孩。順旺跟秀貞同時喊：

「爸爸。」

阿水的臉色立刻垮下來問：「你們來幹什麼？」

阿娥乞求的說：「阿水，你人不回去沒關係？你每個月多少要寄點錢回家，我一個人扶養三個孩子，我那來這麼大的力量？」

「我那有錢？你以為我在外面印鈔票？」

「爸，我們很久沒有吃過米飯，餐餐啃地瓜。」，

「回去，回去，不要在這裏嚕囌。」說罷，便揚長地自顧自走進屋去。

阿娥是位善良女人，她說不服丈夫，又不願撒野吵鬧，只有噙著兩泡眼淚牽起孩子的手說：

「我們回中壢，爸爸不養你們媽來養，只要媽不斷氣，做牛做馬我也要把你們養大成人。」

此後，她替人家包衣服洗，還有打零工的機會，她就挑磚挑瓦挖地搬土樣樣幹。順發領著弟弟逢到刨地瓜的日子就撿地瓜，收穀的季節就拾稻穗，任何能夠改善家庭生活的事情兩兄弟都不敢怠惰。三十年歲月像蝸行龜步，雖然走得慢終於走過來了，兩兄弟在水電工程方面也熬出了頭。

方順發踩下油門，車子就「噗噗噗」吼叫起來，猛烈往前一衝，順旺趕忙勸阻哥哥說：

「情緒好一點，我們要為母親、妹妹、妻兒子女活著，犯不著生這樣大的氣。」

* * *

秀貞走進母親臥室，輕聲呼喚：「媽、媽、媽。」

「叫什麼？叫什麼？哭冤呀！」

母親年齡雖大，脾氣卻像孩子般單純。秀貞笑盈盈摟住母親的脖子問：

「媽，你還在為爸爸的事生氣？」

母親喟然一嘆，道出自己內心的感傷。

「你們長大了都不聽媽的話啦！」

「媽，不是我們不聽媽的話，實在是爸對我們絲毫沒有恩情，他在我們心裏跟陌生人沒有什麼分別？他做父親不盡父親的責任，別說是身受其苦的兒女，就是旁人也會心懷不平。」

「孩子，他現在有苦難所以才回家來求我們。」

「我知道。論道理，他養了那個家三十年，那個家有責任替他解決問題，到最後，別人一腳把他踢滾蛋，他才想到要回家，我們當然沒有法子接受這項事實。」

「秀貞，你是個女孩子，心腸也這樣硬？」

秀貞輕鬆地搖搖頭說：

「媽，只要大哥二哥點頭，我不會反對。」

事情有了轉機，至少有女兒站在自己這邊。母親趕忙勸著女兒說：

「秀貞，想法子說服你哥哥，你爸爸無情，做兒女的不能無義，你們看他那副既老且貧又病懨懨的可憐相，就算可憐他，也應該給他一碗飯吃。他再不對，他在苦難的時候，你們不養他，別人會批評兒女不孝，這在理字上說不通，尤其是我們中國人，最講孝道。」

「媽，你一點也不恨爸爸？」

「年輕時恨，現在快進棺材還恨什麼？再說，苦日子都過來了，順發順旺都熬出頭賺大錢，我們的日子過得好，他卻落得年老被人攆出來，看他年老這般可憐，我就是想恨也恨不起來。」

「媽，你真是一個偉大的母親，賢慧的妻子。大哥二哥那邊我會想辦法讓他們同意。」

事情沒有這般簡單，順發始終不鬆口。大哥不點頭，順旺也不敢擅作主張。

秀貞把母親的想法和盤告訴大哥二哥。順發皺起眉頭辯道；「我對父親並不是恨得牙癢，只是一時很難接受他。家裏平空多個生人吃飯，與我們共同生活，在心理上始終有種他來撿現成的感覺。」

「大哥，那些話都不要再說了，媽已經不恨爸爸，我們就大方地接他回來，現在，我們又不是養不起他，每餐多一副碗筷就好。」

愛與恨在方順發的內心交戰，他仍無法忘懷當年父親不顧家小的情景，兩兄弟撿地瓜拾稻穗的生活片段，母親清早替人洗衣、揀空幫人挑磚擔砂搬土的辛勤寫照，還有那缺吃缺穿的日子。但母親的意思不能違抗，終於，他妥協的說：

「這樣好了，我們租個房子給他住，房租生活費我全部負擔，免得彼此常見面心裏不舒服。」

「這樣不太好吧！」秀貞狐疑的問。「不但多開銷，家裏房間空著，那不是多此一舉。」

方順發狠瞪妹妹一眼斥責道：「有什麼不好？有吃有住。我們小時候吃不飽穿不暖的日子是什麼滋味？現在也讓他嚐嚐自己種的苦果是什麼滋味？」

「大哥，你這樣做不厚道。」秀貞直率批評大哥。方順發沒理妹妹，一言不發走了。方順發的心靈創傷是父親一刀刀劃下的，他記憶猶新，他永遠無法忘記。

* * *

孩子業已讓步，論理這項辦法應該很妥貼，可是中國是個重視倫理道德的國家，絕對不講究以眼還眼，以牙還牙。尤其是孝親敬長一節，不管世道怎麼變？孝順父母、尊敬長上，永遠是道德的準則，誰虧欠了，不但法律不容，親鄰戚里的責備也是無法逃避。再說，租間房子供他住，讓他不愁吃穿，這扇方便門既已開啟，又何不寬宏大量讓他回家來呢？等他享受到溫暖的家庭生活後，他良心上的自責也許比兒女拒絕他會更厲害。

「秀貞，你的看法呢？」

「既然供爸吃住，何不讓爸回來，要原諒爸就徹底原諒，不必留隻尾巴落人口實？」

「對，我也是這種想法。秀貞，我們做人要寬宏大量，不要存有冤報冤，有仇報仇的心理。你願不願意幫媽？」

「怎麼幫法？」

母親附在女兒耳旁嘰嘰喳喳講了一番話後，秀貞笑著說：「也許會有效，不妨試試。」

第二天中午，方順發忽然接到妹妹電話，他驚訝無措問：「你知不知道媽去哪兒？」

「我不知道，我到處打電話問，都說媽沒有去。」

「媽在生氣。秀貞，打電話通知二哥，我馬上就到。」

「什麼事？媽怎麼啦？」方太太問。

「媽離家出走了。」

「怎麼會呢？」

「怎麼不會，媽的換洗衣服全帶走了。」

「都是你固執啦！」方太太責備丈夫。「我們又不是養不起爸爸，媽既然讓爸回來，你做兒子為什麼要堅持？媽受了三十年苦仍然不恨爸爸，可見媽愛爸有多深。」

「好啦！現在講這些有個屁用，把媽找回來一切隨媽的意思辦，我不再有二句話。」

「早就應該這樣做。」

方順發趕到家，沒多久，順旺也從工地匆忙趕來，兩兄弟問清原委，知道問題出在爸爸回家身上，現在最重要的是如何把媽找回來，以後的事以後再解決。

「阿姨跟小舅家打過電話沒有？」

「打過了，都說媽沒去。」

「媽究竟去那兒？要是找不到媽，我的罪過可大了。」順發回頭問妹妹：「秀貞，你對爸爸回來有什麼意見？」

「跟以前一樣，沒有改變。」秀貞佯裝拒絕。

「現在我們都要修正做法。媽要是找不到，或者找到了她堅持不回家，我們做兒女的活著還有什麼意思？媽養育我們又有什麼意義？」方順發發表意見。

「大哥，媽會不會找爸爸去？」秀貞問。

「爸在那兒？」

「派出所應該知道，上次就是派出所通知的。」秀貞出主意。

方順發跟派出所通過電話後說：「在鴻範旅館，走，坐我的車去。」

三兄妹坐上車直奔鴻範旅館，問清房間號碼，登上三樓，叫開門，只見母親正在替一位病懨懨男人換衣服。

「媽。」三兄妹同時奔上去叫母親。

「你們來幹什麼？」母親表情冷冷的。

「媽——。」

「你們看他這副苦樣子，你們居然不讓他進門，你們真是鐵石心腸。」

三兄妹看看躺在床上的父親，一身瘦骨，臉上的肉削下來不到四兩重，劇烈的咳嗽使他好半晌接不上氣，當年身強體壯說話如雷鳴般的形象已不存在。順旺秀貞對父親的印象沒有記憶，此刻，實在難以相信眼前這個病弱老人就是當年拋家棄子的父親。

方順發看一眼弟妹，首先喊：「爸，我們先送你住醫院，等你病好了再接你回家。」

老人感動的點頭落淚，哽咽著說：

「我對不起你們。阿娥，叫你受苦了三十年，我很慚愧……」

歷劫歸來

何總給熊珍一張支票，面額五萬元。熊珍親親熱熱還給何總一吻，何總順勢把熊珍摟進懷裏說：

「今天晚上你陪我。」

「給了錢你就要代價？」熊珍歪著腦袋帶著一種誚弄的口吻問。

「不是。」何總搖頭否認。「我喜歡你。」

「今天晚上不行，我母親過生日，我要陪老人家。你看，現在已經九點多了，我還沒回去，我媽一定很急。」

何總洩氣的放開手抱怨。

「你老是有理由推辭。熊珍，你能陪別人，就不能陪我嗎？」

熊珍嗟喟的搖頭，胸臆興起多少感觸。在酒廊上班，不管自己如何冰清玉潔，誰也不會相信自己白璧無瑕。酒與色是拜把兄弟，沆瀣一氣，同流合污，難怪何總對自己不信任。

「何總，我沒有陪任何人。我在這裏上班，賣笑不賣身。」

何總偏著頭不信任的問：「在這種環境上班，想做聖女貞德，可能嗎？」

熊珍知道解釋也沒用，她坐回原來的位置，把支票交還何總說：

「謝謝你，何總，這筆錢我現在不需要了。」

何總訝然的問：「生氣了？」

「我不敢，在這種場合上班，我們只有想法子逗有錢的大爺高興，那敢得罪客人。不過，我有一點感想，愛情靠培養，不是像賭博一樣靠下注。有些女人以身體為本錢，靠零售賺錢。我熊珍不行，我只出售愛情，一次拍賣，絕不零星出售，而且是賣給識貨的人。對不起，何總，如果你確實需要，我們酒廊有好幾位都可以做交易，你去問聲方總，他會給你做安排，我不做這買賣。」

熊珍語言輕鬆，卻是字字如劍，直直地朝何總心坎刺去，刺得他鮮血淋漓。他在商場中算是一位兜得轉的人物，支票現款都能取貨，想不到這張支票卻不那樣有效，他以為他可以得到她，誰知道熊珍卻是一位不出賣自己的女性。近三個月觀察，熊珍待人言語溫和而辭色端厲，不像其他女該那樣言行妖冶，有求必應的神態。

他把支票再度交回熊珍，自打圓場笑著說：

「跟你開句玩笑，就惹來你這篇訓詞。」

「對不起，我是向你表明我的心迹，對其他客人我一向是一笑置之，向他們表白也是多餘。」

「熊珍，你是說你把我當作知心朋友？」

「你自己去體會吧！何總，要是我願賣身，現在，我至少有棟公寓房子安置我母親，何必租房子住呢？」

「熊珍，請你原諒，我對你已有進一步瞭解。有困難找我，我會盡力幫助你，以後我不會多作要求。」

「謝謝你，何總，我高興你能瞭解我，這筆錢我會還你。」

「你看你。」何總打她一下手背說：「不是明明在罵我，既然是朋友，五萬塊錢算什麼，說不定我可能是你心目中那個識貨的人。」

熊珍別有用意的笑道：「很難說，那要看你怎樣表現？錢可能買得到許多東西，我熊珍的愛情不是錢買得到的，必須以愛情交換愛情。」

＊　＊　＊

何總離開酒廊後，熊珍給母親一通電話。

母親在那頭殷殷叮嚀說：「回來晚沒有關係，不過，你要特別小心，這年頭壞人特別多，最好跟同事一塊坐車。」

「媽，我知道。媽今日過生日，我卻不能陪你。」

「陪什麼？媽又不是第一次過生日，媽的生日就是你外祖母的受難日，年年今日吃素，媽那還有心情過生日。」

「媽，十一點鐘前我一定會趕回家。」

「好吧！你去忙你的，媽等著開門。」

熊珍搖完電話，回到桌上招呼一陣客人，把幾位常來捧場的熟客安撫好後，這才走向方總經理說：

「方總，今天晚上我要提前一點時間回家。」

方總擡起頭看她一眼搖頭拒絕：

「那怎麼可以，現在正是生意好的時候。第五號房間劉先生剛才還在找你去喝酒。」

「今天我媽過生日。」

方總頓了片刻，覺得情不可卻，他轉個圜說：

「你去跟劉先生打聲招呼，陪他喝兩杯，用點手腕，讓他心服口服。這種客人不能得罪，他下次不來，我們就少了一筆進賬，懂嗎？」

熊珍會心的笑笑。離開方總，她順手拉住成靈芬。

「靈芬，請你幫我一個忙，替我在劉先生面前擋一下。」

「你呢？劉先生只對你一個人鍾情，他給我臉色看怎麼辦？」

「不會啦！我會想法子讓他喜歡你。我媽生日，不早點回去不行。」

熊珍拉住成靈芬雙雙踏進五號房，立刻激起一陣熱烈的掌聲。熊珍把成靈芬拉到劉先生的面前說：

「劉先生，我今天要給你介紹一位既漂亮又有內涵的小姐給你。」

「誰？」劉先生翻著酒眼問。

「就是這位成小姐。」

「以前見過，她像一隻溫馴的小貓。一塊喝酒不夠刺激。」

「劉先生，你真外行，成小姐是貨真價實的大學生，有知識有內涵，當然不會像一般女孩子那樣放肆，你真是不識貨。」

「真的？我以前怎麼不知道。」

「人家好意思開口閉口告訴別人自己是大學生嘛！再說，大學生到這兒上班已經很不夠面子，還敢給自己掛張招牌？成小姐要不是為家庭作犧牲，她才不會來這兒糟踏自己哩！劉先生，你應該罰酒。」

「好，我認罰。」

熊珍為劉先生杯子斟滿酒，再替成靈芬倒滿酒說：

「靈芬，你陪劉先生乾一杯。劉先生不但酒量好，做人尤其豪邁大方，是一位很重感情的人；最重要的是他喝酒歸喝酒，酒德好，人品好，喝了十成醉意也不亂性。」

劉先生被說得心情大樂，一舉杯就飲乾了。成靈芬也不示弱，痛痛快快乾了一杯。

熊珍再為劉先生注滿酒後說：

「劉先生，今天晚上我要向你告個罪，我不能陪你。」

「那怎麼可以，我是專門衝著你才和朋友來喝酒的。」

「今天是我媽生日，我要提前回去陪她。成小姐聰穎乖巧，她一定會稱職。過了今天，不管你那天來我都專門陪你好不好？」

劉先生思索俄頃點頭應允了。

「好，難得的孝心，我不勉強留你，我們乾杯。很抱歉，我不曉得你母親過在日，什麼禮物都沒準備，真不好意思。」

「你對我的體諒和愛護，就是最好的禮物。」

「我用車子送你。」

「不用啦！」熊珍婉言拒絕。

「你好好跟成小姐乾兩杯，我叫計程車回去。掃了你的酒興，我已經感到很歉疚。靈芬，你替我好好招待劉先生。」

劉先生扯開喉嚨大笑。「真是善體人意，怪不得你讓我神魂顛倒。熊小姐，你快回去吧！以後，我們慢慢喝兩杯。」

＊　＊　＊

帶著五成醉意跨出門，由於中午少憩一回午覺，此刻醉意加上睡意人就感到相當疲累，坐上計程車，只吩咐一句「興隆路四段」，人就疲累的睡著了。

熊珍在酣甜的睡意中，忽然覺得大腿內側有種軟綿綿的東西試探，她警覺的醒來向四週張望，發覺自己坐在計程車內，周圍一片闃寂，顯然這是一處荒郊野外，她沒聲張，也不敢冷峻拒絕，內心只在盤算如何脫身。

「這是什麼地方？」

「你看看就知道，還用問？四處無人，你別打算逃出我的手掌。」

「你要幹什麼？」

「幹什麼？你不知道嗎？男人還需要什麼？你想想就知道了。」

熊珍內心感到很恐慌，這是她的危險時刻，失去貞操和失去生命同樣重要。在這荒郊野外，他是有恃無恐，那種饑餓舉措，顯然非達目的不止。而且，她發覺他的那隻手愈加肆無忌憚向她進攻。她用手抓住他的手掌，將它捧在手掌中揉搓，一方面轉移他的目標，讓他慾火稍作收斂；另方面讓他誤認自己是在作適當的情慾反應。

就在這撫摸捧握中，她發覺他的手心相當柔軟，顯然不是一個幹粗活的人物。她調整姿勢，將他摟住送上熱烈一吻。就在這片刻，她告訴自己只能智取，不能力拒，要不然，失身失命，明天報紙社會版便有自己的頭條新聞出現。

憑著熊珍三年多的社會工作經驗，她決定了自己的應對步驟。經過長久的熱烈一吻後，她說：

「駕駛先生，我聽你說話的聲音和我剛才撫摸你的手掌和臉頰的感覺，我覺得你很年輕，頂多不會超過二十三歲。」

對方沒作聲，只是手的游移動作開始緩慢下來。

「我以為你這樣做不值得。你要我可以給你，你達到了目的，你卻犯了法；就算你不饒我把我殺了，劉煥榮、吳新華、齊惠生這樣了得的人物，都被警察破了案。任何案子，遲早都逃不過警察的手掌。為了幾分鐘的快樂而把自己一生毀了，叫老年的父母常常流著眼淚去監獄探望，叫朋友同學看不起，這分代價付出太大了。」

對方沒作聲，而且有進一步行動。熊珍驚嚇得全身哆嗦，仍然強作鎮靜說：

「這樣辦好了，為了不讓你進監獄過一輩子失去自由的生活，你現在只要忍耐十分鐘就夠了，我皮包裏有現款有支票，你拿去今天晚上找位漂亮小姐過夜。我叫熊珍，在某某酒廊上班，我絕不報案，如果今後有警察追問這件事，你隨時可以來找我把我幹掉。」

對方突然停止了進攻行動，搶過熊珍手上的皮包，摸黑把支票塞進口袋，把鈔票塞進口袋。直到摸著一疊大小長短不一的紙張，他冷冷的問：

「這是什麼？既不是鈔票，又不是支票。」

「是我捐給養老院、育幼院款子的收據。」

「酒廊上班賺錢容易。」

「不是你想像那樣容易，噙著眼淚陪客人喝酒，還要想法子擺脫客人的糾纏。」

「你們有什麼關係？反正陪酒陪睡覺。」

「你說的這種女人確實有，我不敢這樣做。我父親是位中學教員，因為患癌症用了許多錢，最後還是死了，我為生活所迫，我才去酒廊上班賺錢。我受過三專教育，為了還債和養母親，我只有厚著臉皮去賺那種錢，三年多來，我保持一項原則，那就是賣笑不賣身。我要是願意陪客人睡覺，今日，三棟樓房都有了，何必往市政府二百多塊錢一個月的平民住宅呢？」

熊珍的話，一方面是實情，另一方面為了激發他的天良，她哭得眼淚鼻涕一大把。

對方撳亮燈看她一眼，再看看手上那疊紙張，果真是不同年月的捐款收據。他把收據塞進手提包，再把支票現鈔掏出來還給熊珍說：

「這個還你。」

熊珍既驚訝又興奮的想，他的良知復活，自己得救的希望很高。內心卻不斷祈禱：「上帝，求你支持他，讓他不要反悔。」

「先生，你留下用，沒有關係，你就當是朋友給的。本來我明天要去「伯大尼」育幼院，過幾天去也沒關係。」

「我不要。」對方鐵冷的回答。「不曉得你剛才說的話是不是真的？看了你的捐款收據，我知道你有一顆善良的心。對不起，我剛才冒犯了你，請你原諒。幸好你剛才提醒我，要不然，我便犯下一生不可原諒的大錯。你太漂亮，以後不要一個人搭車。走，我送你回去。」

熊珍緊捏在手掌中那顆快要跳脫出來的心，這才四平八穩擱回胸腔裏。好險，生命危在旦夕，少女的貞操危在旦夕。剛才只要稍有一點處置失當，失去部份或失去生命全部，都是一樁終生傷苦的事，萬一死亡，也是帶著怨恨和傷心死去，死也不能瞑目。

車子七拐八彎由荒野回到市區，駛到木新路車子停下來。他說：「你自己回去，不要報警，我不會再犯第二次錯。你要報警，只要警察找我，我很可能會找機會幹掉你。」

「不會，不會，我絕對不會；你有良知，任何人都難免犯錯。我有句話勸你，希望你做任何事都要三思而後行，鑄下了錯誤便永遠無法挽救。」

計程車絕塵而去，熊珍為了履行不報警的諾言，他沒記車牌號碼、車行和車體顏色。等車子噗噗兩聲離開後，剛才的精神武裝全部解甲，一陣餘悸襲來，她忽然全身無力地攤坐在地上，眼淚一把把滾下來。

* * *

熊珍沒有把實情告訴母親、依然強顏歡笑倍侍母親吃完消夜才就寢。

經過兩個多小時的折騰，本來身心都感疲倦，一俟夜深人靜，神智反而清明，剛才那驚險一幕猶如電影特寫般在腦際咄咄逼來，想到自己在那千鈞一髮之際，居然對方良知甦醒，幡然改圖，讓自己化險為夷，逃過一劫，真是僥天之倖。

人性與獸性只一門之隔，站在這邊是人性，跨過門去就是獸性，如你讓人性昂揚獸性隱遁，這就有視理智是否能夠戰勝慾望，尤其取決自己對是非善惡的辨別和取捨。稍一大意，獸性擡頭，人性退避，其結局便是不堪收拾，最後只有鋃鐺入獄，飽嘗鐵窗滋味。

他為什麼會在那種天理與人慾交戰中，先是甘於以身試法，最後突然懸崖勒馬，自救脫險呢？這原因是敗壞的人心造成社會風氣的墮落，使他連帶接受社會風氣的感染而幾於沉淪不拔，最後，當他突然看到自己的捐款收據激使良知覺醒，瀕險回頭，放了別人也救了他自己。

三年多的社會工作經驗，將近一年半的酒廊生涯，讓熊珍看遍了人生百態，醜惡的、善良的、殘狠的、柔懦的……人心不同，各如其面。同樣是五官四肢，為什麼人心不同有如此之巨呢？後天教育的力量不能化莠為良，汙濁的環境薰染也不能變善為惡，這是為什麼？人性真是一種微妙而難於捉摸的東西嗎？

自從父親過世後，她堅毅地肩負起家庭責任，還清債務，為養母親，她遭受誤解，飽嚐白眼，不管自己立身多清白，處在四週盡是汙穢的環境中，目濡耳染，如不具有幾分自持力，難免不隨俗浮沉而最後與之合而為一。人生是掙扎，自下流奔赴上流，自卑微攀爬到清貴，自低處奮進到高處，自人性的墮落競向到光明與高貴，都需要經過一番強烈的掙扎。

熊珍這些年在不斷掙扎——在酒醉中掙扎，在情慾中掙扎，在愛與慾的臨界點掙扎，在大量賺錢和應得收入中掙扎，在出賣自己和保持清白之身與家風中掙扎……幸而她的內心有股力量在支持她，那就是不能出賣自己的人格而換回金錢，更要保持清純之身交給自己所愛的人，所以，雖曾幾度陷於被誘惑被強迫的奪取中仍然保得完璧無瑕。這一次更是站在危險的極高點，僥幸平安走過，她決定自己必須立刻抽身，另謀工作，不能猶豫蹉跎，造成自己沉淪滅頂。

時間是凌晨三時，經過一番深長思考後，她覺得與其在泥汙中賺取高薪，何如在清新的環境裏讓母親活著心境恬泰，自己昂頭挺胸，理直氣壯呢？

想到這兒，她迫不及待給何總撥電話。

何總從酣夢中醒來，語音含糊地問：

「喂！喂！你找誰？半夜三更打電話。」

「何總，我是熊珍，我求你幫我一個忙。」

何總睡意去了一半，他嘻皮笑臉問：

「是不是想我？我求你陪我你不幹，這會兒懊悔了吧！」

「何總，你正經一點好不好？我想離開酒廊？請你替我找份工作。」

「為什麼。酒廊收入高。」

「在那種環境工作如不出賣自己，收入也高不到那兒去。正因為我堅持原則，所以，我們母女還住平民住宅。換份工作，收入少一點，生活平靜，心境安泰，不是強勝過強顏歡笑嗎？」

何總在那頭猶豫不語。熊珍催著問：

「怎麼樣嘛？」

「熊珍，你乾脆嫁給我，作現成的老闆娘，不是勝過你看人臉色討碗飯吃嗎？」

「何總，你是想乘人之危是不是？結婚要有愛情基礎，又不是餓著肚皮找飯碗。」

何總心裏有個盤算，以熊珍的聰明智慧，好好訓練她、愛護她，自己將來可能會雀屏入選，一旦把她變成自己的「牽手」？創業成家，她就是自己最好的幫手。

「熊珍，你怕不怕苦？」

「不怕。」熊珍堅決回答。

「你放得下酒廊的繽紛生活？」

「我已經下定了決心。」

「那就好，明天你來我公司上班，你必須從小妹做起，讓你一步步熟悉，至於待遇，我會看情形核發。」

「謝謝你，何總，一言為定，我明天準八時上班。」

放下聽筒，熊珍把鬧鐘撥到七時半，睡意立刻重重掩至，朦朧中她彷彿看見一道曙光強烈地射進她的夢境。

雪夜

連續落了半個月的雪，一層一層壓住大地，經過北風使勁一吹，地全凍僵了；性質脆弱又曾遭遇過蟲蝕雷傷的樹木，彎的彎斷的斷了。麻雀找不到食物，凍餓得啾啾叫。

秋收完畢，地裏沒有莊稼，園裏的蘿蔔白菜凍得萎靡不振，葉片蟄在雪下顫慄。

北風像利刃，割得人臉面耳鼻刺痛。

野外一片闃寂，一片慘白，除了偶爾走過趕集回家的小販外，大家都窩在家中火爐邊取暖。

富家不愁吃穿，窖藏東西多，寒冷冬天正好闔家大小享個豐盛；窮苦人家愁衣愁食，燉一鍋蘿蔔白菜，一家人圍攏熱呼呼吃著，也覺溫馨無際。

農人家天生克己安分，累積的財富全靠胼手胝足一點點攢聚而來，既非上天格外偏愛，也非儻得橫財，得之誠屬不易。偏偏有些遊手好閒的壞胚子，看中富人家那分油水，不是訛詐，就是搶劫。尤其是寒冬臘月，日子過得蕭瑟，原來窩在山裏的匪棍，便不免見獵心喜，蠢蠢欲動了。

許屯前年遭過一次搶，儘管許屯敲鑼打鼓呼叫鄰村救援，結果，大家只管自掃門前雪，不管他人瓦上霜，不聞不問，僅圖自保。直至去年黃厝等也遭搶了，大家才想到應該組織聯防隊，共同抵禦搶匪才是正經。

開會那天，許大仁坐在席位上一言不發，想到前年那頁賬，內心就不由嘀咕不安。幾個大戶都請許大仁發表高見，許大仁一張嘴就把一肚皮不快吐了出來。他說：

「聯防的事你們去辦，我們許屯不參加。你們記不記得前年我們許屯遭搶的事。我們敲鑼打鼓請你們救援，你們幾個村子一個人影都不見，反正我們許屯白挨搶，今日何必替人出死力。」

「我們聽不見，許老。」

「聽不見？信得過嗎？你們村子敲鑼打鼓我們怎麼會聽得清清楚楚？偏偏你們耳朵長了驢毛？」

許大仁急不擇言罵人了。

「事情過去就算了，我們以後團結合作。」有人出來打圓場。

「各管各的事吧！你們圖我許屯的火力強，才大言刺刺要團結合作。我許大仁捨得花錢，有本事花錢把軍火買回來，山裏那幾個毛賊還差我一大截哩！就算搶匪想打歪主意，料也不敢近我許屯濠溝邊。就算僥倖打進去，只要不殺人，東西儘他搬，搬空了，我縣城貨棧裏東西運回屯子，又僅夠我許屯大人小小過個好冬。」

許大仁說的是氣話，其他人聽著不入耳，因為自家理虧，也就不好發作，許大仁是竹村大戶，大家都仰仗許屯的強大火力，明明會議已瀕破裂邊緣，能忍的都忍了，深怕傷了和氣。

會議不歡而散，因為彼此不曾拉下臉，都指望許大仁回心轉意，重返會議桌上商量。

＊　＊　＊

黃奎客客氣氣把許大仁送出客廳，臨上馬前，還謙讓卑躬的勸道：

「請許老息怒，別多計較，以許老的德望、財富，一句話就能叫人服服貼貼，大家弄擰了，事情辦不好事小，損了你的面子事大。」

許大仁是個菩薩心腸金剛面的人，嘴巴硬內心卻早有盤算，他不痛不癢笑笑，沒表示什麼。逆著北風，五匹黃驃馬像飛箭般往許屯衝。

黃厝離許屯只半里遙，幾個村子都緊貼著，不管朔風如何野大，要說敲鑼打鼓聽不清楚，那是鬼話，平常，誰家村子大吼一聲，四週山峪都有回音，那能說聽不到鑼鼓聲呢？只不過是遁詞罷了。

落雪天沒有晨光，也沒黃昏，只管一味鐵青寡白，天凍地寒，雪片仍然團團毬毬般往下落。半里路程，五匹馬好像剛起步就奔馳到屯了，許屯瞭望哨看清楚是族長回來，一拉鈴繩，屯門就「噹鋃鋃」響起來，兩扇厚重木門啟開，吊橋徐徐放下，四匹駿馬奔馳到庭院才制勒住。

許大仁走進客廳，拍打撣雪花，脫下大氅，一屁股坐在虎皮圈椅內，侍女送上了熱茶、旱煙管，他喝了一口熱茶，忍不住冷笑說：

「他們真會精打細算，看中我們屯子的火力強，便嚷著要組聯防，真叫做『人不為己，天誅地滅』，這些鄰居的心腸真難摸透。」

「大哥，你答應了？」許大富問。

「我回說你們自掃門前雪，今天就各管各的事，我們許屯不聯防。」

「爹，這樣不太好吧？爹是領袖人物，你不倡頭，那樁事能辦好？再說，有組織才有力量，也好圖個日後平安無事。」許智傑向父親諫諍。

「對，姪兒說的有理。」許大富一旁贊同。

「我知道，我只是給他們一點顏色瞧，叫他們別把我們許屯看扁了。前年，我們呼叫援救，他們只是隔岸觀火，一個人影都不見。如今，圖著我們火力強，就大喊聯防，叫他們知道許屯不是湯丸糰子，搓扁搓圓由他去。」

許大仁說罷，不由得意大笑，大家也附和地笑了。

許屯是竹村的大族，男女老小兩百多口，都是許家一條根發出來的芽胚。當年，許大仁的祖父許熊輝趕著牲口走南闖北才掙下這片產業，加上許大仁的父親善於經營，產業滾產業，錢滾錢，才把兒孫養得戶戶有家有業，家給戶足，不愁衣食。傳到許大仁手上，他像老母雞孵小雞，把許家枝枝葉葉的後代全孵在自己的翅膀下，雖然是各自為炊，凡是公益事情，只要許大仁一聲令下，立刻一致拳頭向外，誰也別想動許屯一根毫毛。就因為這分熱烈的家族團結精神，加上許家財大勢大，才使許大仁爭盡面子，說話像誥敕，字字斬釘截鐵，句句金鼓雷鳴，其他鄰村不服也不成。

* * *

吃罷晚飯，許大仁五兄弟圍在火爐邊取暖閒聊。自鳴鐘敲了九下，許大仁望向老四老五說：

「該去瞧瞧，天寒地凍，最怕守哨偷懶打瞌睡，一旦疏忽，等搶匪摸進來，最強的火力也會壓制不住。」

老四回說：「吃飯前我查過一遍了。」

「不怕一萬，只怕萬一，凡事小心謹慎一點好。」

老四老五受命起身，披上大氅，拎著手槍出門。

許大仁怕老四脾氣毛躁，動不動揎人耳光積怨聚憤，造成內部不和，每次出門總要千叮萬囑的說：

「老四，講話不要帶火氣，好話一句，壞話也是一句，話說中聽了，內心愉快，別人賣命也幹；話不好聽，說不定就會引起窩裏反。」

「生成的雷公脾氣，大喉嚨，改不掉。」老四訕訕地說。

「試著改，張飛性子那樣粗暴，他還知道義釋嚴顏，不信不能把脾氣改柔和一點。」

老四尷尬一笑點頭。老五立刻催促上路。

「走吧！四哥，大嫂準備了好下酒菜，轉一圈回來後好乾幾杯。」

老四老五出去不到半小時工夫，旋即匆匆跑進來說：

「大哥，小溜子在屯外嚷著要見你。」

許大仁一聽小溜子三個字，不由勃然變色問：

「他回來幹什麼？又有事情了？」

「他說有急事？非要見你不可。」

許大仁沉吟俄頃，一時躊躇不決，他一想到小溜子把堂兄那片家業吃光賭光的事，內心就不由火冒三丈，曾經兩度濟助他做生意，他是依舊惡性不改，花得一個子兒都不剩。此後，除了去年見過一面外，一年多時光不曾見到他影子，有人說他流落徐州當乞兒，有人說他進了山區當搶匪，人言言殊，誰也拿不出確鑿證據，一晃一年多，他像泥巴地裏冒出芽心般又出現了，難道又是送回來壞消息？

「老四，吩咐大家加強戒備，防他有詐。」

「大哥，你是多心，胳臂斷了往裏彎，小溜子好歹是我們許家一粒芽。去年要不是他回來送信，我們許屯也不免一劫。」老三數落大哥。

「小溜子本性不壞，就怕壞人逼他。去傳他進來。」

沒多久，小溜子急急跑進來，他向許大仁行完禮，便附在他耳朵嘀嘀咕咕說了一陣話，說得許大仁咬牙攢眉猛點頭。小溜子沒待喝盅茶，又急忙起身告辭。

「大叔，我要走了，我不能耽誤太久。」

許大仁這才慈祥柔和的叮嚀道：「小溜子，你自己要當心。」

「我知道，大叔。各位叔叔，小溜子要走了，不能夠侍候各位。」

一匹白馬把小溜子送進白茫茫雪地，沒過多久，連影兒都消失了。

小溜子一起身，許大仁的眉心蹙得像是上了鎖，他起身在客廳兜了一個圈子，忍不住右拳擊在左掌心說：

「春不耕田，夏不鋤地，光想撿現成的吃喝，沒有這種便宜事，我叫你一個個來得了去不得。」

* * *

許大仁畫好一張簡要地圖鋪在紅漆圓桌上問：

「山背那條路好像不太有人走動？」

大家不知他葫蘆裏賣的是什麼藥？彼此互望一眼沒作聲。其實山背那條路險峻陡絕，人馬都難容足。

「大富，今年八月挖的那些坑有沒有損壞？」

「沒有，裏面都積了半坑的水。」

「那可好，上層封冰，坑裏暖和，怎麼寒凍也凍不出冰來。大哥這次要使個布袋計，將來犯的搶匪全都攆進布袋，一個個活捉。」

「大哥，究竟是怎麼回事？你說明白點好不好？」

「剛才小溜子送信來，說是搶匪這幾日會朝我們竹村下手。」

「小溜子怎麼知道？」

「他在城裏一家大煙館聽來的，那家大煙館據說是搶匪的眼線。」

「土匪會傻到告訴小溜子？」

「小溜子多少聽懂一些土匪的行話，他說有八成是指我們竹村。」

「不一定消息可靠。」

「不管可不可靠？寧可信其有，不可信其無，凡事防著點，多一分準備就多一分安全保障。」

「聯防的事，大哥下午答應了才好，彼此關照，省得我們許屯單獨應敵，吃虧。」

「人多固然勢眾，人多嘴巴雜，也容易走露風聲，壞事。古史上以少勝多、以寡擊眾的事例多得很，不必發愁，大哥自有妙計。」

「大哥的意思是——？」

「我們許屯多擔點責任，單獨行動，另作妙計，免得匪探探出我們的虛實去。」

大家不再作聲，只是安靜地聆聽許大仁吩咐。許大仁看看窗外北風呼嘯、雪花飛舞的天氣，重又回到座位上說：

「老四去把各隊的小隊長召來，我有事交代。」

沒多久，老四領著幾十個精壯漢子走進來，大家一疊連聲伯伯、叔叔、爺爺的叫。

許大仁把大家召在煤氣燈下的大圓桌邊說：

「小溜子做人雖不爭氣，但向家的誠心，我信得過。去年捎回來的消息，都是八九不離十；今日，他冒雪趕回來送信，八成不會太離譜。」許大仁停頓片刻，然後把小溜子捎信的始末大略敘述一遍。

「他知不知道搶匪的目標是那個村？」

「小溜子也不知道。」

「大伯，我們自保就好，搶匪要是劫黃厝，我們樂得在一旁看熱鬧。」大侄奮起發言。

許大仁笑著呵斥他：

「真是小孩子見識，你不救火，火就會燒到自家頭上來。」

「前年我們遭搶，他們也是束手不管。」

「別人不仁，我們不能不義。奮起，做人做事就要有份忠義之氣，鬧彆扭歸鬧彆扭，辦正事歸辦正事。……」

「大伯的意思是？」

許大仁指著簡圖部署兵力。

「大富領一小隊去東村，佔住山坡，封鎖進出口；四弟帶你那隊守黃厝，用火力封住路口；奮起帶人守渡口的騎嶺坡，多備人槍和彈藥，這一帶最重要，河水結冰，搶匪可以來去自如；騎嶺坡居高臨下，不讓匪過騎嶺坡，河水再厚，匪是望河興嘆，插翅也飛不出去；另外，奮發帶你手下的人守騎嶺坡對岸高地，用火力協助奮起，不能讓搶匪漏掉一個；老五守坑尾，坑尾的形勢極重要。老五多用分心，大哥不再吩咐你……。」

「山背那條道路呢？」

許大仁胸有成竹一笑道：「我讓三弟去，三弟，要活捉，一個也不能漏，沒有必要就不必傷人。」

奮起性子粗暴，他信心十足的說：

「我叫他們一個也進不來。」

許大仁瞪他一眼呵責他：「莽張飛一個，凡事不曉得用腦子想。大伯的意思是讓搶匪進得來出不去，然後用四週的火力逼他們去山背，讓匪誤以為那條路是活路，等人馬一陣奔馳，冷不防全掉進坑裏，然後，三弟用火力封住坑口，凍他半柱香，等他們全把武器扔出來再救他們出坑。三弟，大哥幫你。大哥有句話交代你們，只要搶匪衝那條道路，就用火力掃射，不准他們突圍出去。」

「屯子呢？大哥。」

「有你大嫂領著其他侄兒們防守，保證萬無一失。」許大仁轉向妻子說：「把小孩子全送進密室，吩咐侄兒侄孫，只要搶匪進屯子，打死一個了一個，不要擔心他們有傷亡。任何一路發現搶匪進了竹村，就朝天放三槍作信號，好讓其他各路有準備。現在離午時還有一段時間，你們去大廚房吃消夜，吃罷消夜就上路。出屯子不能有聲響，別讓人踩著我們的行動。」

許大仁的話就是許屯的詔旨，沒有人敢違拗，一聲令下，各路人馬便在消夜後紛紛上路。

＊　＊　＊

頭兩夜沒有動靜，大夥有些怨當家的杞憂過度。

許大仁慮深思遠，做事總是猛著先鞭，防患未然，不能遲人一步，弭禍於已然之先，所以，他苦口婆心勸告許家晚輩說：

「不要怕苦，也莫怕煩，只要付出了一定可以收回代價。等事情發生後再跌足追悔就無濟於事了。我們上路吧，等過年時給大家發紅包，除夕晚上守歲，我擺二十桌，一切開支由我付，大家樂一樂。」

有酒有肉有紅包，希望無窮，大家樂不可支，一聲喊，大家默默上路。

夜色寧靜，北風吹得緊。下午停了一會兒雪，等到黃昏時分，雪又扯棉搓絮般往下落，凍得八角鳥躲在竹林裏噪晚的聲音也沒往日響亮。

凍僵的雪地本來相當滑溜，經過黃昏舖砌一層厚雪後，軟綿綿掩蓋了滑溜，一步步踩上去，只聽見「嗶——嗶——」響。

大富領著一隊人在東村的坡地挨凍，好在樹林茂密，經過冰雪掩覆，一叢叢灌木林和喬木全築成冰牆，勁風吹來，打得冰溜「噹鎯鎯」響，也阻擋住風的勁勢，多少閃避了一些寒凍之苦。

許大富跟隨大哥在外面闖蕩過天下，見多識廣，他知道什麼時候可以睡在暖被窩裏睡懶覺，什麼時候一身繫許屯兩百多條生命安危而大意不得。所以，其他人抱著槍歪在避風凹地打瞌睡，他的兩隻眼睛卻像燈籠般緊盯住遠處的山峪路，以期發現敵蹤，而且，不時用耳朵貼近地面聆聽人足馬蹄的地面傳音。

大約是雞啼第二遍時節，忽然他聽見遠處有「的的篤篤」聲音自地面傳來。他推醒幾位堂弟和侄兒們說：

「有消息，你們仔細聽聽，是不是冰溜子落地的聲音？」

大家紛紛貼緊地面聆聽，果然聽見馬蹄踐踏雪地的淩亂聲響。

「二叔，不錯，是馬蹄的聲音。」

許大富再次凝神諦聽，由於人馬愈走愈近，傳來的聲音也更清晰。他立起身吩咐：

「沒錯，大家各就各位躲起來，不准吸菸說話和咳嗽。」

十二個人十二管槍，紛紛像虎豹攫取獵物般隱藏著伺機而動。許大富不放心，再次走到各個位置殷殷囑咐：

「不准隨便放槍，一切聽我的命令，讓他們大大方方進去，等發現有埋伏企圖衝出我們的封鎖線時才放槍堵他們。」

時間像是凝固般一分一分挨過，不知煎熬了多久，終於發現二十幾匹人馬像疾風閃電般衝進竹村。搶匪一進竹村就朝黃厝方向接近。許大富一俟搶匪人馬越過，立刻放了三聲信號槍。黃厝、落雁坡、劉家大屋、山拗彭家都有槍聲響應。搶匪的目標在黃厝，只聽見黃厝那邊槍聲密集，不時看見火紅的流彈「標標」地飛向黑闃半空中。

也許搶匪料不到竹村各家各戶都有準備，便把火力轉移到許屯，希冀踩破許屯大撈一筆回山，他們怎麼也料不到許屯的火力已不是前年那副老景象，不管從任何一方襲擊，都有碉樓的機槍叫人無法接近壕溝。搶匪在無計可施之下，一陣吶喊，便向來路撤退。這真叫做「天堂有路你不走，地獄無門偏要行」。許大富領著的密集火力把退路堵得密不通風；搶匪幾度衝鋒都沒法子突圍出去。為首匪酋勒轉馬頭朝渡口騎嶺坡直闖，奮起兩兄弟的交叉火力網叫匪越不得雷池一步；再撥轉馬頭往黃厝和坑尾兩個方向衝，都被強大的火力壓了回來。加上各個村子此起彼應的支援槍聲使竹村四周像狩獵兜起的圍網，沒有一面是活路。不得已，一行二十幾乘人馬只有朝艱難險惡的山背攀爬，這一路倒很寧靜。也許搶匪正在慶幸竹村百密一疏，恃著山背地勢險惡不曾佈置火力，樂得下次捲土重來。

好不容易爬上山背高地，前面數百公尺遠就是平坦曠地和茂密叢林，只要隱入叢林，生命立刻有了保障，竹村人物再靈傑，也是放虎歸山，無可奈何。

此時，各村的人馬紛紛朝山背方向進來，槍聲愈來愈密，愈來愈近，搶匪以為逃過了鬼門關，各自朝馬後猛力鞭打，打得馬匹縱身奮蹄，像飛一般朝叢林奔馳，就在快近叢林之際，只見為首一匹人馬「噗通」一聲連人帶馬跌進白皚皚覆著軟枝雜草的坑裏，後面跟進的人馬來不及緊急勒住馬頭，也紛紛掉進坑去，剩下後面三五個人企圖撥轉馬頭另覓方向時，自兩邊山坡射出來的交叉火網立刻把他們全阻住了。

「繳槍，不傷人。」

搶匪沒法，只有乖乖地下馬把長短傢伙全扔出來。掉在坑裏的人馬希冀攀爬出坑，無奈頭頂的火力密得像落雨，根本伸不了頭；坑裏近腰的水凍得人全身發麻，最後，只有繳槍投降。

＊　＊　＊

四五十個精壯漢子押著十幾匹人馬擁進許屯。

三整夜未曾闔眼，許大仁有些疲困，他交代給搶匪換上乾淨衣服，暫時關進地窖，待次日發落，便回臥房休息。這兒自有許大富料理一切。

落了快半個月的雪，次日清晨，居然奇蹟般放晴了。

溫吞水般太陽自濃厚的雲層裏悄悄露出半張臉來，儘管雲層逞強倚勢，不時把陽光推回去，一俟雲翳輕薄時，它又頑皮地偷窺睽違十多日的人間天地。

許大仁酣睡到近午時分才醒來，吃罷早餐，邁進大廳，早有幾十個許屯後代和其他村落的幾位為首人物坐在大廳候駕，他抱拳向大家拱手作揖說：

「對不起，讓各位久等了。」

「不敢當，許老辛苦了，我們還不曾謝您啦！這一次，要不是許老防範得宜，我們竹村又不知那家村落要遭大劫？」

許大仁謙讓一番，隨即坐上中間首席位置問：

「大富，給他們吃過早餐沒有？」

「吃了，白麵饅頭和熱湯，像上賓一樣招待。」

「好，雖然是些壞坯子，但也不能餓著人家。俗話說：『飢寒起盜心』，不飢不寒，誰願打家劫舍呢！」

「大伯，你太仁厚，等會押他們來見你，準會把你氣死。」奮起平地一聲雷嚷叫。

「怎麼啦？」

「等會兒你就知道。」

奮起一個手勢，於是，兩人一組陸續把十九個搶匪押進廳來。

十八個搶匪全跪落在地，只有一個粗蠻漢子硬是男人膝下有黃金，被人腳彎一踩跪下地去，旋又硬挺挺站起來。

許大仁看在眼裏，內心不由暗中嘀咕，歲月流走了他的青春，卻流不走他的頑強本性，他依然這般倔強。

「奮起，你把他們的頭擡起來讓我瞧瞧。」

奮起兄弟一個個把搶匪的臉擡高，許大仁邊瞧邊說：

「好像都曾相識，大富，他們是不是銀坑那邊的人？」

「誰說不是，大哥，銀坑那種體面地方，居然出搶匪，怎能叫人相信？」

「古話說：『飢寒起盜心』，銀坑地肥水源足，一畝地比我們竹村多收一兩擔穀子，種石頭也開花結果，不是飢寒地，怎麼也會打家劫舍呢？」

待奮起把那個倔強漢子的臉膛擡起來時，許大仁做作地跑下座位，當眾摑了奮起兩個耳光，罵道：

「奮起，你好大的膽子，這是你拜叔何德，怎麼你也把他綁了?老三，對不起，奮起不懂事，請你原諒他。奮起，這都是你拜叔的手下，通通給我鬆綁。」

整個大廳的眼光都射向許大仁，許大仁使一圈眼色說：

「大伯叫你們鬆綁就鬆綁，還等什麼？大富，命廚房擺四桌酒席，我要給我拜弟接風陪不是。」

何德始終不曾擡頭，也不曾說半句話。許大仁把他拉在身旁椅子坐下怪怨說：

「三弟，有困難怎麼不來找我？做這種勾當不怕損了名聲？都怪老哥哥不仁不義，不曾好好照顧你，你開口，要多少？只要老哥哥辦得到，我絕對不說半個不字。」

搶匪鬆了綁，一個個依然呆若木雞般站在原地，平常那股狠勁強悍，這會兒全都化作溫馴的羔羊。

許大仁一面數落何德，一面命大富端來一錢盤的銀元擱在何德面前說：

「老三，等下全帶走，算老哥哥送的盤纏。」

何德這才啟口問：「你要把我們怎麼處置？」

何德知道，地偏村遠，在這沒有王法的地方，砍十幾二十個搶匪的腦袋不算一回事。就算有王法，也得看個人的造化，執法者一時心喜則超生，心情不好則命亡，法的天秤不準確。

「我們畢竟是八拜之交，老三，吃罷酒飯我讓你們走路。」

「如果大哥高擡貴手，我現在就領著他們走路。」

「酒也不喝一杯？我們弟兄難得見次面。」

「你是不是要在酒後把我們砍了？」

「老三，你把大哥當成什麼人了？我這一生幾時說話不算話？我會做這種不守王法的事嗎？」

「如果真有誠意，現在就讓我們走。」

「好，老三，就憑你這句話。四弟、五弟，把你三哥一夥的馬匹牽來。」許大仁將上身皮袍一脫，兩隻袖口打好結，將銀元全倒了進去，然後把皮袍遞給何德說：

「三弟，大哥給你們買壺酒喝。」

何德哭喪著臉猛搖頭。

「不敢，不敢。不殺之恩都報不完，那敢奢望大哥再賞賜。大哥這樣待我，我要再放肆，心就不是肉做的。」

許屯的大門敞開，吊橋徐徐放下，十九匹人馬像箭一樣射向白茫茫雪地，走了幾十丈遠，何德確定許大仁不會在背後放黑槍暗算，方又撥轉馬頭跑回來向許大仁抱拳一揖說：

「大哥，請原諒老三不仁不義，你的大恩大德，我會知道報答。從此以後，只要竹村有什麼風吹草動聲息，我會派人先通知大哥，能阻止的我會阻止，不能阻止的，我會幫著大哥防守，捨了我這條命，也要護著許屯的安全。大哥，謝了！」

許大仁瞧瞧左右兩旁錯愕的眼神，不由倨傲一笑說：

「大家以後安心種地幹活，老三說話算話，竹村不會再遭搶了。」

何德一鞭打在馬臀上，馬上飛鏢般疾馳而去。

奮起狐疑的問：

「大伯，他的話算數嗎？」

「何德是個鐵錚錚漢子，只要他點過頭，叫他把腦袋瓜賠上也幹。」許大仁回頭安慰奮起。「奮起，別怪大伯揍你，這像唱戲，你不挨揍，戲就唱不下去。你挨了兩耳光，可換來整個竹村的安全。」

「大伯，你早知道是他？」

「怎麼不知道，前年也是他領頭幹的。」

「你怎麼敢確定？」

「只搬糧食不拿錢，也不傷人，尤其對婦女小孩，一個都不曾為難。我那時候就確定是何德，何德多少有些義氣。」

「他既跟大伯是拜把兄弟，為什麼還領頭來搶我們呢？」

「說來話長。」

「……」。

「年輕時，何德什麼都好，就是貪女色，有一回我帶領幾個把兄弟去外埠做生意，經過銀坑一座深山，他看見一個在山上幹活的婦女姿色不惡，一時管制不住便把她姦汙了，待我回頭發現這樁事，只見那個女人摀住下身猛哭，何德呆呆坐在一旁發愣，我一時怒起，當場狠狠揍他一頓，並且扔下一百銀元給那女人。何德從那時起就離開了我，以後，聽說他跟那個女人結了婚，並在那兒落地生根。也許是他對我的積怨難消，所以，專門對我們竹村找碴子。」

大家像聆聽故事般瞪著許大仁，許大仁睨望遠去的人馬，仍然喃喃地說：

「何德是個血性漢子，從此以後，他不會做這種買賣了。他要是真的洗手不幹，附近幾十里路都會平靜下來。」

雪後乍晴，陽光真正露出一張好奇而訝異的臉。許大仁以德化人，就像這輪雪後乍晴的太陽。

老伴

何扁鐵青著臉坐在長條板凳上生氣，心裏不愉快，手足那兒擱都不舒服，本來右足踏在矮竹椅上，心裏憋，忍不住一腳把矮竹椅踢個「噹鎯」響。

何嫂知道老伴在生氣，擔心他高血壓氣急了會暈倒，趕緊跑出來瞧個究竟，看見矮竹凳在牆角搖晃，丈夫好端端坐著沒動；數十年夫妻，雖然大小事情都要鬥嘴，但彼此那顆心卻是向著對方，這會兒瞧他氣鼓鼓像隻河豚，忍不住白他一眼說：

「生氣踢椅子有什麼用？乾脆撞牆好了。」

這句話罵了幾十年，已經變成口頭禪，何嫂沒真存這個心，何扁也不在意。

「兒子叫你去臺北納福，你偏不幹，硬要死守住幾塊薄田，幹什麼？又不是叫你跳海。」

「我住別人家不習慣。」何扁道出內心的秘密。

「別人家？你神經？吾大是我們的兒子，吃他住他不應該嗎？小時候，他吃喝穿用交學費，那一塊錢不是我們辛辛苦苦賺來的，兒子並沒說不習慣。」

「你不懂，時代變了。如今兒子吃老子，理直氣壯；換過來老子吃兒子，就會有幾分勉強。而且，還多了一個媳婦。」

「媳婦有什麼不好？阿娥每次打電話都催我們早點去，她很孝順。」

「我說不去就不去，吃自己住自己，高興怎樣就怎樣；住兒子家，那有自家方便；怎麼說，總有一些不自在。再說，我走了，老黃牯誰照顧？我不能把老黃牯牽到羅斯福路吃草呀！」

「老二說把牠賣掉。」

「夭壽，這個沒良心的傢伙。老黃牯幫我們一輩子，今日年老應該享福，賣掉？有沒有摸著良心講話？阿梅，你也主張把牠賣掉？」

何嫂不會這樣忘恩負義，老倆口跟老黃牯就像三個親熱老夥伴，苦樂在一起，那忍心這般狠毒？何嫂沒正面答覆。因為正在氣頭上，仍然故意頂他。

「你不去，活該，我自己去。我當了你一輩子的女傭，煮飯、洗衣，粗細工作全都來，現在想享幾年老福，你還使牛性子不去，你指望我做你一輩子老奴才？」

「你要去你去，我一個人留下來，你以為我沒有你們不能活，我就好好活給你們看。」

老倆口都在生氣，何嫂氣得去寢室收拾衣物，何扁則猛勁抽菸。忽然，他記起正是牽老黃牯吃草時節，便重步重腳走到牛欄，老黃牯一瞧主人來到，不懂怎麼表示友善，卻也「哞哞」地叫了一聲。

* * *

現在正是下午兩點多鐘，何扁把老黃牯放在河灘上吃草，河灘砂礫地，地肥水份多，養得雜草蔥蒨油綠。老黃牯伸長舌頭一口一口猛捲著吃；老黃牯年齡老了，精神倒還強旺，何扁這才心情快慰些。都已風燭殘年，能相伴多少日子？誰也不清楚。

偏偏老伴執意要去兒子家養老，不懂珍惜來日無多的老年歲月。稀罕什麼？幾十年夫妻，還不抵老黃牯有情份。

老黃牯吃一會草，憩一會，然後又擡起頭瞄瞄何扁，牛不會說人話，與何扁卻是情感交流，靈犀相通。

何扁生起氣就找不到氣的出路，只管一股勁兒生，像蒸饅頭，一蓬蓬蒸氣翻騰滾動，儘管今日天候晴時多雲，太陽露一陣臉又羞答答躲進雲層裏養息，陣陣涼風吹得人骨酥筋軟，要是平日，何扁早已躺在河堤上酣然入夢了，今日睡神不光顧，兩隻眼睛像有兩支撐竿撐著眼皮拉不下來，沒法子，只有掏出香菸解悶。

剛把打火機打亮，一陣風來，便把星星火苗熄了，連扣三次打火機都沒點燃菸，好像風也在故意招惹他，沒法子，他只有背著風，把兩手窩著打火機，這才「噗」地一下打亮火苗，點燃菸。

菸霧在腸胃裏翻騰，經過一陣氤氳，氤氳出他這一生的艱難歷程，好像趕牛車爬坡地，老黃牯站在前面猛拉，他在後面吆喝兼打氣，主僕倆步步歪斜地終於翻過山坡。

何扁長長嘆口氣，一口氣嘆回四十年歲月……

他掐掐手指頭計算，那是三十九年秋收後的事，地主林磋察看過黃澄澄乾穀後，再抓一把在手掌心裏揉揉，確定已經曝曬到家，仍然鐵青著臉，不知咕噥些什麼？八成是三七五減租比往年租穀少收一半。然後吩咐何扁說：「你馬上把穀子給我送到家裏去。」

林磋有錢有勢，說話硬得像生鐵，摔在地面鏘鏘響；地主是何扁的衣食父母，他畢恭畢敬，連連稱是，那敢哼半個不字。不過，林磋的不樂正是他的喜悅由來，地主租谷收得少，佃農的成果自然分得多，一年不必缺三個月的糧，只要摻拌些地瓜籤就能溫飽一年。

何扁商借阿雄的牛車給林磋送租穀，阿雄臨時要去阿壩拉砂石賺錢，答應晚飯後替他趕牛車，結果，送完租穀回到家，差不多已是半夜時分，何扁硬留阿雄喝了半瓶米酒，給阿雄家的母牛餵食一大捆青草才讓他回家。

犁田耙地拉車都要牛，何扁春秋兩季犁田耕地，都是在磕頭作揖求人的窘境下才把秧苗插進去，假如有頭牛多好。買回一條牛那有這般容易，十擔乾穀千多斤，頂多只能換條半大不小的牛，能當大用還得飼養好幾年，何扁種一年地最多只能餵飽一家人肚皮，荷包不爭氣，那有錢買牛？幸好妹夫蓄養一頭善生善養的母牛，答應賣給他一條牛仔，何扁有了希望，便在每季收成後預先抽出一挑乾穀送去妹夫家，到第三年，老黃牯還是一條活蹦亂跳小犢子時便被何扁牽回家。

小黃牯不知自己對何家這樣重要，每次放牧，一旦解開繩子，總是童心未泯地揚蹄蹦腳先跑一圈，然後才靜下心來嚙草。何吾大正讀小學三年級，牽小黃牯吃草便是他的專責專差，早晚兩次，風雨無間；到了夜晚，何扁還要送一捆青草給小黃牯當消夜。到了冬天，他聽一位湖南阿兵哥說，湖南人冬天養牛，都用米酒糟拌熟飼料給牛進補，藉以禦寒；何扁蒸不起糯米酒，而且私釀違法，他只有去公賣局買酒糟，每天夜晚，用竹筒灌小黃牯酒糟飼料，兩三年專心飼養，小黃牯蛻變成一條寬肩圓臀腰力強壯的大公牛。

＊　＊　＊

開春以後，汪汪水田都犁的犁耙的耙了，壠上壠下忙得熱火朝天；只有何扁的水田動彈不得，何扁求阿雄借牛，阿雄開春前就包了兩家水田的犁耕工作，牛不得空閒，虧得他家上了年歲的母牛忍辱負重，一句怨言也沒有，央妹夫幫忙，妹夫靦腆的回絕說：

「姐夫，今年我沒法子幫你，母牛老了，而且還懷有小牛，我自己一甲水田全靠牠犁耕，看牠挺著隻大肚皮在田裏吃力工作，拉不動硬撐，累得上氣不接下氣，我心裏好不忍，姐夫……。」他無奈的搓著雙手。

何扁急得像熱鍋上的螞蟻，只管猛繞圈子，不知從那兒找生路？眼看著別人家的水田整理得像面明鏡，溶溶水光裏映著藍天白雲，飛鳥山色，一片祥和景象。只有自家田裏的泥坯子，仍像忠臣節士般風骨嶙峋，傲氣逼人，使得何扁乾著急。

何嫂生老二正在坐月子，何扁一方面要照管農事，一方面還要侍候妻子吃喝，內外忙，忙得他火氣像爆竹，未點引信就爆炸在兒子臉膛上，兩巴掌打得老大搗著熱辣辣臉猛哭。

媽媽心痛，趕忙下床攬著兒子責問丈夫：

「你急，打兒子出氣有什麼用？兒子夠懂事了，放下書包就下田幫你幹活，回家又忙著捆柴、掃地、餵雞鴨，你還指望他怎麼樣？」

何扁被呵責得沒話回，卻把另一套理由搬出來對陣仗：

「你懂什麼？你們只曉得要吃要喝，田裏泥巴坯子還是老樣子，春天不下種，下半年全家得喝風！」

「你不會向人家借牛，或者包給別人犁耕？」

「向誰借？家家都忙，誰有閒牛借給你？」

「我們自己的小黃牯呢？她不犁田幹什麼？」

「牠不會呀！」何扁理直氣壯回答。

「你是條豬呀！」何嫂生氣了。「哪頭牛一落地就會犁田，你不會教牠？你年輕時不是一樣不會犁田，今天你怎麼會了？」

一語驚醒何扁，腦子突然亮光一閃，好像走過長長的隧道，陡地見到天光，內心立刻有了盤算。這時節天色已晚，沒法子即說即做，只有就著燈光整理犁具，等明日天曉，就跟兒子教小黃牯犁田。

小黃牯很聰明，也許天生就是幫富何家的助手，何吾大在前面牽著牛繩引導，何扁在後面扶犁；剛開始，小黃牯不習慣這種一來一往的機械生活，不是揚頭喘氣，就是左右亂走動，或者步伐快慢不一，急得何扁放下犁，抱著小黃牯殷殷叮嚀說：

「小黃牯，你要幫阿爸犁田，家裏七分水田，只有靠你才有法子，你年輕力壯，比阿雄、水木、張貴河家的牛都精壯能幹，站在一塊也比牠們高半個頭，你不想做事，阿爸叫誰做？再說，這一季不插秧，下半年就要餓肚皮，你忍心叫阿爸阿母沒飯吃餓死？」

也許小黃牯跟何扁本就靈犀相通，經過何扁這番呵責，小黃牯可能意識到自己責任重大，或者知道拉犁運物就是牠的分內事，教了兩天，小黃牯居然規規矩矩會拉犁了。

何扁內心很高興，想到以後可以從從容容下田，不必趕早摸黑、磕頭作揖求人，他的每根神經細胞好像都在唱歌。

＊　＊　＊

小黃牯會犁田，何扁樂得到處報告喜訊。種田有好幫手，他等於看到了明日的希望，於是，工作愈加勤奮，每年除了春秋兩季種稻穀外，閒作期間，他也不讓田地空閒，不是種青菜，就是種亞麻，事情多，小黃牯的工作自然負擔重，何扁內心感到好抱歉，每次牽小黃牯下田，總是既勸告又鼓舞的對小黃牯說：

「小黃牯，不是阿爸叫你多做事，你看，阿雄家的秀娥，牠還是個媽媽；水木家的花臉，牠雖是頭公牛，年紀一大把，比你差勁多了；牠們不是犁田就是拉砂，照樣做得精神火旺。你年輕力氣大，當然不能輸給牠們，叫人家看笑話。再說，阿爸只有你這個幫手，媽媽是個女人，除了洗衣煮飯，還能幹什麼？吾大兩兄弟年紀小，只能做點雜務；只有你才能替家裏挑重擔。你辛苦，我知道，你莫怨阿爸。」

小黃牯不會回話，反正何扁怎麼吩咐，牠就怎麼做。

農村沒有娛樂，生活當然枯燥乏味，不過，何扁會拉大胡琴，閒來無事，他會拉拉民間小調解悶。黃昏時分，彩霞滿天，涼風習習，吹得人陶然欲醉；清涼如水的月夜，蟲聲唧唧，螢蟲打著燈籠到處尋章覓句；何扁手下幽幽琴聲抖動在靜謐的夜空裏，富有一分幽情，更蘊一分詩意，尤多一分哀愁。

若是賣藥開場子，何吾大是個忠實觀眾，第一個搬板櫈佔處有利位置，何扁也會擠去看熱鬧，父子三人呆呆地看著武師要棍弄棒練拳腳，然後，觀賞落翅歌仔戲演員唱不搭調的戲文。鄉下人不僅品鑑戲劇優劣，儘管唱做粗俗，黃話渾話一起來，能夠逗人笑樂就是好戲。逢到三水祖師過生日唱戲或演布袋戲，何扁抱著老二跟大兒子仰起脖子看表演，戲演到半夜，父子三人就能熬到半夜，那分樂勁，換他做皇帝他也不幹。

晚上看戲看樂了，次日天曉，面對的仍然是那七分水田；農村生活吃喝穿用全靠農地收入，七分水田的收成地主拿去三分之一，剩下三分之二不足，只夠何家勉強溫飽，儘管何扁吃力工作，依然感到像老牛拉破車爬上坡路，步步使勁蹬；石礫路，卻是高低不平，汗流浹背，爬得好辛苦。

大兒子已經初中畢業，看見父親夏天肩膀曬脫一層皮，冬天凍得腳後跟拆裂，內心感到好不忍，決心不再求學，要幫父親種田，讓父親稍稍息會兒肩。當他把自己的主意囁囁嚅嚅告訴父親時，何扁火爆脾氣，一巴掌打得兒子踉蹌好幾步。兒子怔怔地瞪著父親不知自己做錯了什麼？何扁氣在頭上，罵兒也罵得出口成髒：

「幹伊娘，你，你混蛋，阿爸就是少讀幾年書，今日才落在田裏從年頭忙到年尾，還忙不飽一家人肚皮。你看劉伯伯在糖廠做科長，楊叔叔當鄉長，他們都是阿爸小學同學，日子過得多舒服，你想種田，我就兩扁擔打成你三段。」

「我……？」兒子張著嘴巴不知所措。

「你們三兄妹都給我去讀書，替阿爸爭口氣！」

「阿爸做田很辛苦……。」何吾大道出內心的孝意和尊敬。

「阿爸年輕，只要你們好好讀書，我就累死也心甘情願。」

＊　＊　＊

中華五千年歷史是一部農業進化史，每一章史頁，每一則故事，都留有農民辛勤溉育的勳勞，他們對國家社會付出太多，但在物質生活條件上，卻比任何一種行業都儉嗇刻苦；農村是政治安定的磐石，只有農民安居樂業，物阜民康，國家社會才能享受長治久安的幸福。

政府在實施三七五減租後，繼又推行「耕者有其田」政策，讓真正辛勤耕作的農民享受全部耕作成果，而免於地主的刻剝盤削。

何扁不瞭解耕者有其田的意思，只聽到傳說紛紜，一個人一把號，各吹各的調，把何扁單純的腦子攪得昏頭轉向。他聽音不識義，便給耕者有其田亂下定義說：

「耕給一坵田，那有這種歪主意？一坵田能養活幾個人？」

大兒子已經讀高二，他對政府這項嘉惠農民措施的實施程式他不瞭解，顧名思義，他懂得這項政策的實質意義。他聽阿爸弄扭了意思，只有忍住笑聲解釋說：

「阿爸，不是耕給一坵田，而是耕者有其田。」

「什麼是耕者有其田？」

「政府顧慮農民一年辛勞，不能全部享有耕作收成，所以，規定耕作的人才擁有土地主權和收益，不實際參加耕作的人就不能擁有土地和分享收益，換句話說，這項政策實施後，就切斷了地主與佃農的關係，田裏的收成全部歸農民所有，地主不能再收田租了。而且佃農可以向地主把地買回來。」

「黑白講，我有錢，不早就買地了，還等今日。」

「政府規定在一年兩季收成後，可以分期付款，政府對地主還有貼補。」

「有這樣好的事？政府懂得農民辛苦，很照顧農民嘛！」

「本來就是這樣子嘛！阿爸，以後田是我們自己的，我們只要多辛勤一點，家庭生活就能一天比一天好。」

何扁的心結解開了，忍不住咧嘴大笑，以後水田屬於自己，再也不必向林家交田租；自祖父到他三代當佃農，到自己手上才真正擁有自己的土地，辛苦流下的汗滴，不管種稻穀種青菜，可以完完全全屬於自己。

水田雖然歸給何扁，由於三個孩子分別在高初中上學，學費負擔依然壓得何扁眉頭舒展不開，第一季收成繳交給林家當買水田的錢後，所剩只夠吃到二季稻穀進倉。秋季開學，吾大吾春兩個男孩的學費仍無著落，何扁向左右鄰居調借，大家都因手頭緊沒法施援手。這件事被楊鄉長知道了，他在下班後踅進何家找何扁，半路碰到何扁挑著糞桶去菜園澆菜。楊鄉長老遠就喊：

「何扁，我正找你哩！」

何扁恭敬的露出笑容問：

「鄉長，你找我有事？」

「什麼鄉長不鄉長，何扁，我們小學同班，釣青蛙、挖蚯蚓、抓泥鰍都一伙，你的塊頭大，別人欺負我，你總是掄起拳頭幫我，這分情我一生一世忘不掉。我當鄉長，是競選選上的，你想當鄉長，明年你也可以競選，我替你做助選員。何扁，你還是叫我順雄比較親熱，聽起來也入耳。」

「我那能當鄉長，除非太陽西邊出，我又不識幾個字，你真會說笑。順雄，你找我有事？出力氣的事我最內行。」何扁恭敬不如從命，只有直呼名字。

「自花壩到後厝，鄉公所要修一條產業道路，好讓我們鄉裏的農產品可以運到市場銷售，省掉肩挑手挽費工費時更費錢，這條路下星期開工，我與包工程的李先生說妥，你用牛車幫他載砂石，一車十五塊錢，你想拉多久就拉多久，怎麼樣？你願不願幹？」

何扁盤算，一天如能拉二十牛車，一天就有三百塊錢收入，只要拉十天半個月，三個孩子的學費就有著落，只是苦了小黃牯。他忙不叠向鄉長道謝，說定開工當日就正式上工。

為了讓小黃牯有勁幹活，當日晚上，他摸黑割來兩大捆青草擱進牛欄，還跟小黃牯嘮叨好半日。

「小黃牯，明日開始，阿爸去拉砂石，替吾大吾春兩兄弟賺學費，你要辛苦一點；你正當壯年，多幹點活不會覺得什麼，休息一晚，第二天又是活蹦亂跳精神旺；等你老了，我會讓你憩著享福；今天晚上，你要吃飽，明日好上工，以後，每日晚上我都會割一挑嫩草餵你，小黃牯，你莫怨阿爸。」

何扁愛小黃牯就像愛妻兒子女一樣深，上坡，他幫小黃牯推車，不管這份力量有多大，他推得青筋暴露，汗流如瀋，小黃牯也好像腳力健朗肩力厚，牛車拉得如風般轔轔響；一到下坡，他把車子剎緊，深怕撞到小黃牯足後跟；待到平地，他趕忙跳下車安慰小黃牯：

「小黃牯，你累不累？阿爸剛才幫你，你是不是感到輕鬆些？你行，小黃牯，阿爸少不了你，家也少不了你和我，我們努力打拚，把這個窮家撐起來。」

* * *

農村氣象，像是雨後春筍，先是幾片葉尖衝破土，接著露出半點身子，然後抽籜欣榮，褪去筍殼撒開枝梢，成為一棵新竹，每一叢新竹都是這般成長，然後構成蔥蘢密濃的竹林。

由於政府全力推進農業科學化，養雞、飼豬、放鵝鴨、機械耕作，農家收入普遍提高，生活品質也日益改善，房子由泥牆茅頂改建為鋼筋水泥紅磚厝，窗大屋大，矗立蒼宇，高雅而美觀。何扁的大兒子大學畢業，結婚成家，在臺北落地生根，夫婦倆在羅斯福路開家書店賺了錢，投資房地產買賣也撈進不少財富；老二考取研究所，老三吾蓉也進三專快畢業，時來運轉，兒女成器。何扁除了耕田種菜，養豬也養出了經驗，有了錢，他把住屋改建成三層樓房。農村天天在變化進步，何扁眼看小黃牯已蛻變為老黃牯，不再像年輕時跑跳蹦翻騰活潑，胃口也沒以前好，他內心感到好抱歉，二十多年來，一大家人的吃喝用度全靠他和小黃牯兩個張羅，早也幹，晚也忙，這分壓力那能不把小黃牯壓衰老呢？小黃牯由年輕變老耄，由健康而衰頹，他不忍心再叫牠工作，決心買部鐵牛代替牠。

鐵牛買回來那天，他與老二去田裏試機，老二學的是電機工程，有問題他有本事修正，兒子在前面駕鐵牛，何扁在後面牽老黃牯緩悠悠跟，當他把老黃牯牽到田坎讓他嚙蝕青草時，這位老傢伙以為要犁田，習慣性地走入水田，低下頭等待何扁替牠套犁；何扁看著老黃牯這般忠實敦厚，內心一陣酸澀，不由感動得淚流不止，他抱著老黃牯嗚嗚咽咽哭。

「老黃牯，阿爸買了鐵牛代你，以後讓鐵牛做事，你辛苦一輩子，家全靠你出力，現在年紀老應該享福，以後，你只管吃草養老，阿爸會照顧你陪你。」

吾春看阿爸在跟老黃牯喁喁私語，兩眼還熱淚盈眶，不由驚訝的問：

「爸，你怎麼啦？」

「沒有什麼，想到老黃牯為我們做一輩子工，到今日牠還以為要犁田，等著阿爸替他套犁，我心裏好感動也很難過。」

「我們買了鐵牛，以後可以把老黃牯賣掉。」

「放屁，爸爸媽媽年紀老了不能當大用，你也可以把我們賣掉。」何扁氣得直瞪眼，真想摔兒子兩耳光。

他不等兒子回話，自己立刻下田推著鐵牛在水田裏「噗噗噗」耕作。

以後，每日早晚兩次，何扁都牽老黃牯散步吃草，中午有閒，他也去牛欄瞧瞧。何厝靠近濁水溪，後面是綿邈崗巒，崗巒茂草連峰，但缺水源，老黃牯喝水不方便。河灘水源充沛，土壤膏腴，草長得特別茂盛，頭兩天剛被老黃牯吃完，過兩天它又翻出一片新嫩的青菁，所以河灘地多是何扁跟老黃牯流連的處所，也把老黃牯養得肥胖臃腫，像是腰間多金、應酬頻繁的巨商。

何吾大夫婦是一對孝順兒媳，每想到父母一生辛勞，如今自己有了事業和房子，就想把父母接去臺北享幾年老福，無如何扁過不慣人來人往的都市生活，尤其丟不下老黃牯和水田，他不去，堅決不去，幾年來就這樣拖著。經過何嫂下午這番爭執後，他想，以後只有自己和老黃牯守住這個家了。

天色已經昏暗，村莊裏的燈光次第亮起來，何扁走向老黃牯，摸摸牠肚皮，觸覺到飽滿充實，不由感情潮湧般說：

「老黃牯，阿爸不去臺北，留下來陪你，我們家這樣一棟好厝，還有田產菜園，大家都往都市跑，家沒人管，像話嗎？以後，就靠我們兩個守著，怕什麼？以前還不是我們兩個把家撐起來，沒有我們兩個，那有今天？你說對不對？天黑了，我們回去，阿母去了臺北，阿爸還要自己弄飯吃，晚上，阿爸要去店子買瓶陳年紹興，開兩個罐頭，好好享受一番。不吃白不吃，我也不省了。」

正在這時節，何嫂一路「何扁，何扁」喊將過來。

何扁本想不應她，心想，老伴六十有二，此時天黑行人少，萬一跌斷骨頭怎麼辦？於是，他揚聲應道：

「我在這裏。」

夫婦倆走近碰到面，何扁冷冷的問：

「你沒趕上車？」

「我趕什麼車？」

「去臺北兒子家。」

「我不去了。」

「為什麼？」何扁訝異的問：「你不是吵著要去嗎？」

「你留下來陪老黃牯，我留下來陪你，我去兒子家，誰給你弄吃弄喝的，包管半個月就會餓死你這把老骨頭。」

何扁心裏好感動，嘴巴沒說，內心卻在想：「一切都是老的好，老的貼心。」

家園

她住嘉義南港，跟北港只一溪之隔。出嫁後，起初幾年，每次回娘家的歡樂心情，總是衝激得她幾天幾夜睡不甜，吃不安。接著，孩子一個個出生，她也由一個純情的少女蛻變成一位必須面對現實，挑起生活苦樂的少婦。成熟驅走了少女的綺夢，回娘家的次數愈來愈少。偶然回家一次，不是顧慮孩子的健康，就是考慮車費支出影響家庭預算。小時候，她天天盼望長大，待長大了，天真隨即鼓翼飛去，世事的風險必須自己挺起脊樑承擔。她想，長大原來需要付出這麼鉅大的代價。

歲月催人老，好像只眨眼工夫，她就邁進中年，每次攬鏡自照，那眼角跳躍的魚尾紋毫不留情地告訴她已不再年輕，再回顧身邊從她生命分裂出來的兒女，個個亭亭玉立，英姿挺拔，她意識到自己真的老了。

做小姐時，只求個人身心愉快，嫁個如意郎君，終生有靠。做了母親後，她的愛擴大了，愛丈夫、愛兒女、愛家庭，她不斷祈求神靈保佑闔家平安。

神在冥冥中，在虛無縹緲中，不是實體，看不見，摸不著，卻在每個人的心靈和精神領域無所不在，信則有，不信則無，這分信心就是神的依恃。失望時，痛苦時，她手持三根香喃喃禱告，把痛苦告訴神，把願望告訴神，她就會感到身心寬慰，力量倍增，希望無窮。她信神最篤，禮佛最誠，她相信每一尊神靈都會護佑她的丈夫兒女平安吉祥。

女人先天性有些小心眼，容不下一句刺傷話，容不下愛情的叛逆，容不下家庭第三者介入，容不下……卻容得下儒、釋、道三教任何一位正直得道的神靈盤踞不去，即使是瘟神邪魔，只要信祂，也縱容祂作威作福。她心胸的殿堂，更是諸神並列，三教一家。

原本家業興旺，幾年之間，時移勢易，家道便沒落了，沒落在農業社會轉型為工商業社會的夾縫中，沒落在兄弟姊妹奔向都會敝屣農村耕作的職業轉化裏。

老母親六十好幾高齡，一生一世都在甘蔗花生中送走青春歲月，把生命的原汁一鋤鋤灌注土壤裏，當她眼見土地的生產尚不足以飽暖一家，晨昏夕照中只自家孤獨地拄著鋤柄嗟喟祖業不振時，她長長地嘆著氣，滴下傷心的眼淚，在無可奈何中去高雄依靠兒女度日。

這分捨棄，不知費盡她多少理智跟情感的掙扎。每一塊土都承受過她的汗汁，每一粒沙都承受過她的溫情和愛，祖先開拓，自己耕稼，在意識裏，似乎全能看到祖先的身影和履痕。而今，卻在社會轉變中必須拋棄它，老人的內心不僅是一分濃濃的傷楚，更是無邊無底的失落。

母親一走，家的形象立刻毀了，那片蒼鬱的蔗田，油油綠綠的花生地，芭樂園裏的青澀香氣，後院墜著碩大無朋的軟枝楊挑，爬得滿架棚的紫色葡萄，都還在嗎？老母親苦心覓苗親自栽種的「海頓」芒果，頭幾年，一株只結三兩隻作點綴，有一年，居然滿滿摘下一籮筐，吃得兒女捧著芒果生吞活剝而不吃飯的情景，幾時才能重拾？後園裏祖父母健在時就挺拔不羣的刺竹，每到寒冬季節跟北風作呼應的號嘯，聲音雖然單調，卻是童年極耐聽的鄉曲。最令她難以忘懷的是祖宗神位前的香煙裊繞，和半夜醒來常有進香車輛敲鑼打鼓疾駛而過的喧鬧，如今，好像一場了無痕迹的夢。

父親過世，母親去了高雄，家的中心毀了，精神支柱不在，家還像家嗎？她渴望回去，她必須回去，家在心靈裏早已產生了一分吸引力，一種愛的誘惑，不管從那兒得到什麼？是失望或是愛撫？是悵惘或是歡愉？那地方終究消磨自己十幾寒暑的童稚歲月，也許多少可以摭拾一些當年疏忽而今卻為珍貴的童年記憶。

家是輻射溫馨的熱流，是孵育愛苗的暖窩，是促使生命成長茁壯的沃土。儘管自己也有家了，但那是兒女異日惦念追憶的所在，不是自己目前亟需尋根的境域，她要看看自己那處老家究竟是副什麼面目？

近鄉情更怯，當車過新港，她的心臟就像擂鼓般衝撞著胸壁，幾分緊張，幾分膽怯，和著幾分忐忑不安。

車過南壇，她的視線全被一片簇擁的房屋遮住了。家呢？那棟古老的宅子何在？那片曾經撒落自己和弟妹多少歡笑的曬坪呢？

這兒原來全是蔗田，每年夏天，滿眼蔥綠，晚風拂過，總會帶來一份馨甜，給人一種親切的感受，她沒見過北方高粱盛長時所謂青紗帳的情景，兩種都是高莖作物，那種氣氛，可能不會相差太遠。如今，甘蔗的家園卻被連棟的屋宇佔住了，綠色大地變色了，這是幸還是不幸？

「往那條路走？」計程駕駛不悅的問。

「我不知道，這兒改變太多了。」她茫然回答。

「總會有點印象。」

她懊惱的搖頭。計程駕駛的譁笑，刺激得她差點落淚。家不可能失去，但尋覓不到家園的悲愴誰能瞭解？

家的每一寸土地都留下過自己足印和記憶，誰都可以想像那有多親暱溫馨，如今，卻不曾見到那簷牙高喙的老屋，那高拔雲天的綠竹……。

車突然停下來，她從後視鏡中看見駕駛那張曖昧的笑臉，她突然想到荒郊野外的許多犯罪問題，心頭不由得怔忡不安，要是自己遭遇到不幸時該怎麼辦？沒有什麼了不得，頂多賠上一條命。不，我要反抗，女人並非弱者，當我遭到危害時，我也不會讓你倖存。忽然，她發覺天色尚早，藹藹陽光照得曠野一片生機盎然。擦身而過的車輛匆忙地奔赴前程。她安慰的笑了，他不敢。

「請你開到北港媽祖廟去。」

「拜神？」駕駛發動車子，眼光裏好像看出了十個女人九個迷信鬼神。

她點頭，正眼不曾瞧他，她討厭他多了一分職業外的嘮叨。

「其實，生而正值，死而為神，神不必拜，不欺心就是拜神。宅心仁厚，從庸言庸行中立個規矩，孝順父母，尊親敬長，恤孤濟貧，不拜神，神也照臨，若是作奸犯科，無惡不作，光在香火上祈求神靈庇佑，而且，奉獻的少，貪得無饜祈求降福多，神那會這般糊塗，就如此輕易的被人愚弄收買。

她沒理他，聽他的詞峯，顯然，他也有他的哲學理念。她記得孔子曾經說過「祭神如神在」這句話，拜拜只求心安，心境安寧，自然能產生定力定見，為人作事自然知道有所為有所不為。孔曰成仁，孟曰取義，墨子摩頂放踵，那都是一分盡心，一種明知不可為而為之的心境和信念，信心產生力量，何必在乎無神論者的詬病呢？

走下車，她把計程車打發走，一羣靠媽祖菩薩賺取蠅頭小利的婦女立刻把她團團圍住兜售香火錫箔。北港風貌依舊，廟前廟後的食攤香火攤也是風貌依舊，那些被風霜磨蝕得粗糙而滿足的老人臉龐，跟她幼年所見也大體雷同。農業社會的影子在這兒依稀可以捕得幾分。

媽祖廟香火鼎盛，老幼男女，每張臉龐都是那樣坦摯虔誠，他們把期望告訴祂，把痛苦告訴祂，不管祂能不能給頂禮膜拜者兌現些什麼？但祂卻收藏了千千萬萬的希望，叫每一個參拜過祂的人，都帶著一分滿滿的希望和信心回去。

小時候，心眼裏直接認定北港媽祖廟、新港媽祖廟、南港關帝廟等處廣大閎麗的所在。待以後讀過不少介紹寺廟的文字報導，以及影片介紹，她才覺得這幾座廟宇太偪仄了。廟不建在深山幽壑，高林叢篁裏，也不建在江流壯闊的河濱，卻在人煙稠密的都市落腳，多多少少缺了一分山林氣。儘管媽祖的思想原是超塵絕俗追求生命永恆，一般凡夫俗子卻把祂俗化了，而且，廟宇不夠壯麗，規模不夠宏大，別說上比泰嶽、五臺、南嶽、普陀諸寺，就是跟金門延平王祠相較，在環境上也多少有些遜色。

媽祖一生以救人出苦海為職志，把寺廟建於都市，也許正表彰了祂偉大的入世懷抱。

在臺灣開發史上，北港原是一處荒磽村落，當年的媽祖廟也是因陋就簡粗具規模，今天北港人煙稠密，原是仰承媽祖的神威庇佑才羣聚而居的。

人的際遇有幸與不幸，神也如斯，北港媽祖廟香火鼎盛，香客絡繹不絕，北港數萬人口，在媽祖蔭覆之下生意興隆。新港媽祖廟，只有聽憑香客隨緣參拜，比北港那分風光遜色多了。關公一生忠義為懷，心存春秋大義，人格光明磊落，南港關帝廟卻因道路改變而顯得門前冷落人車稀了。神的幸與不幸，跟人的遇與不遇如出一轍，想起來，真不免有些感慨繫之。

天已昏黑，人也乏了，她找了一家旅館住下，洗罷澡，獨個兒走向市區閒逛，市街燈炬通明，霓虹燈眨著媚艷的眼光招惹行人。走進夜市場，叫了一盤炒米粉和一碗蚵仔湯當晚餐，本來她有能力豪華一餐，一想到年輕時跟隨阿母從南港一步步量過北港老橋，然後在市場吃米粉蚵仔湯的情景，內心有一種甜甜也夾雜一分酸楚的感覺。舊夢重溫，好像是有意拾回往日一點記憶。失去的都美好，而且再也不能獲得，當然更美好，可是畢竟無濟於事。

歲月無情，流淌過自己三十年歲月，也流淌掉母親愛苗滋生的所在，老家的溫馨四崩了。任意瀏覽市街夜色，忽然想到孩子是否吃了晚餐？都回家了嗎？內心立刻忐忑不安起來。母子臍帶即使有形的自出生就切斷了，那根無形臍帶卻一直連接在她體內，將一滴滴血液滋補他們……。

找到綠色電話筒，撥通電話，那邊響起么女嘹亮的聲音。

「媽，你在那兒？」

「我在北港。」

「你沒回阿媽家？」

「阿媽家改變太多了，媽沒找到。」

「媽，你怎麼這麼笨，」是老二不知天高地厚的笑聲。

「你們吃晚飯沒有？」

「吃了。」老么一肚皮委屈。「大姐叫我們吃生力麵。哥哥光看電視不做功課，剛才還打了我一巴掌。」

「媽，不是這樣子，妹妹胡說。」

老三搶過話筒告狀。「她帶一大堆同學回家，把沙發地毯弄得亂七八糟。」她內心在吶喊，他們怎能沒有我，我只一天不在他們面前，家就亂了章法，明天我得趕快回去。母親，不管人類和動物，母親命定犧牲和奉獻，心甘情願榨盡自己生命的汁液哺育兒女。她做了母親，自自然然甘願把生命榨盡擠光。

一切都在變，儘管北港是處純樸的鄉村都市，但她的內裏不再像一位墜著雙辮性情純篤的村姑，外表上她依然是那副模樣，事實上，一到夜幕低垂，燈光迫不及待地朝人擠眉弄眼時，她就脂粉濃鬱，衣著華麗易裝而出了。最糟的是她放浪形骸，不再含羞帶嬌，欲語還休。論理，北港的夜應該寧靜而安詳，可是，這家旅館依然有鶯鶯燕燕進出，出雙入對，臨時湊成許多野鴛鴦。

她慨嘆少女時代的良風美俗已經遠了，男女互望一眼就緋紅著臉，低下頭匆匆走避的矜持再也不在了……。

幸好她沒有受到干擾，安安穩穩睡了一夜。

第二天，她以一種懷舊的心情步行通過北港大橋。舊橋只剩兩岸兩隻橋墩，長虹臥波已經挪移了位置，望著斷磚殘泥的舊橋傷痕，內心不免衝激起一波波愴然，人事改變橋的命運，廢置不用立刻失去價值，毫不顧惜地把它毀掉。一個人的命運，何嘗不是受到他人所左右呢？在主觀意識上自己存在固然取決於個人的主觀意志，事實上，任何人都無法避免客觀環境的影響。至於個人的存在價值，「走狗烹，良弓藏」，最能道出一個人的無奈。

她多少帶有一分惋嘆和憑弔心情，特地彎到當年舊橋通道兩邊興建的店鋪，只見野狗追逐，滿徑荒草和落葉，多數店面改成純住家，掩門閉戶，一副冷清淒涼景象，當年人車壅塞、店門口擠滿飲冰吃米粉的情景再也不存在了。她惋嘆一聲想：這又是客觀因素改變存在價值的另一說明。

過去，車輛都是通過南港派出所前直駛北港，自從彎道取直後，派出所前的道路便被廢置，再也沒有車輛迤邐彎過關廟前，南港被堵塞在高高的堤防外，彷彿化外之鄉。她傷心地爬上河堤斜坡，經過關廟和南港派出所，得到的是一分蒼涼感受，枯葉堆積，荒草漫滅，許多居民搬遷的搬遷，剩下一些懷戀故土不忍遽去的親鄰，也如辭枝秋葉，遲早會遷離這地方。歲月畢竟過了二十年，一個赤腳黃毛丫頭，如今已經邁進中年，老一輩人凋謝，年輕一輩成長，跟她同年齡的親朋各奔前程，「少年皆兄弟，老年各鄉里」，人生途程竟需如此各自去拚鬥，果真有幾分蒼涼悲壯。在她依稀記憶裏，除了諸多簡樸低矮房屋，曲折路徑，仍是兒時面貌外，人事早已「滄海桑田」，變，變，人世間的一切沒有一天不在變。

流經屋後那條溝渠，居然發現清流汩汩。「逝者如斯夫，不舍晝夜」，孔子二千五百年前的慨嘆，驀地在她心頭響起，人的悲愴，千古如一。這條溝洫，往年，一到灌溉結束，就被斷水；自從曾文水庫灌溉嘉南平原幾千頃良田，這兒原只種甘蔗薄荷的旱田，如今也能分霑福澤。稻翻綠浪，一片蔥蒨，人類智慧為自己創造了福祉，也為自己種下許多禍根。老子的無為而治，崇尚自然的哲學觀，往深層想，確是療治人類急功近利的良方。

看到那條清流涓涓的水渠，立刻使她怦然心動，她真想躍身進去，像童年泡在水裏摸螺獅那般毫無顧忌。如今，文明、教育、自私，把一顆童心一分天真全扼殺了。人不能抗拒成長，成長帶來諸多沉哀，生命成熟，歡笑卻已枯殘。

靠著一步步摸索，終於在高樓大廈後面尋覓到老家後院那叢挺拔刺竹，春末夏初時節，新籜怒長，有的一枝雄峙比老竹還高。生命奇妙而奧秘，教人探掘不盡，只要有強烈的求生意志，即使扼制，也阻擋不住生機盎然。

她本想從後院籬門回去，由於多年乏人修葺，籬門被榛莽侵沒了，蒿萊猖獗，教人探足不得。沒奈何，只有沿著別人家高樓牆沿走上小徑，然後走入後院。

短垣倒塌，高聳的椰樹枯了五株，剩下幾株孤零零矗立在藍空下搖曳。柚樹只剩一枝枯幹，幸而老根上新抽數條幼枝，綠得令人心醉。總算說明它依然生機不息。前面芭樂園全建了房子，高樓矮屋，平起平坐，互不干擾，把整個地形面貌都改觀了。通通被挾持在高樓間成了窄巷，怪不得自己被迷失。

祖父置下的產業，平分父叔二人，叔叔不慣耕稼勞苦，早已轉賣給別人。只有父母「不墜家聲」的舊思想，一直牽牢在田裏幾十寒暑，儘管農產品收入不夠養活一家人，父母仍然辛勤的在田裏一鋤鋤挖掘，希望滴下汗珠，長出黃金。時代巨浪大得淹蓋過百行百業，猛得使舊觀念老傳統顛躓難行，誰也無法抗拒。芭樂園的土地就這樣被割裂給別人興建住屋，祖父時代的風光黯淡了。「三十年河東，三十年河西」，道出多少無可奈何的悲哀。

屋左幾坵大田畝，已沒往日甘蔗的芳馨，雜草滋生，滿目荒涼。她忍不住泫然欲淚，家就是以這副面貌呈現給自己嗎？想到童年跟姐姐妹妹在田裏幹活的情景，躲在蔗田深處，攔腰砍下蔗桿咀嚼的溫馨回憶，時光不再倒流，再也摭拾不得。

踅回庭院，恰好姑媽臃腫的走出屋子，她欣喜的奔過去喊：

「阿姑」。

姑媽老了，歲月在她髮上撒了一層白霜，昏花老眼認不出她是誰？儘朝她上下打量問：

「妳是——？」

「阿姑，我是哈露。」

也許喚起她的記憶，趕忙抓緊她手臂說：

「唉呀！是哈露。妳看我，都認不出來啦！到底是臺北來的，穿得這樣時髦，來，屋裏坐。」

跟隨姑媽走進正廳，祖父母的畫像不見了，神龕不再神燈長明，香煙繚繞。她把自己帶來的香燭點燃，虔虔誠誠參拜，那遏止不住的淚珠迸裂出滿衣襟。

列祖列宗是條源遠流長的河，儘管人神之間看不見摸不著，但心靈精神卻是脈搏相通，血氣相接，誰能割斷這條血脈氣息呢？

「姑媽，你們平常沒點香？」她責怪的問。

「初一、十五才點。」

姑媽年歲大了，她不忍責備她。只是內心感到非常歉疚，祖孫情感，到她這一代就疏離嗎？內心興起一種莫大的罪惡感。

姑媽替她打開母親臥室，一股霉氣直衝鼻腔，使她幾乎嗆住。她趕忙開窗啟門，讓空氣發生對流作用。面對著塵翳了的鏡子，從窗子望向庭院和馬路，視線立被高樓阻住，童年幕幕景觀再也連綴不起來。

飯廳塵埃滿地，通舖撒落許多蟑螂大便，厚重方桌上，竹編蓋籠猶在，只是塵積甚厚，黴斑點點，使人愴然欲泣，再也沒有飯菜香味，兄弟姊妹冬天圍坐桌子四週進補燒酒鴨的情景，只能從記憶紘上輕微地挑動幾聲婉柔音韻。廚房竈臺冰冷，但瓦斯爐和瓦斯桶還在，她試著打開瓦斯爐開關，居然「噗噗」噴出綠色火焰。心頭驀然欣喜起來，只要有人在，總是薪火不絕。

後院葡萄猖獗地爬滿棚架。芒果樹枯萎了。只有楊桃在濃密葉片裏墜得枝條傴僂，一副不勝負荷的景象。豬欄冷淒，已沒有豬仔「唔嚕嚕」求食的聲音。倒是姑媽飼養的雞鴨，邁著紳士步履，滿園蹀躞。

每一件東西對她都是溫馨，都能勾引起一分回憶。人為什麼不能長相聚首？永遠保持那分寧靜溫煦的歲月呢？人有太多的不滿足，永遠饜足不了的慾望，要求得滿足，只有拚命開創事業前程，組織自己的家庭，這是愛的擴張，是生命的創造，人生價值的發揚，歷史就是這般綿接下來，人類文明就是這般綻出奇花異卉。得到了不少，也失去了許多。

她一直懷疑偌大一片農田為什麼姑媽不耕種？任它荒蕪零落？要是在臺北，單種蔬菜，一年四季收入不絕，就夠一家人忙活，何需趕著上下班仰賴他人鼻息呢？在這兒，農地就是農地，只能有限生產，不能化無為有，變不可能為可能作有效利用。

「阿姑，那些田怎麼不種東西呢？」

姑媽嘆氣怨尤。

「那有人種，我家幾個孩子，有的在高雄上班，有的在臺南做生意，只剩下老大一個人在家，自己的田都耕種不完。再說，辛苦一年，也賺不了幾個錢。」

人力不足，農田自然只有聽任荒蕪，徒貽太陽訕笑、月亮冷嘲。社會結構改變，農田的命運再也不像父祖輩那般虔誠敬愛了，除非劃為商業住宅用地，一旦地價飛漲，才為主人另眼相看。工商界人士，出力少，收入多；農人胼手胝足辛苦耕作，必須省吃儉用，量入為出，才能養活一家人，年經入為了求分舒適生活，一股勁往都市跑，冀望在工商界出人頭地，當然敝屣農業耕作。

她對土地有分非常戀執情感，尤其對家那分牽掛，不因年齡日長而衰竭。多年都市忙亂生活，使她心理感到疲累，都市中人勾心鬥角的心態，令人嫌惡，住同一棟公寓，彼此見面從不點頭打招呼的疏離感，使她亟欲回到農村去，尋找一分寧靜的生活，還有那張張樸實的面孔和心靈。歷史的輪子不斷向前推進，誰也不可能挽住歷史，重過漢家歲月，浸薰李唐聲威。要是把名利觀念拋卻，把都市繁華拋卻，專心專意去尋找一份鄉村寧靜，安於樸素淡泊，安於藜藿菜根的日子，在心境上，那就是漢家天下，唐時歲月，即使作羲皇上人，也是唾手可得。

回到臺北，她迫不及待跟母親寫信：

媽：我昨日回南港老家，姑媽人手不夠，我們的田園任它荒廢，全長滿了青草。椰樹老化，已經枯死五棵，還剩幾株，我數了一下，總共結了四十八粒椰子。後園芒果樹死了；倒是葡萄生機暢旺，爬滿了架棚。楊桃是種賤樹，不照顧它，它也活得生機鬱勃，滿樹桃實，把枝條都墜彎了。廚房瓦斯爐，我試著打開開關，居然火苗旺熾，媽，四年不用，瓦斯還沒漏掉。媽，鈍子退休在家，孩子們各有各的天地，用不著我們照管；老家房子沒人住，遲早會被蟲蟻蝕倒掉，田荒著沒人種，實在是分損失，假如媽同意，我打算搬回家住，一則可以照顧老屋，再則跟鈍子種種地，也好過幾年平靜日子，逢年過節或拜拜，媽跟哥哥姊姊弟弟回家，既有一處地方落腳，家也有一種家的滋味……。

剛把信摺好插進信封，忽然電話鈴噹啷啷大響，老大拿起話筒輕喂一聲，連忙向她招手說：

「媽，二舅的長途電話。」

她趕忙接過話筒，那頭興奮的語氣使她神情沮喪，心坎陡地像壓覆一塊重石，痛楚滴血。她的淚珠立刻斷線般滾落滿衣襟，電話筒也「啪噠」一聲掉落在地上。

孩子們驚懼地圍著她問：「媽，妳怎麼了？」

不問猶可，這一問使她愈加泣不成聲，好像蓄積既久的水庫，一下崩了堤防，水源找到缺口，爭先恐後往外湧，情勢一發不可收拾。

孩子們怔愕地望著她不知所措。「你二舅說，阿媽家的田已賣給別人建工廠，老屋也賣掉了……。」

「賣掉就賣掉嘛！」老二毫不戀惜的說：「舅舅他們要做生意，留著那些田也沒用。」

她把信遞給老二，孩子匆匆瀏覽一眼，都忍不住「噗哧」一聲笑出來。

「媽，妳真是發奇想，現在，誰還去種田嘛！」

孩子不懂，也體會不出故土芬芳那分情愫，尤其她內心那戀執情感，更是隔閡。

變，變，變，社會結構在變，生活方式在變，人的心態思想也隨著在變，誰也阻擋不住這漸變突變的局面。忽然，她像一個失散親人的孩子，孤零零站在十自路口徬徨無依，沒有憑藉依恃，不知何去何從？所謂失落，此時，她真心領受到一分失落滋味，一陣情感衝激，心胸翻騰起五味雜陳滋味，她再度像孩子般「哇」地一聲哭了。

我的洋兒子

因為有個洋兒子，不知遭遇多少生活上的尷尬。

純粹炎黃後裔的一對中國夫婦，卻有一個白皮膚、綠眼睛、黃頭髮的兒子，首先遭到懷疑的就是我妻子。

鄰居都曾好奇的問：

「牛太太，你兒子怎麼長成一副洋相？……」

後面的話不問也猜得出來，當然心裏是個大問號——

牛太太以前不是酒家女就是私娼寮貨色，洋人不播種，還能天生個洋鬼子？人家懷疑不能說沒有道理，撒麥種收麥子，播玉米收包穀，那見過撒麥子收黃豆的事？要真有這種變數，豈非天下奇聞。

可是，請各位看看我妻子那副長相吧！鳳梨腿子西瓜肚，說她像水缸，八九不離十；說她像葫蘆，也不差多少。尤其那張南瓜臉，粗製濫造，扁圓沒神采，上帝造人怎麼如此粗心大意？說有多噁心就有多噁心。當年，我是老大無妻，急著找個洗衣煮飯的伴，曾經到處央人說媒，姿色出眾的不愛我，長相邋遢的我又看不上，人家挑我我挑人，千里姻緣沒線牽，這樣一蹉跎就是三十年歲月虛度過，等我跟這個女人——秋娥見面，自忖年事老大，再挑挑撿撿，過時的蔬果沒好價，就得一輩子單身打到底，心頭一橫，扁臉豁嘴塌鼻樑，好歹總是個女人吧！於是，付聘金訂婚結婚。娶進門後，儘管她貌不驚人，才不出眾，偏偏內在美勝過外在美，溫柔體貼好心腸，我不懊悔，心想，何必在乎那張臉呢？

秋娥客家人，客家人古板不通變化，別說她不會洋經濱英語，就是講國語都得一個字一個字咬著說。這種女人，憑長相，洋人最沒審美觀念，也不會見了老母豬賽貂蟬；連國語都說不清楚的一個女人，不會ＯＫ和ＹＥＳ，怎可能當酒女賺洋人外快呢？幹這種勾當要有真本錢。

但是我兒子是個如假包換的洋人，我怎好向人解釋。

如果兒子人品不好，做父母的可以狠下心登報聲明脫離父子關係；我的這個洋兒子一向乖巧孝順，即使遭受人家白眼，我也不忍心把他摔掉。

沒法子，只有搬家。

東搬西搬，一家三口像個吉普賽家庭到處流浪到處為家，實在搬不勝搬。

＊　＊　＊

兒子名字叫保羅。

牛大春的兒子叫保羅，別人不叫他牛保羅，就喊他扭菠蘿。

扭菠蘿有什麼不好？總比土豆、筍乾、茄子雅一些。

兒子真正洋種，論理，應該洋話說得刮刮叫才對，保羅自小就跟著土媽媽生活，染蒼則蒼，染黃則黃，娘說國話都不靈光，當然不懂如何教兒子說ＡＢＣＤＥ。加上我自己也是一個蹩腳貨，大字認不得一籮筐，也不懂如何栽培兒子，結果，他的客家話比國語好，國語比洋話在行。讀國中時，英文跟數學常常扛紅鴨蛋回家。真奇怪，洋種兒子卻對洋話像隔座大山般攀越不過去，這是什麼歪理？

這些年看電視，常常看見洋人唱歌跳舞賺大錢，我兒子要是有這分能耐，除了能在電視上打響知名度，還可到處作「秀」猛賺錢，為老爹老媽買汽車購洋房，讓我後輩子享清福，眼見混血種都吃香喝辣，我純洋種兒子有何不可在娛樂界闖出一番事業來？無如保羅對這兩門話兒都不出色當行，活該老爹老媽後半輩子出不了頭，沒法子，只有讓他高中畢業後開計程車。

因為身邊帶個洋兒子，逃不掉別人懷疑的眼光，躲不開鄰居的說黑道白，我們夫婦只有四處搬家，在搬不勝搬之餘，最後才搬到秋娥娘家——苗栗公館。娘家親戚朋友都瞭解我那土婆娘絕對不是一個接洋人的貨色，洋人也懂挑精揀瘦，即使是飢不擇食，秋娥也沒這分好機緣歪打正著碰上。

保羅開計程車倒是技術到家，興趣濃厚。

當他高中畢業時，我們夫婦曾把他喚在跟前訓他：

「保羅，你為什麼考英文老是不及格，讀不好書，將來怎麼能出國？」

「我出國幹什麼？」

「出國留學。只要你讀書好，爸媽再苦也要供你讀大學出國留學。」

保羅搖頭回答。

「我對讀書不感興趣，尤其是英文，我就是記不住說不來。」

「你是外國人，應該要把英文學好……。」

「誰說我是外國人？我爸爸牛大春，媽媽牛李秋娥，我是牛保羅，道道地地中國人，為什麼要逼我學外國文字呢？」

「保羅，你不要逃避現實，你的長相就是外國人，當然去國外闖天下才有發展。」

「也不見得，外國月亮並不比我們中國月亮圓，許多出國留學的還不是照樣在人家餐廳洗碗端盤子……。」

「保羅，這是你一輩子的事，你不能鬧意氣。」

「爸，媽，我們家窮，也供不起我讀大學。再說，你們都老了，我如果去了國外，將來誰孝養你們？」

「你怎麼這樣死腦筋？」我訓斥他。「那見餓死人的事？」

「我死腦筋還不是跟媽一樣，一百塊錢拆開用就湊不攏帳。」

他指的是遺傳，一個不從母親肚裏爬出來的兒子，那跟遺傳有關？

「我跟你爸爸自己養活自己，你放心讀書出國。」秋娥說。

「我才不忍心哩！沒有兒子不養父母的，我不打算出去，我也不會去。」

「你自己究竟有什麼打算？」

「慢慢想法子。」他沉吟俄頃，忽然喜上眉梢說：「爸、媽，我曾經偷偷開過舅舅的小貨車，我打算開計程車。」

就這樣，我的洋兒子成了一個專業計程車駕駛。

＊　＊　＊

十年前，開計程車的收入相當豐厚，這些年，由於自用車愈來愈多，收入稍為差些，但生活自由。好在保羅像他母親一樣省儉成性，早晨七時出車，中午回家吃飯睡午覺，晚上十點鐘前收班。一回家就把鈔票硬幣掏到桌上說：

「爸，你給我數一下，我先洗澡。」

生意好時，一天可賺兩千多，再不濟，也有千把元收入。

保羅除了索取次日找現的零錢外，其他全交由我存進郵局。

二十幾年相處，兒子雖非太太肚皮孕育，母子間的那分情感卻出乎常情的親密，寒冬暑燠，媽媽不是擔心兒子凍著，就是愁他熱著；一旦有什麼大病小恙，更是求神問卜，焦急非凡，半夜起來餵藥送水，惟恐兒子一病不起，家裏少了一塊洋寶貝。兒子對母親，也是百依百順，貼著心肝為母親想。

保羅知道母親平日省吃儉用，一個子兒常當十個大錢用，穿得簡樸，吃得寒素，每天收班回家，總是找點子給母親買些新鮮吃食回來；遇到衣服打折，他也懂得揀素雅衣服買回家孝敬媽媽。無如我家裏那塊料，實在不成材，吃新鮮食品她心痛，邊吃邊嘀咕亂花錢；穿著嘛！二十多年暖衣飽食，生活安寧，把她養成一隻大水缸，再好的款式質料衣服，穿在她身上，就像一隻湖州粽子，到處摺痕纍纍。倒是她顧兒子顧得有些過分，每天吃的水果，硬性定在兒子收班後才能吃。一等保羅洗罷澡，立即從冰箱端出冰鎮好的水果喊：

「保羅，你來吃水果。」

保羅一面穿衣一面走向客廳問：

「爸吃了沒有？」

「你別管你爸，他會自己找吃的；你多吃一點，開車忙，飲食不定時，水又喝得少，不多吃點水果不行。」

一盤水果保羅只吃分三分之一，另外三分之二非逼著我們夫婦平分秋色便不高興。

一個洋種兒子，居然也有我們中國孝順謙讓的美德，後天教育移人之深居然具有這種功效，難道前生我們曾是親子關係？

由於保羅工作認真，加之我們夫婦有計劃的開源節流，郵局存款也日漸增多，我們不再貧窮，我們有能力做自己想做的事，而且最先想做的就是買棟房子。

那天，保羅載我們夫婦去臺北郊外看房子。他讀書不行，唱歌獻藝不行，賺錢的腦筋倒真轉得快，我們自家裏出發，他一路招呼客人賺短程車費。到了新竹，兩位年輕男女上車去臺北，那副親密勁兒八成是情侶。坐定後，那位男生向保羅搭訕。

「哈囉……。」

兒子翻翻眼睛回答說：「你好。」

坐在秋娥旁邊的女孩不由驚訝的問：

「你會講國語？」

保羅笑笑以最標準的國語回答：

「怎麼不會？」

「你來我們國家多久了？」

保羅回頭看看他母親，笑盈盈回答：

「二十幾年。」

「你真會說笑話，先生，你是那個國家的留華學生。」小姐不信的追問。

「我是中華民國的留華學生。」

年輕男孩傻傻地看著保羅，又看看他女朋友，自言自語說：

「這是怎麼回事？我真搞不懂。」

我看他倆這般納罕神情，不假思索補充解釋。

「他是我兒子，這個是他媽媽。」

年輕女孩不相信地搖頭，自言自語：

「這怎麼可能呢？」

保羅一臉不快地駁正她說：「怎麼不可能？」

「你是外國人，他們兩個是中國人……。」

兩個年輕人同時望向我和妻子，眼睛裏盡是疑惑和不安。我這才懊悔自己不該插嘴，他們兩個又誤會了。

＊　＊　＊

我跟我太太結婚二十七年，原想生個一男半女傳宗接代，誰曉得太太是坧石田，怎麼翻土施肥勤灌溉，就是長不出莊稼。

夫婦倆不能生個道道地地的「龍的傳人」，卻意外有個洋兒子，血統雖異，兒子叫爸叫媽的聲音相同，在心理上多少有分聊勝於無的感覺。

記得我把保羅抱回家時，他還不到八個月大，白胖純真，就像一頭小北極熊。

那時候，越戰打得很艱苦，美國國內反戰，美國政府不求全勝，美國軍方就像綁著手腳儘挨打。我為了賺美鈔，那時正好在臺中清泉崗美國空軍基地服務中心工作。

由於越戰打得不順利，許多美軍心情不開朗，有位中尉運輸機飛行員叫大衛的常來服務中心喝酒。

那天，他們一批朋友喝了七分醉意後，起鬨比腕力。大衛體型高大胳臂粗，擂臺打敗九個同事無敵手，他心裏一得意，掏出一張百元大鈔徵求比賽對手。

我瞧著那張花花綠綠百元鈔票動心，暗忖，贏了賺一百美金，等於我三個多月薪水；輸了，反正丟人不丟錢，丟人現眼也只那片刻時光，不損什麼。

年輕時，我跟三叔打過鐵，天天擂著鐵鎚在鐵砧上一敲就是一整天；等建築業起飛時，我輪番去各家工地拗鋼筋，練得腰圓臂壯，自估腕力尚堪一決雌雄，加之在場男女同事一再聳恿我上陣，我便以臨危授命的精神走向大衛。

比賽法則是三次兩勝就算贏家。

第一場大衛贏了。

在第一場比賽時，我看出大衛的破綻，那就是他的下臂比我略短，而且，他只顧扳壓，不曉得緊緊扣住對方手掌加勁道。於是，在第二三場比賽時，我便以較長手臂壓制對方，再用鐵鉗般五指扣緊大衛手掌，讓他指骨引起劇痛，結果，二三場我是贏家。

古話說：「兵不厭詐」，作戰主在求勝，我雖然有些不太光明磊落，看在那百元美鈔分上，皇天後土，實所共鑒，他們不會責我使詐。

當天晚上，我不但賺得一張百元美鈔，還贏得大衛一分友誼，每次他來服務中心喝酒，總會找我乾一杯。

一天，大衛突然把我叫住說：

「老牛，我有一件事拜託你。」

他的中國話說得不怎麼流利，一字一句慢慢咬，還能讓人聽得懂。

「什麼事？中尉。」

「我要把我兒子託你太太照管幾天。」

「你太太幹什麼去？」

「我有幾天假期，帶他去歐洲旅行。」

「不行，中尉，我們中國人不懂怎樣照顧你們外國人的孩子。再說，我太太是個土包子。」

「簡單，簡單。」大衛一口否定。「我把奶粉及日常換洗衣服準備好，只要你太太按時餵奶粉，不讓孩子骯髒潮濕挨餓就好。你太太我見過，雖不漂亮，卻很乾淨。」

他說的是實話。

「你為什麼不託你同事太太照顧呢？」

「你不懂，我們美國年輕年老太太都愛玩，自己兒女都懶得照顧，誰願意照顧別人家的孩子呢？」

這也是實情。

保羅就這樣被抱進我太太懷裏。

想不到大衛夫婦去歐洲旅行卻是趕赴死亡的約會，飛機在法國一個市鎮上空遭遇亂流失事墜毀，夫婦雙雙罹難。

保羅變成了無父無母的孤兒。

沒多久，美國和北越和平談判生效，尼克遜和季辛吉去販賣越南半島人民生命自由的政治劊子手，輕易把越南高棉送給了北越，美軍從越南戰場抽出了雙腳，在臺的美軍機構也紛紛撤離回國。

保羅沒有美國夫婦願意收養，我向警方報案，警方也無能為力幫上忙，最後，我千方百計辦好收養手續，看著保羅鮮活稚純的大眼睛，我們夫婦對他已產生了情感。於是，保羅由一個道道地地的美國人變成了牛大春和牛李秋娥的洋兒子。

這是前緣？還是戰爭帶來的人間悲劇？

＊　＊　＊

保羅變成牛大春的兒子後，自然跟雞隨雞，跟狗隨狗，生活也是牛大春和牛李秋娥模式。

當他進小學時，因為小學學生年紀小好奇心重，尤其那張小嘴巴最愛挑人缺點撥弄，他們不喊我兒子「牛保羅」，人人叫他「洋鬼子」。

兒子懂得「洋鬼子」是罵人話，卻不曉得和他長相有關，最後，罵到傷了孩子的母親，保羅也像中國孩子一樣——父母是他最尊貴的偶像，他跟同學打架揍得滿身污泥回家。秋娥平時溫婉柔順，與人無爭無忤，一聽到傷了孩子又傷了她自己的消息後，不由火冒三丈，馬上牽著保羅往學校跑，見過校長和級任老師，她把收養兒子的始末表過後，火光四射撂下狠話說：

「校長，以後有誰敢罵我兒子和我，可別怪我婦道人家不講道理，我會當場撕爛他的嘴。我是母親，我也像所有的母親一樣愛我兒子。」

倒是校長想出一條釜底抽薪的辦法，他在朝會告訴全校同學，說保羅的父親在支援越戰中英勇犧牲，母親情感受打擊，不久相繼去世。牛大春先生跟保羅的父母是拜把兄弟，受命託孤，才將八個月大的保羅養到進學校，現在，保羅是道地的中國人……

有了校長這篇說詞，小孩子單純又富同情心。從此，保羅不再有嘲笑奚落的困擾。

進入國中，兒子漸漸學會吸菸、逃學、打架。

那天放學後，他居然拖到七時多才回家。孩子雖非自己親生，眼看著自己一寸寸拉拔大，夫婦倆那能不牽腸掛肚；我到處尋找，河溝池塘只差沒翻出見底；妻子更是一把眼淚一把鼻涕擔心出意外。直到他懶慵慵走進門後。我們才把心頭一塊千斤重石落到地，秋娥待他洗罷澡吃飽飯後才拏起家法一陣猛抽，一邊抽一邊哭著問：

「我問你，你去了那兒？以後還敢不敢逃學晚回家？害得爸媽提心吊膽到處找你。」

保羅本想爭辯，一瞧媽媽又哭又惱的神情，再瞄瞄我嚴厲的眼神，不由雙足一跪說：

「媽，我不敢了，我以後再也不逃學，也不遲回家，害爸媽操心。」

秋娥這才化悲為喜，把兒子摟進懷裏，替他擦乾眼淚，囉囉嗦嗦叮嚀了幾籮筐的話。

那次竹筍炒肉發生了效果，此後，保羅變得很乖。

保羅不是一塊讀書的料，他自小學到高中，一直都在紅字邊緣徘徊，幸而上帝照管他，幾年學生生涯，他居然在有驚無險的情況下順利拿到三張畢業證書。

謝天謝地，絕對不能謝祖宗，我家列祖列宗，怎麼也想不到他家後代牛大春卻有一個洋兒子。

* * *

由於保羅的收入不錯，我們自苗栗遷往臺北市郊新家，兒子說，臺北人口稠密消費高，男男女女捨得花錢，開計程車收入多，不像苗栗客家，吃芝麻都要數粒。

* * *

兒子年齡日大，我跟妻子愈來愈覺身體欠硬朗。想到大衛當年託付給我那份神情，每到半夜醒來，總覺內心不安；大衛是託我照管保羅，不是叫我霸佔保羅，如今，保羅成了牛大春的兒子，內心總覺愧對神明和朋友；再說，霸佔人家的兒子給自己賺錢，在中國人做人的道德上來說，多少有些虧欠。

這份感覺早在數年前就有了，內心既已萌發，我便託人去美國打聽大衛家還有沒有其他人？要是打聽清楚，我身邊還有一點積蓄，打算把保羅送回美國歸宗復姓。

大衛家的地址我大概記得是德州，以後，我陸續向老友舊僚打聽，才確定是德州的某一小鎮。這時候，正好有幾位朋友的兒女赴美讀書，他們都是保羅的童年朋友，為了成全我們夫婦的心願，他們把這樁事視作重大任務之一。

一年多時光過去，老黃的兒子凱歌和老張的女兒麗春同時來信說，大衛家還有一位叔母在，其他人東遷西徙沒有聯絡，大衛叔母歡迎保羅回去定居。

那天晚上，保羅十點多鐘回家，等他洗完澡坐在沙發吃水果時，我跟他面對面談問題。我說：

「保羅，你想不想家？」

「怎麼不想？一上計程車，我就想到爸爸痛風今日會不會輕一點？媽去市場買菜，賬目老弄不清楚，會不會受騙多算給人家錢？爸，我最討厭媽，每次多算給人家錢，她還死不認錯，花冤枉錢買面子。而且，媽又不會認路，真怕媽走失。」

「我就這樣笨？」秋娥微嗔的不承認。

「差不多，跟爸算是半斤八兩。」

「你媽做人老實厚道。保羅，我不是指這個家，我是問你想不想美國的家？」

「爸，你真是老糊塗，我根本沒去美國，八個月大就跟著你們過日子，我怎曉得美國家是個什麼樣子？」

「你想不想回去嘛？」

「我回去幹什麼？」他反問我。

「你爸爸還有一位叔母在。」

「我不認識她，又不會說美國話，我回去三餐飯都混不上，我不是去活受罪。」

「孩子，爸媽很愛你。」想到把保羅送回美國的事，我內心就不免有些傷感，聲音也不由哽咽起來。「為了你的前途，我以為你還是回美國比較好，凱歌和麗春都來信把你老家的地址打聽清楚了。」

保羅接過信瞄了一眼，站起身，悶聲不響在客廳轉圈子，好久好久，他眼圈紅紅的問：

「爸，媽，你們要攆我走？」

「不，孩子，爸媽也捨不得。」

「既然是這樣，你們為什麼不讓我安安靜靜做個中國人呢？」

我跟秋娥無言以對，理智與情感交戰，保羅不知道我們內心的苦楚？

保羅繼續在客廳坐立不安走著，他的內心分外不平靜，我跟妻四雙眼睛跟著他轉，忽然，他一屁股頓坐在沙發上怨懟地說：

「我快要與美美訂婚，你們又要攆我走。」

我跟妻子互望一眼問：

「那個美美？」

「是一家唱片公司的會計小姐，她下班都是我載她向家。」

「保羅，你要慎重考慮，現在一般女孩子都愛慕虛榮，他一定以為你是留華學生，將來可以帶她出國，所以才打算嫁你。」

「不！美美不是這種人，我把我的實際情形全跟她說了，美美說她喜歡我這個洋中國人。」

「兒子，是真的？」

「當然是真的，爸，我長這麼大，幾時撒過謊？」

沒有，保羅憨厚誠實，就像他母親。

「好，爸媽過幾天去她家提親，她家住那兒？」

「芝山岩。」

「好，好。」我跟妻子高興得摟著兒子說：「兒子，你既然高高興興要做中國人，爸媽更高興有你這個洋兒子。」

不是結局

方太太領著女兒秀秀兒子胖胖呆坐在餐桌上等先生回家吃晚餐，自七點鐘等到八點半，仍沒見先生的影子，菜涼了，氣氛也冷清了，方太太這才招呼兒女說：

「我們吃吧！爸爸有應酬，八成不回來了。」

親手調製的晚餐佳餚，本來色、香、味俱全，如今，方太太感覺只剩下色、香；食不下嚥，嚼之如蠟，那還有味呢？

結婚頭幾年，方剛初入社會，沒有事業，更沒人際關係，兩個人在貧苦煎熬中享受甜蜜的愛情生活。在方剛的心目中，家就是愛的窠巢，妻子就是一隻可愛的小白鴿，輕輕擁入懷裏，不僅是溫馨滿懷，多少闖南走北遭受到的白眼和辛酸，都在那四臂纏繞中化為塵煙，一個深情的熱吻，一聲輕輕的呢喃，勝過金鼓雷鳴的士氣鼓舞，第二天，又能邁著輕快的步履，以迎向挑戰的心情面對工作。

後來，社會的大門終於被方剛找到進入的熟徑，他有了固定工作和收入，太太淑貞也為自己找到一分正當職業，家庭收入增加，物質生活日漸改善，接著兒女相繼而來，夫婦間的愛情生活居然起了變化，彼此見面像數學公式，失去了當初結婚時那分旖旎溫馨，即使夫妻間的那個也是機械式的。

淑貞的姿色談不上美豔，卻很端正體面；性情說不上嫻雅賢淑，卻甚溫柔知禮；在現代女性群中是一個極為得體盡分的好太太。方剛為什麼對她感到膩了？除非有第三者介入，不然，絕對不會有這種變化。

愛難道如此脆弱？一經撞擊便會變得支離不堪嗎？

方太太勉強吞下一碗飯，收拾碗筷，領著兒女坐在沙發上看電視，螢光幕上色彩絢爛的畫面，在她腦海裏有如打壞一隻調色盤，只覺得色彩雜亂無章，毫無一點秩序美。

愛在心裏居然具有如此巨大的影響力量，可以左右一個人的思想觀念和心境，使一切變得枯燥無味，毫無意義。

方太太不怕失去一個丈夫，而是覺得畢竟不是理想中那樣天長地久，海枯石爛。愛的誓言，只是當時狩獵時的誘餌，等獵物到手，誘餌也就失去了價值。

她覺得有些可笑，當兩心相許時，對方的一言一行都具有無比的吸力；當愛的旅程漸次有了差距時，就算是出自真誠的關懷，也覺了無意義。為什麼當時會那樣癡迷？如今卻這般疏離？

時鐘敲了十一響，秀秀和胖胖都歪在沙發中睡著了，她把孩子抱上床，掖好棉被，然後撳亮客廳角落的檯燈看「西遊記」，這本古典小說的神靈妖怪都賦予相當重的人性，情節也相當誘人，就是無法讓她惶亂的心情寧靜下來，字體像蟻群，在她內心裏嚙蝕、蠕動。

要說自己能夠超然，無視於先生愛的叛變，她自己也有些不相信。

愛在人生旅程中，畢竟太重要了。

十一時四十五分，方剛回來了，淑貞迎上去，接過他手上的公文箱和外套，她嗅到七成酒味中摻有濃烈的脂粉香氣。

女人對這方面最敏感，淑貞是女人，她自然感受到另一位女人投進丈夫懷抱對他所產生的誘惑力會有多深鉅。

尋覓中帶分新鮮性的刺激，當年，他與先生同時享受過這分新鮮和刺激，如今，丈夫把那分回憶全忘了，他又在另一位女人身上找尋新鮮和刺激。

方太太壓制心中隨時可能爆發的怒火，服侍先生睡好後，一種被玩弄、遺棄的感覺自心底昇起，她感到好屈辱，好羞恥。為愛作了如此大的犧牲和奉獻，得來的卻是衾冷枕寒；愛的報償是這麼冷酷無情，這對她似乎太不公平了。本來她很堅強，想到傷心處，她也不由泫然欲淚了。

＊　＊　＊

尋尋覓覓，方太太透過各種管道，終於找到丈夫另一處愛的窠巢。

她找到管區警察說：

「先生，麻煩你陪我去找我丈夫。」

「你先生失蹤了嗎？」

「不是，他有午妻。」

警察感到很為難。在法律上一夫一妻才合倫理道德，凡是夫妻以外的性行為叫做通姦，便是不合法。今天，人們對道德法律的認知沒有老一輩人那樣尊重和自制，他們把夫妻以外的愛視為時髦和當然，荒唐的說法視作為人生享受，收入寬厚點的男人幾乎都有不正常的男女關係存在；少數置身大都市闖生活的女人，又以獵取男人當作正常收入的途徑，於是，午妻、恩愛夫妻拆夥的事層出不窮，成為現代社會中的時新問題。

「先生，麻煩你跑一趟。」

警察反過來問她：「你就是逮住你先生與別個女人睡在一起，你又能怎麼辦呢？提出告訴，並不能挽回他的心。」

「先生，第一，我要當場證實他有了第二個女人；第二，我必須擁有確鑿的證據，好讓自己由被動進入主動，免得老是被他瞞騙。」

她的理由仍然無法令警察先生感動，幫她達成願望。最後，她以激動的語氣說：

「先生，你能眼睜睜看著一個苦戀多年才結婚的女人失去丈夫嗎？讓兩個無辜的孩子失去父親嗎？假如是你遭到同樣的問題，你是循合法途徑解決？還是採取激烈的手段？」

警察無言以對，毅然立起身說：

「走吧！太太，希望你把他的心拉回來，不要把他的心傷害得無法挽救。」

「先生，我會知道分寸。」淑貞極有主見的回答。

好不容易找到「某某名廈」第十樓八號，由警察先生偽裝檢查瓦斯開關而進門，方太太乘虛衝進門去，只見方先生披一條毛毯愕然地站在門口不知所措。

方太太機靈地拉著丈夫走進臥室，掀開暖被，只見一位細皮白肉的女人赤裸裸躺在床上，她抓起丈夫放置床頭的衣服褲子，再掀開披在丈夫身上的毛毯，方先生也是赤身露體。她朝向警察問：

「先生，這是不是涉嫌通姦？」

警察苦笑著說：「讓他們穿好衣服吧！」

方太太怎樣壓抑，仍然無法疏導胸中的怒火，她指責丈夫說：

「你晚上騙我有應酬，連午餐這段短暫時間你也跟她泡在一塊。方剛，你想一想當年追求我的情景，再想一想我們結婚頭幾年的苦況，今日環境稍為好轉一點，你就泡女人養午妻，你還有沒有良心？有沒有半點夫妻情分？」

方剛自知理屈，他沒跟太太辯駁。

警察做好筆錄。方太太不由傷心落淚說：

「我保持控告的權利。」

她看一眼木然的丈夫，忍不住啜泣著說：

「方剛，我對你失望透了。」

* * *

當天晚上，方剛不曾回家，不知是心虛還是有意報復太太當場給他出乖露醜？

激憤過後，淑貞的心境回復平靜，丈夫回不回來她並不感到十分重要，淑貞是個純潔高雅而又擁有原則的女人，她做事一向要求自己盡善盡美，她需要的愛也要求完整無缺。如今，丈夫既然把愛分潤給了其他女人，就算是他只為追求刺激，滿足肉慾，那分原本純淨的愛已經蒙上了塵垢，不再完滿，丈夫回不回來都不十分重要。

時睡時醒捱過一夜，第二天，陽光溫煦，氣候和暖，她的心境也轉變得好些，經過一夜苦思焦想，她所得到的答案都不十分成熟。感情問題本就是個旁觀者清當局者迷的問題，取捨去從，總是各有利弊，若能獲得旁人指點迷津，去掉許許多多枝節問題，便能理出主幹，找到本原。而且在這關係個人去留的當兒，往往情緒比理智強烈，因之所作的決斷也是情緒的成分多，理智的成分少，所以，她要找她表姐討論問題，讓她替自己作個詳細剖析。

淑貞表姐是一家公司的小主管，由於精明強幹善於事理分析，她由小職員熬到主管，任何繁雜問題，只要是她權力範圍以內的事，她都能用快刀斬亂麻的方式作毅然決然的處理，所以，公司同仁送她一個時髦外號：「女強人。」

淑貞給她撥通電話後，對方回話說：

「我現在很忙，午餐時分你到『小杭州』等我，我請你吃飯，把兩個孩子都帶來。」

「表姐，我有一肚皮話要跟你說，你再不替我拿個主意，我會非瘋不可。」

「還有一個半小時我就可以替你拿主意了，一個半小時都不能等嗎，想想表姐有多少問題待處理，一筆生意就是好幾百萬，你的問題挪後一個半小時絕對不會有妨礙。把心靜下來，只要有我在，我會指給你一條光明路。」

淑貞不再堅持，靜靜地等到十時半，再帶秀秀和胖胖坐車趕到「小杭州」，找到一處僻靜角落位置坐下，十二點三十分，表姐終於出現在門口，她迎上去把她引到座位就坐，寒暄一番，表姐開門見山問：

「淑貞，是不是感情出了問題？」

「你聽人說過？」

「沒有，我看你一臉疲憊困惑的神色，就像你當年談戀愛，所以，我一眼就看出個七八分」。惠芬頗有自信的侃侃而談。

淑貞點頭，兩顆不爭氣的眼淚居然不聽管束地跌了出來。她大約作了一番敘述，惠芬聽得分外仔細，幾乎連細節部份都被烙在心版上。待淑貞的敘述作個結束後，惠芬點了幾色精緻小菜說：

「我們表姐妹很難見面，今日中午我們好好吃一餐，樂一樂。」

「表姐，我吃不下。」淑貞愁眉深鎖地說。

「那最好不過，你活活餓死了，正好讓那個女人名正言順搬進來。世界上只有你這隻腦袋笨得拐不了彎，問題歸問題，生活歸生活，那是兩檔子事；如果遇到問題就吃不下飯睡不著覺，全世界不知一年餓死多少個總統？我們處理問題要以平常心去對待，愈困難愈要活得開朗堅強，才能找到處理問題的好方法，若是把自己整個牽扯進去，不能客觀、洞燭、作全盤觀察和分析，那是作繭自縛，還沒將問題解決，先就被問題困死了。」

淑貞經惠芬這樣一頓棒喝，有如大夢初醒，似乎突然超越了問題邊界，站得遠也看得清，心境迷霧一去，不由心平氣和的說：

「姐，謝謝你，真的我要好好吃一餐。」

餐敘中，惠芬試探的問：「淑貞，你心裏有什麼準備沒有？」

「我不曉得怎麼辦才好？所以才來找你。」

惠芬斂眉沉思，她把整個社會的男女問題作了一番思索，然後理智的分析給淑貞聽，她說：

「男女問題是世界性的問題，可以說是自古已然，於今為烈。尤其在工商業發達的今日，大家把賺錢列為第一要務，道德觀念便由之淡薄了；男人獵豔是為了享樂，女人獵取男人為了賺錢，求予之間沒有感情基礎，合則相聚，不合則離。這問題當然是走向兩種後果，第一是拆散一個好家庭，其次則是彼此需要不再存在時，便是分道揚鑣，各奔前程；如果是前者，只要一方堅持不離婚，即使他們天天膩在一塊，在法律上也是站不住腳。」

「站不住腳有什麼用？反正是一個成了棄婦，一個鵲巢鳩佔，反賓為主了。」淑貞怨尤的說。

「是呀！女人總是受害者。不過，我有一個問題問你，你要老實回答我。」

「你問吧！表姐。」

「假如你沒有方剛，你活不活得下去？」

「活得下去，不過會活得很痛苦。」

「既然活得痛苦，淑貞，我勸你把那個女的殺了。」

「不行，那我會坐牢。」

「那就把方剛殺了，整個問題一了百了。」

「那怎麼可以，孩子沒有了父親，母親又要去坐牢，這不但不是解決問題，反而是製造問題嘛！」

淑貞既然看清楚後果，惠芬知道開導她的方法有了趨向，不由爽然一笑說：

「這不就結了，男女雙方都不能傷害，你又不能為了一個女人天天跟丈夫鬧個不休，又不能為了一個不重家庭重女色的薄情丈夫跟那個女人大打出手，那怎麼辦呢？只有一條途徑——忍耐。再說，你失去的只是一個丈夫，而不是兩個孩子，何況不一定真正失去丈夫；方剛得到的只是一個女人，失去的卻是一位妻子和兩個孩子。淑貞，算一算誰的損失大？」

「表姐，你的意思是——？」

「堅強而愉快的活下去，你愈爭，方剛愈覺得自己地位重要，認為你沒有他就活不下去；你把他當破鞋一樣扔在旁邊不理不睬，等他一旦醒悟，也許他會自動回到你的身邊。」

「沾汙了的愛情我不稀罕。」

「不管你將來採取何種態度對付方剛，當前你要活得快樂才是正經。女人要像一棵巨樹，獨立生存；不要像一株藤蘿，永遠依附男人才能活得下去。」

惠芬的話雖沒告訴她應該如何做，卻像一泓活水源頭，沖開了她心頭茅塞，讓她突感暢朗，立即知道採取何種態度來處理問題。翳霧消除，坦然取代了憂愁，淑真不由主動的舉杯說：

「表姐，我們乾杯，今日中午，我要吃個酒醉飯飽才回家。」

* * *

經過一夜冷靜的思考，淑真不免暗自為方剛的膽大妄為而心驚，一個月入三萬的小職員，工作像是繫在線上的紙鳶，說斷就斷了，居然膽敢養午妻，真絕。那個女人究竟是為了他的錢財？還是他的人才？兩方面都是馬尾栓豆腐——提不起來。難道雙方都只是為了一時需要？如果真是如此，那才是男人下流，女人犯賤。

居住的房子是租來的，電視、錄放影機尚在分期付款，這樣一個剛剛走向正常的家庭，男主人居然可以把熱戀多年的妻子冷在一旁，把兩個活潑的孩子心目中父親偶像地位親手摧毀，這種男人還有什麼戀執的價值呢？

給父親通過電話後，父親說：

「淑貞，你把孩子帶回家來，爸爸工廠正需要一個會計，我一個月給你兩萬塊錢薪水，生活費由爸爸負擔，你白賺兩萬塊，省得天天看見方剛生氣。」

失去了丈夫，還有父母接納，人生依然充滿無盡希望。一個有作為的女人，不要一味為丈夫活著，應該為自己活著，為兒女活著，排除了心理障礙，淑貞幾乎喜極而泣的說：

「爸，我下午就回來。」

「傻丫頭，哭什麼？回家應該高興才對，有爸媽照顧你，不是比自己照顧自己更好嗎？」

淑貞整好兩箱子的衣服，匆忙給方剛留下一封信說：

方剛：

我回家了，我不想傷害你，事實上，我就是傷害你也不能挽救你的墮落——愛情墮落，道德墮落，為夫為父的責任墮落。

我無法想像的事情是居然你用自己的行為，否定你自己當年愛的誓言，一個不忠實自己的人，當然不能要求他忠實家庭和妻子。

不要以為女人沒有男人就活不下去，即使有，我也例外，我會活得愉快，活得精神煥發，自己雙手築成的家，既然被寡情冷酷破壞殆盡，我還有父母溫暖的家接納我，我不介意失去一個薄情叛逆的丈夫。

我帶走了我自己的東西，凡是你買的我都留在家裏。我騰出了空間讓你容納那個女人，只要你問心無愧，你就把她接進家共同生活，我沒有興趣跟那個女人爭一個並不出類拔萃的男人；倘若你要跟她合法的正常生活，到時候，我會提出條件。

女人不是弱者，把精神耗在爭男人那件事上，表示這個女人缺少獨立自主和抱負。我要為自己、為兒女、為未來活著。別以為我是負氣出走，事實上，此時此際我已心平氣和，經過冷靜思考才下的決定。別妄想我會戀家而自動回來，不可能；如果有，除非你徹底悔悟了。祝福你。

淑貞。

回顧一眼原本溫馨的家，內心多少不免有些淒然；甩甩頭，又不覺啞然失笑，世間事那一件不是在日漸變化，何況夫妻間的愛情和一個小家庭呢？

表姐說過：「愛情會疲乏，夫妻間會如此，與別個女人的愛情也是如此。夫妻間日夕相對，整天看到相同的表情和衣著，彼此都會感到疲勞，假如你在衣著、化粧、生活方式上求些變化，讓對方突然感到新鮮，發掘到你的優點，不用爭吵和搶奪，也許自然而然便會將對方拉回到你的身邊來。當然，女人沒有必要降貶自尊刻意為對方打扮，古話說：『女為悅己者容』，男女雙方的存在，如果不能引起對方的注意，使他重視你，喜歡你，獲致幸福和諧的生活，存在又有什麼價值？不為悅己，只為自悅，那是自戀狂，心理有問題。」

表姐說得對：「一個人必須自己能站起來，別人才會攙扶你。女人的愛情觀也是如此，必須要有特立獨行的表現，才能挽回頹勢，成為強打。」

淑貞的心境釋然了。

計程車由重慶北路交流道上高速公路，路面寬廣，無盡無際，就像人生遠景，一次小小的失意，並不影響整個生命的光輝燦爛。淑貞不由坦然的笑著想：

自己和方剛兩方面都不是結局，而是剛剛開始。

再婚

榮德看罷兒子回家，內心也像這棟房子般空蕩蕩的。

以前回家，總有妻子熱烈的回響：

「榮德，你回來啦！冰箱有鮮奶，下午買的。」

他要心情好時，便會歡快的回答說：「謝謝你，我的好牽手。」要是心情不好，便會悶聲不響往浴室沖個澡，冷靜一下自己的情緒和煩渴心境。這時候，多半會引得太太走出廚房，倒一杯鮮奶遞給他說：

「把眉頭舒展開來，笑一笑，你是家庭的陽光，你不開朗你不笑，整個家都會陰雨發黴，你要把陰雨帶回家嗎？」

想到一個為夫為父男人肩上的責任和對整個家的影響，他不得不像連朝陰雨的陽光一樣破雲而出。

如今，妻子走了，兒子寄養在朋友家，因為竊盜罪關在少年感化院裏，只有十四歲的女兒莉莉倉皇地迎出來問：

「爸爸，你看見弟弟了？」

榮德點點頭。

「弟弟怎麼樣了？」

女兒這一問，問出他兩串熱淚淌下來。一時情感激動，忍不住往兩隻手摀住臉大聲抽噎，眼淚鼻涕像缺了堤的河水，在面頰上氾濫成災。

莉莉知道爸爸是個不哭的硬漢，天大的壓力，頂多蹙著眉頭嘆聲氣，然後像解結似的一股股把線頭解鬆理清。如今，爸爸哭了，而且哭得這般傷心，她瞭解一定是弟弟的處境給了他極大的衝激，男人有淚不輕彈，要不然，爸爸不會這樣傷心。

天將昏暗，黑暗像貓咪輕輕踏著步伐掩進屋來；過去，榮家每一扇窗戶都亮晃晃地閃爍著燈光，洋溢著歡笑，如今，歡笑逸去，燈光也不再灼亮，除了餐廳在晚餐時分應景般亮麗片刻外，榮德早把自己關在臥室的黑暗裏，只有莉莉守在書桌的檯燈下，追憶以往歡樂的日子，把深沉的痛苦一筆筆記入日記本裏。

莉莉撳亮客廳的吊燈，把三味剩菜端上桌說：

「爸，吃飯。」

「我吃不下。莉莉，還有酒沒有？」

「爸，你又要喝酒？」

「醉了爸就會忘記痛苦。」

莉莉想起爸爸喝醉時又哭又鬧的畫面，心都不免毛了，爸爸真的痛苦，要是不痛苦，他不會用酒精麻醉自己。酒不解真愁，痛苦是株生命力頑強的藤蔓，紮下了根，它便發芽滋長然後藤蔓糾結欣榮不絕，必須連根剷除才是解除痛苦的根本辦法，爸爸的想法是和尚的大襟——左了。

「爸，你不要喝酒好不好？喝酒不能解決問題。家已經破了，弟弟關在少年感化院，你振作起來，家還有救，你要是天天借酒澆愁，我們家可能整個要垮掉。」莉莉說到傷心處不由哽咽著說：「失去了媽媽已經夠不幸了，要是再失去爸爸，我跟弟弟怎麼能夠有勇氣活下去。」

女兒至情至愛的話在榮德內心發生了酵化作用，他把女兒摟進懷裏拍撫著說：

「孩子，沒有了媽你更懂事了，爸答應你以後不再喝酒，爸爸振作起來。來！我們開飯。」

* * *

榮德躺在床上，許久不曾闔眼。

夜色寧靜，寧靜得像個萬古洪荒的夜，沒有禽獸的跫音，沒有蟲豸的低吟，月色照在空曠的原野，一片淒涼，一片迷茫。

秀春沒離開他時，躺上床榮德就像冬眠般酣然入夢，驚雷不醒，氣得秀春總是猛搖著他罵：

「真是把家當旅館了，一上床就呼呼大睡，內心裏那還有妻子兒女。」

那時節，總覺得家是累贅，妻子的柔情蜜意是分負擔。他是男人，他要做隻蒼鷹，奮翼升空，搏雲擊日，翱翔於蒼冥之上，自由自在不受牽繫。直到與秀春分手後，加上事業失敗，原來擁有的全失去了，他這才感到當日妻子在家料理三餐、管教兒女，那分無形的安定力量有多大。每日回家，只感到每一間屋子全是寂寞與空茫，睡眠也不再與他發生親和力，夜夜失眠，夜夜在痛苦，悔恨與自責中煎熬到天亮。

都怪自己不好，總以為人世間每一顆心靈都善良，每一分友情都是信任和善意砌建起來的，誰知道世間事不是一道結論可以作概括，一件事可以從四面八方著眼，也可從四面八方下結論，何況是微妙難測的人心。

開得好好的一家百貨店，本來是穩賺不賠，儘管大百貨公司搶去不少顧客，「掠奪」不少生意，由於榮德採取穩紮穩打、薄利多銷的做法，基本顧客依然是榮德的熱情擁戴者；加上榮德做人誠信而又言談親切，老顧客常常拐彎抹角要找榮德做生意，十幾年下來，榮德不但建立了自己的信用和社會地位，也累積相當大的財富。

人往高處爬是人性的普遍傾向，誰也不願在現有的事業基礎上踟躕不前；尤其是社會上突破現狀、再衝刺的觀念，幾乎成為評定一個人有無作為的代名詞，榮德就在這兩個名詞的誘惑下甘願把存款提出來作轉投資。轉投資是累積財富的捷徑，問題在投資者看得遠看得準而又能搶盡先機。榮德沒有這項能耐，他只是一個單純的投資者，他缺乏世界性眼光和整體運作概念，一切仰仗黃泥芳幾位朋友，誰知道這本來就是一個陷阱，黃泥芳的目的不在真正拓展事業，他是以譎詐方式訛取榮德的資金。

榮德本來最會把持自己，但在酒色的誘惑和發財夢的麻醉下，他迷失了自己。

婚姻會解體，愛情會疲憊，當他發覺秀春厚實的表情和儀容比豔冶的桃沁差十萬八千里時，他的整個心靈和靈魂幾乎全為桃沁所佔住，一天二十四小時他有三分之一時間在桃沁的香閨裏溫馨度過。

男女間本沒有神秘的地方，差別在各自的生理不同，於是，彼此給對方蒙上一層薄紗，朦朧中把對方看得神祕而玄妙，愛情就在這種心理意識下產生了。

桃沁本來是個舞女而已，由於人塵歷練，使她學會了蠱惑男子的本能，一顰一笑，一個輕微的小動作，都使榮德難於抗拒，他真正成了紅榴裙下的俘虜。

秀春知道他的生活祕密，她好言規勸，疾言厲色跟他爭吵都不管用。酒不醉人人自醉，色不迷人人自迷，榮德自己沉迷不醒，即使是暮鼓晨鐘，也難使他幡然醒悟。苦海無邊，回頭是岸，離開苦海必須要自己回頭；自己要心甘情願往苦海跳，別人拯溺的援手和仁心那能發生效果？

秀春知道無法挽回丈夫的心，榮德在桃沁美色的蠱惑下更殷切希望擺脫妻子糾纏，然後以一個自由之身的男子與桃沁另組家庭，享受一位年輕女人肌膚之親和纏綿的愛，最後，秀春不得不噙著眼淚和結縭十五年的榮德協議離婚。離開家時，秀春摟著兩個兒女叮嚀。

「莉莉，弟弟年紀小，你要好好照顧弟弟。媽沒法子把你們帶在身邊，以後一切要靠你們自己。」

「媽，你不要走，我們要爸媽在一塊。」

秀春搖搖頭痛哭。

「不可能，你爸爸無情無義，說不要家就不要了，媽沒法子，不能不走。」

母子三人哭得像是自淚水缸爬出來一般難捨難分。

榮德跟妻子離婚是第一步錯了，等他以自由男人的身份去向桃沁報喜訊時，敲了半天門，才見桃沁衣衫不整跑出來，待他心存疑慮直往臥室衝闖之際，他看見黃泥芳正手忙腳亂在穿內衣褲，他瞄一眼，轉回頭直朝桃沁臉上「劈啪」兩巴掌罵道：

「臭婊子，天生成的賤貨……。」

桃沁朝榮德臉上吐了一臉的唾沫星子回道：

「我不是你太太，你憑什麼管我？我跟小黃又不是今天才開始，你現在才曉得，遲了。要說戴綠帽子，也只有小黃才夠資格，還輪不著你哩！」

榮德氣沖沖地離開桃沁，這是他第二步錯了。一星期後，黃泥芳帶著桃沁捲款逃往日本，這時候，榮德醒了，卻也真正垮了——財盡、妻去、家破敗，咎由自取，能怪誰呢？

＊　＊　＊

身敗名裂帶來的後果是灰心頹喪，再也振作不起來。

榮德有意重理舊業，繼續做他的百貨行生意，每當他想起自己噩夢般短暫日子，說失敗就失敗了，便不由自疚自責，難於自己。那時候，只覺得家是累贅，妻子是羈絆，妨礙了他大踏步前進，振翮高飛。待一切失去後，他這才憬悟人生最可依恃而又能抓得住的東西，就只有家的溫暖了。

等兒子彰楣因竊盜罪判入少年感化院感化一年後，他這才真正領悟自己的罪孽有多深重——敗了事業，毀了家，兒子也因父母仳離欠缺溫暖而犯下了竊盜罪。

那天，他去感化院看兒子，彰楣一見是他立刻掉頭就走，他痛楚的喊道：

「彰楣，爸爸來看你。」

兒子背對著他不作聲。

「彰楣，爸給你帶來許多好吃的東西，你看，有蛋糕、烤雞脖子、旺旺仙貝……好多好多。」

也許是食物引誘，他回頭睃了一眼。管理員推他一把說：「去呀！彰楣，爸爸來看你，當然應該要跟爸爸講話，你平常不時很想念爸爸媽媽嗎？」

榮德聽到這兒，不由心都碎了，都是自己惹的禍，害了孩子。

這時候，彰楣才挨挨蹭蹭地走向榮德，榮德蹲下地把兒子摟住，摸摸他的手和臉，發覺兒子右手生了兩顆膿皰瘡，他抓起兒子的手問：

「彰楣，這是怎麼回事？怎麼生瘡了？」

管理員從旁解釋道，「是疥瘡。」

「怎麼不治療呢？」

「有呀！我正要帶他去醫務所換藥。團體生活難免會受到傳染。最近，我們院方在大力撲治，一方面給患者按時擦藥，一方面洗滌寢具，決心徹底撲滅而後已。」

榮德忍不住心疼，秀春在家時，只要孩子碰破一塊皮，她會又打又罵又流淚好半晌，呵著護著像捧著兩隻剛出殼的雛鴿，小心翼翼，不敢大意。如今，她要是知道她的兒子生了疥瘡，內心不知如何痛楚！

「你在這裏過得好不好？」

彰楣點點頭。

「想不想家？」

「想媽媽姐姐。」一句話說完，就忍不住撲在榮德懷裏痛哭著責問：

「爸，你跟媽媽為什麼要離婚？為什麼不要我跟姐姐？」

榮德啞口無言，只有陪著哽咽流淚。

會見的時間到了，榮德把食物和日用品塞進兒子手裏。

「彰楣乖，彰楣勇敢，還過半年就可離開這裏，以後，爸會好好帶著你和姐姐。」

父子偎依一段時間，兒子頻頻回首要求：

「爸，你以後要常來看我，我好寂寞，下次帶姐姐來，我好想姐姐。」

兒子的一字一句就像一刀刀刺在心坎，鮮血和著痛楚淌出來，叫人無法忍受。

榮德在會見室呆呆的立了片刻，收拾起悲苦，然後怏怏地走出去，跨出感化院大門，不意恰巧遇上秀春，這意外的重逢，彼此尷尬片刻，榮德首先問：

「你來看孩子？」

「你見過他了，孩子還好吧？」

榮德搖搖頭，哽聲回答：

「彰楣個性強，他嘴巴不說，我知道他內心很痛苦，都怪我，我沒有盡到責任，我對不起你和孩子。」

秀春瞄他一眼沒答腔，她逕自往裏走，榮德在後面默默跟著。

母子會面，秀春一把將兒子摟在懷裏，心肝寶貝哭了好半天，當她看見兒子的膿皰瘡，再掀開衣服到處檢視，一陣悲從中來，又不免淚濕衣襟。

彰楣同時看到父母，原來一臉悽切的表情不由突然雨過天霽，他同時拉著父母的手說：

「爸，媽，你們以後一塊來看我，不要讓我見到媽又見不到爸，見到爸又見不到媽。」

榮德秀春同時對望一眼不曾作聲。

兩個人走出感化院，榮德問秀春：

「最近過得怎麼樣？」

「還能怎麼樣呢？」

畢竟離婚了，身體有了距離，心理也有距離。

「你要不要回去？」

「你是說回哪兒？」

「回家呀！莉莉好想你。」

秀春怔了一下，冷冷地說：「那是你的家，我回去幹什麼？榮德，你真有本事，居然能把好好一個家庭親手毀了，你真行！」

榮德低下頭暗自喊：「慚愧。」

*　　*　　*

第二天是星期日。

早餐時分，榮德跟莉莉說：

「昨日，我去看弟弟，碰見你媽。」

「我知道，媽昨晚在電話裏面跟我說了。」

「你媽說什麼？」

「她怪你不該把好好一個家毀了。」

「莉莉，我想把我們這個家重新組合起來。」

莉莉不解的望著父親。榮德繼續說：

「以前都是爸不好，逼著你媽跟爸離婚，現在我想親自跟你媽說，我們再結婚，重過以前歡樂的日子。」

莉莉腦子一轉，不由拍手贊好說：

「爸，這是個好主意，我陪爸爸去，我們一塊說服媽點頭。」

父女倆匆忙吃罷早飯，換好衣服，立刻乘計程車趕到羅厝，莉莉向外祖父母道明爸爸的來意，外祖父訓了一番女婿，頗諳事理的作結論說：

「為了孩子，父母兩個都應該做點犧牲，只是委屈了我秀春。榮德，婚姻不能當兒戲，這一次你可不能再作傻事了。」

「爸，我錯了，都是我不對，我以後再也不會對不起秀春。」

羅老先生把女兒叫出來，秀春堅決不同意，她指斥榮德說：

「我又不是貨品，你想要就買回去，不想要就退貨。以前你跟那個舞女要好時，你想想我勸過你多少？好話歹話都說盡了，你就是不回心轉意，現在財產折了，狐狸精跑了，你又想起我來了。我不同意。」

羅老先生打圓場。

「好啦！秀春，榮德已經知錯了，你就委屈點以家庭兒女為重吧！」

「家是他自己毀的，我憑什麼要為他作這麼大的犧牲？他要以家庭為重，當年他就不會那樣絕情。我以後嫁人，要找個有情有義的男人，不要找個無情無義的男人隨便嫁了。免得以後又當貨品一樣被退回來。」

羅老先生看見女兒損也損夠了，罵也罵夠了，便推推莉莉說：

「傻瓜蛋，你來說呀！愣在這兒幹什麼？」

莉莉摟住媽媽的腰，抽噎著說：

「媽，我們好想你，你答應爸回去吧！自你走了以後，我從來沒有笑過，一回家，整座房子冷冰冰的。就是因為沒有媽媽，弟弟才偷錢進了感化院，假如有媽媽管教和愛，弟弟絕對不會有今天。媽，你不為爸爸著想，也應該為我跟弟弟著想，你忍心看著我和弟弟成為一個破碎家庭的兒女嗎？」

秀春的心腸終於軟下來，剛才只是一時氣話，其實這一年多來，那一天不是牽腸掛肚兩個孩子，想到傷心處，她忍不住涕淚滂沱，不由幽幽一聲長嘆說：

「莉莉，為了你跟弟弟，媽答應你。」

莉莉不由興奮地招呼爸爸說：

「爸，媽答應了，你快過來。」

榮德欣喜地奔向秀春一把將妻子女兒摟進懷裏，呢喃不絕的說：

「秀春，謝謝你，謝謝你！」

＊　＊　＊

榮德跟秀春再婚那天，少年感化院特准彰楣回家參加父母的婚禮。

兩個人在地方法院公證人的祝福聲中蓋好章，然後一家人去海鮮店吃海鮮，親戚朋友坐了滿滿兩桌。最高興的還是莉莉和彰楣，一個破碎的家終因父母重新和好而修補完整。本來一臉憂慼表情的彰楣，這時節，似乎重新燃起了希望，拾回童年的歡樂，他充滿自信的說：

「爸，媽，還有幾個月我就要出來了，以後，我要好好讀書，做個乖孩子。」

秀春拍著兒子的頭鼓勵他：

「這樣才是乖孩子，以後，每個星期爸媽都去看你。」

「弟弟，你要加油溫習功課，免得趕不上人家。」莉莉叮嚀彰楣。

「我知道啦，我們院裏跟學校一樣，天天上課，算術跟國語考試我每次都考九十分以上，老師常常誇獎我。」

「彰楣懂事又知道用功，爸媽才高興。」秀春看一眼榮德，兩個人同時給兒子一個鼓勵的微笑。

新婚之夜，當然有說不盡的溫馨纏綿，而且是重續舊愛，那分失而復得的情感，更令榮德與秀春倍加珍惜。

第二天清晨，榮家再次響起榮德爽朗的笑語和高亢的歌聲。失敗了不能倒下去，倒下去要奮勇爬起來，秀春決心把私房錢提出來，她要協助丈夫重整舊業，從奠基開始，再度把「榮德百貨行」的招牌掛出來，讓它發亮，讓它響噹噹而且信用卓著。

嗚咽河

劉二嬸坐在河濱呼天搶地痛哭。劉二爺站在一旁猛擦眼淚。

江水滔滔，浪花翻飛，春梅的身影就在那縱身一躍後消失了。

一艘竹筏自下游艱難地撐上來，一線希望自劉二嬸心底昇起，她瘋狂地奔向河岸眼睜睜瞪著那艘竹筏靠近來，竹筏上的人漠然地搖搖頭嘆氣，那線微渺的希望隨即熄滅。接著小舟紛紛划回來，大家都是同一表情。

劉二嬸一陣劇痛嚙心，她喃喃地問：「連梅兒的屍首也找不到了嗎？」

逝者如斯，不舍晝夜，這就是答覆。

劉二嬸一聲絕望哀嚎，她突然朝江心一躍喊：「梅兒死了，我也不要活了。」

幸好劉二爺早有戒心，他一伸手抓緊二嬸的衣服。

「春梅的娘，你看開一點，春梅死了，我們還要活下去。」

早先，二嬸為想女兒忘了丈夫，直到二爺張口說話，她才突然想起女兒的死都是這老鱉蛋害的。怒火燒心，她一頭撞向丈夫哭喊著：

「都是你這個老混球把春梅害死的，你還我女兒來！」

劉二爺被二嬸撞退好幾步，穩住身子，兩手緊握著妻子哀哀痛哭。

「老伴，我也是為孩子好，誰曉得她想不開呢？你以為我不難過嗎？我心裏跟你一樣像刀在絞。」

二嬸看著老伴花白的鬚髮，半天時間就凹陷了眼眶，癟塌了肌肉，她不忍再責怪丈夫，只是倚在二爺懷裏哀哀不絕的哭。

天黑了，歸林烏鴉自頭頂掠過，留下聲聲悽惋的鳴叫。一羣絕望的隊伍自江濱拖向棗莊。

* * *

淒迷的燭光下，劉二嬸坐在春梅虛設的靈前藤圈椅裏傷心。燭光在深秋夜風中跳動，像是搐搦，一忽兒高，一忽兒低。她囈語似的低喊道：

「春梅，你回來，娘在這廂等你。」

夜風帶著幾許秋意的涼沁，加上牆腳蛐蛐哀婉的吟叫，愈益增加守靈夜的淒涼。

燭光似乎有意接受夜風挑逗，時暗時明，把二嬸的身影迷離恍惚地投在牆壁上。

二嬸迷迷糊糊似乎看見春梅笑盈盈走進屋來，她驀然立起身迎上去喊：

「春梅，娘在這裏。」

坐在一旁假寐的劉二爺和伺候二嬸的兒女媳婦忙不迭奔向二嬸說：

「娘，你回去躺一會。」

二嬸搖頭拒絕。「我要等春梅回來，她會回來的。」

大家無奈的互望一眼，心全是酸的。

「娘，你不能光想妹妹傷了身子，你也要為我們想想。」

劉二爺眼淚鼻涕合了流，他攙起老伴說：

「老伴，回房去休息。春梅脾氣倔，她沒想到我全是為她好，要是她堅持，我會點頭；這孩子就是那樣倔，二話不說就跳河了。她心裏要有一點孝心，不說我這個爹養她那分恩情，單是想到您這個做娘的十月懷胎，摟著護著二十幾年，臨最後還要白髮人送黑髮人，她也不該這般絕情，說跳河就跳河了。老伴，回房休息，我知道你傷心難過，你的身子要緊，可要為我和其他兒女振作起來……。」

劉二爺這篇道理或許多少扣住二嬸心裏的環節，雖然她依舊涕泗不絕的哭著，但卻默默地站起身，點燃香枝插在香爐裏，然後在兒女的扶持下走進房去。

* * *

第二日，天還只濛濛亮，沈管家就闖回來擂大門。

劉大少心養睡外廂房，他第一個聽見擂門聲，趕緊跑出去開門，只見管家沈重氣急敗壞撞進門說：

「小姐找到了。」

「在那兒？」

「蕭鎮。」

蕭鎮離棗莊只隔三里路距離，即使妹妹在浪花中浮浮沉沉，若是命定不死，當會有線生還希望。心養急著問實況：

「我妹妹──？」

沈重幽幽嘆氣，他把處理情形道出來作答覆。

「我把小姐暫時安厝在法華寺，打點好住持派人看守、燒香、唸經。」

心養長喟一聲，心全涼了，兩顆熱淚急急忙忙衝出來。

生死只是俄頃間事，妹妹前日還有說有笑，花樣的生命，光華燦爛；今日，便已人天永隔，花凋了，人死了，再也聽不到妹妹嘹亮的笑聲，看不見她花樣的容貌。古話說：「紅顏薄命」，難道上天真的妒嫉妹妹？

接著，劉二爺兩眼濕紅地走出來，心養把實情稟明後，劉二爺吩咐：

「僱人把屍首擡回來。」

「娘──？」心養耽心母親承受不了這分創痛。

「你娘見不到你妹妹的屍首，她更會傷心難過。人都死了，又能怎麼樣呢？花錢厚葬，讓你娘心裏安慰些。」他回過頭吩咐沈管家：「心養跟你去，一切有勞你了。」

「這是我應該做的，那敢說勞。」

自棗莊到蕭鎮，走路要翻兩重山，路途迤邐，三里間隔卻有七八裏之遙。坐船，順水而下，三里路半根香就到。心養辦事精細，他怕妹妹屍首擡回來披頭散髮，衣衫不整，讓母親看見更傷心，臨上船前，便把春梅生前的衣服鞋襪帶著，僱人替妹妹穿著打扮好，才乘逆水船將妹妹運回家。

二嬸一眼看見女兒仍然花朵般躺在門板上，只是沒有笑容和聲音，她怎麼也不相信女兒已經死了。事實終歸是事實，二嬸不信也不行，幸好左右鄰居千方比喻萬般勸慰，多少把二嬸的傷感分散一些；加上劉三爺花錢買了上好的柳州棺木殯殮，敦請釋道二教七天七夜唸經超渡，才讓二嬸內心梢獲平靜。十多天的鬧哄哄，終於把春梅殯上山。

生死是大事，生不榮死後卻哀，春梅像曇花一現凋謝了。她追求的是一分愛，她卻怎麼也料不到愛原就是場虛假，生前曾與她海誓山盟的淩明育，連來燒炷香都沒有，她以生命殉愛，她得到是什麼？一朵花謝了。

＊　＊　＊

不可能發生的事情卻發生了，淩家要為兒子淩明育完婚，對方是許家屯的二小姐惠秋。

劉二爺不聽這消息猶可，一聽到這消息，氣得直跺腳嘆氣，這算什麼？女兒為淩家孩子跳河，屍剛冷，心剛寒，淩家孩子卻與別家女兒要結婚了。

他一直覺得明育是位本分厚實的青年，對男女情感原就看得重，怎會說變就變？居然薄情呢？

他記得明育曾經直來直往求他：

「二大爺，我跟春梅一塊兒長大，一塊兒讀書，我們的情感厚，請二大爺答應我們的婚事。」

論人品，劉二爺頗為看重淩明育；論家世財富，他覺得不太合適，淩家是劉家的三代佃農，門不當、戶不對，這樁婚事多少有些彆扭。於是，他搪塞說，

「你們年紀還輕，過幾年再說。」

「二大爺，我跟春梅都二十三了，我曉得二大爺的心意，論家世，我是配不上春梅，可是，今天時代不同了，貧賤富貴，不應該影響男女婚姻關係。再說，我年輕，我可以努力，我想，我不會辜負春梅那分情感。」

劉二爺沉著臉不說話，他在內心盤算，我女兒不會嫁佃農兒子，廖千石早就差人來提親，放著一個千擔糧富翁兒子不嫁，嫁你，春梅將來吃喝什麼？我這張老臉往那兒擱？

淩明育一瞧劉二爺臉色不好看，也沒反應，他知趣的立起身告退：

「二大爺，我不會放棄這樁婚事。」

以後，淩家三番兩次託人來提親，劉二爺就是死不鬆口，春梅急，明育急，急到最後，春梅往河裏一跳一了百了……。往日，那種熱絡景象還在，淩明育說聲忘就忘了，現在又與許惠秋成婚。人心難測。也難怪，春梅已經死了，明育絕了指望，女兒癡情，明育寡義，他不另外成婚還等待什麼？

人真是一種寡情薄義的動物。

什麼人也不能怪，只怪自己不該送春梅去省城上大學，而且與淩明育是同班同學。

本來，春梅明育和許惠秋同時考上一所大學，春秋開學，他們三人結伴同行…寒暑假放學，又結伴搭船回家。因為有這層同學關係，彼此心裏了無芥蒂，你來我往，走得分外熱烈，誰曉得三年多相處，他們卻種下了愛苗。最不能諒解的是明育吃在嘴裏，看在碗裏，愛上了春梅，又勾搭上許惠秋，兩邊送愛，企圖一箭雙鵰。春梅剛瞑目，他卻高高興興做起新郎倌來了。

女兒死得不值。

劉二爺真是啞巴吃黃蓮，有苦說不出，發作鬧笑話，不發作一肚皮窩囊氣洩不出。心養兄弟可不這般好惹，他們召集堂兄弟，浩浩蕩蕩要將淩明育揪出來揍一頓出氣。剛出門，便被劉二爺攔阻住了。

「別去，我們家的臉丟得還不夠嗎？再鬧下去，輸理丟人，怎麼向鄉黨鄰里交代？再說，都怪我們春梅癡，要是提得起放得下，何至於害了自己那條小命。」

「淩家欺人太甚，我們饒不了他。」

「各自回家去。天理昭彰，報應不爽，我們饒了他，天饒不了他，要是老天有眼，他遲早會遭到報應。」

不過，劉二爺自己也感愧疚不安，要是當日爽快答應了這樁婚事，女兒絕不至於投河自盡。

＊　＊　＊

劉家這邊息事寧人不再生釁，淩家可是天下大亂。

淩明育自從得知春梅跳河自盡後，他幾度尋死覓活的鬧，鬧了多天，整個人像憨了般渾渾噩噩也不再吵嚷。

淩朝安以為兒子想開了，懸空的心才落實下來。加上許惠秋時常以同學關係來安慰開導明育、淩朝安與許天祿是老友，他想明育與惠秋是同學，要是讓他們倆成親，明育心裏一高興，與春梅那段感情，也許便可渾忘了。

這裏面，原就埋下一棵三角戀愛的種子，劉淩許三家大人都不清楚罷了。

原來明育與春梅相戀，惠秋又偷偷愛上明育，春梅一死，明育心中騰空了位置，惠秋正好遞補這個缺額。

愛情原非一廂情願的事，必須兩情相吸，兩心相悅，這廂嗡嗡作聲，那廂立刻如響斯應。在明育的心裏，除了春梅不作第二人想；惠秋則自以為可以轉移明育對愛的專注，改變他的看法；事實上，愛原就是貞固與堅執，真正的愛可以經得起海枯石爛，地老天荒；若是見色易心，換人移情，那還能算是愛呢？

淩朝安跟許天祿都把愛情看得簡單而單純，他們以為愛就是他們當年憑「媒妁之言，父母之命」撮合的兩個陌生男女，洞房花燭夜後，便毫無異議的廝守終生。所以，當淩朝安一提出他的想法後，兩個在酒盅中增長友誼的老友，一舉杯便無事不諧了。

這場婚事就這般簡單而輕易的作了決定。

* * *

淩朝安雖是劉家佃農，多年省吃儉用，倒也擁有一個小康之局，加之男女雙方都是大學生，這場婚事縱使不舖張，也得多花幾個子兒風光風光。

結婚前兩天，幫忙人紛紛進入淩家，幫著四處借桌椅板凳，安排遠客住宿。吃用食物也大擔小筐發貨進來，廚子師傅帶著烹煮器物，先期切切剁剁，益增洋洋喜氣。

新人洞房雖不及世宦之家那般富麗堂皇，卻也是該紅的紅，該綠的綠，床褥被帳，模樣嶄新。自前廳到後院，張燈結綵，入夜之後，燈燭輝煌，人聲鼎沸，熱鬧非凡。

許家為了嫁這個女兒，也是煞費張羅，箱籠櫃櫥，衣物首飾，該要的儘量置辦，經濟能力不及的，天祿夫婦也是想盡法子讓女兒臉上風光。

初冬伊始，薄霜微凝，不甘冷封的陽光總會在寅時前衝破青冷的天空，露出溫煦的笑臉。溫暖帶著喜氣，淩家顯得春蹤未至而春意早就鬧哄哄來了。

吹鼓手在廳堂三番兩次吹吹打打，高拔的嗩吶，清麗的喇叭，急點繁敲的鼓聲，沉鬱的鑼聲，鏗鏘爽脆的銅鈸聲，摻雜柔和，緩急相濟，合奏成一闋和諧而又動人心魄的喜曲。

吉時將到，花轎在兩支長管喇叭前導下，嗚嗚啦啦緩緩擡來；經過唐莊，一群年輕男女攔下花轎要看新娘，這是善意的鄉俗，媒人無奈，只好停轎開門，讓他們品頭論足一番。待他們捉弄夠了，轎伕長命令起轎。他唱：

「新娘看罷起轎行。」

第二個接腔道：「小心謹慎求平安。」

「前面就是新郎家。」第三個又唱。

「花燭夜裏情繾綣。」

這是積習相傳的讚詞。如果遇到過橋或岔道時，轎伕也有俚歌打趣：

「水聲急急流，」

「拱橋壓不住，」

「新娘翻身上。」

「潰堤決堰水亂流。」

「羞不羞？」

「羞！羞！羞！」

前面是岔路，轎伕又唱：

「轎到岔路人癡迷，」

「走左走右費猜疑，」

「不走左右走中間，」

「那股滋味甜蜜蜜。」

「誰個知道此種滋味長？」

「你沒能，新娘正在轎裏笑嘻嘻。」

一人一句，一語雙關的曖昧話，戲弄得新娘一面咬牙切齒，一邊是心頭癢酥酥。

淩家大姑兒孫滿堂，有福有壽，為了討個吉兆，她負責開啟轎門，啟門前，連撒三把米除去兇神惡煞，然後三請四催把新娘請出來。此時，男女賓客擁向客堂，七嘴八舌，喧嘩鬨笑，觀看新郎新娘拜堂成禮。

新郎倌淩明育早已頭戴雙眼花翎、呢帽、長袍馬掛，肅立紅氈左側。禮生喊：

「一拜祖先，二拜高堂，夫妻交拜，送入洞房。」

送入洞房後，交杯酒、掀頭蓋……一連串儀式，交相進行。這種簡單易辦的事，論理，行禮如儀就是，可是，淩明育卻是被人攙扶著完成的。惠秋自頭蓋側沿偷偷一瞧，不由得心驚的想：

「怎麼瘦成這個樣兒？癡呆呆像個木頭人。」

她無法表示什麼，內心卻在瀝血，愛難道如此割裂人嗎？自己內心那股辛酸誰能瞭解？長遠的日子怎麼好？

花燭夜靜寂寂的，吵著鬧新房的親朋戚友，在淩家兩老千祈求萬拜託下一個個知趣的退出去。新娘新郎也是靜寂寂地過一夜。

別人是春宵苦短，許惠秋則是春宵苦長。

＊　＊　＊

結婚完成了，惠秋心裏卻是一片空茫。

一個多月來，她伺候丈夫服藥、起居、飲食，病情一直沒有起色。

丈夫不時呢喃著春梅的名字。

愛不能詮釋，不是一加一等於二的東西，裏面除了自己微妙的情感波盪，尚有複雜心理的潮起潮落。明育愛春梅，惠秋愛明育，像是月亮追太陽、星星追月亮，一直在星路歷程中追逐不舍。愛的途程中復有許多波折，不是對方反應熱烈，就是外在因素橫加阻撓，摯愛的靈魂在百般煎熬中備受錘煉。

明育有時略為清醒，有時則懵然無覺，清醒時他拒絕惠秋的愛和關注；懵然無覺時，他把惠秋當春梅，綿綿情話，狂風暴雨般的生理摧折，在他另一種意識世界裏，他擁有了春梅，擁有天地間愛的全部。

惠秋內心的繭愈滾愈大，愈結愈厚，她衝不出愛的束縛，衝不開心理上的重重矛盾，她獻出自己的一切，得來的只不過是春梅的替身地位。

那天，當明育再度擁住她喃喃囈語時，她憤然地掙脫他，用力一巴掌摔過去喊：

「淩明育，劉春梅死了，你知不知道？我是許惠秋，是你明媒正娶的妻子。」

淩明育怔愕地退後一步，好像突然醒過來，怔忡不安地瞪住許惠秋喊：

「你是惠秋，不是春梅，春梅呢？」

幾番耳鬢廝磨，幾番無盡纏綿的愛，全是夢中雲雨，全是迷茫夜的突然火花碰觸，惠秋兩串熱淚淌下來，無限委屈的伏在床上飲泣；淩明育卻忽然一陣風般捲掃出去。待惠秋哭淨了憤激而想到丈夫此去何為時？她一陣狂喊追出去，卻不見明育的影子。

當日，淩家鬧翻了天，自下午找到夜晚，自夜晚找到凌晨，第二天，蕭鎮碼頭對岸發現一具浮屍，那就是淩明育；當惠秋奔到蕭鎮認屍時，她既內疚又傷感，既憤怒又痛苦——

她奉獻了一切，得到的是什麼？春梅追求的，淩明育追求的，她自己追求的，全是一片空虛，春梅明育和自己全都為愛所苦，為愛所害。愛應該是杯甜釀，不應該是杯苦酒，神給予他們的為什麼是這麼多眼淚和痛苦？愛的本質湛然而神聖，誰也不能代替，誰也不能佔有，只有彼此犧牲和奉獻才使愛堅執而完整。春梅和明育擺脫了人世而在另一個世界結合了，自己呢？除了毫無意義的獻出一切外，什麼也不曾擁有，失去青春的羞辱，獻出自己的羞恥，丈夫拋棄她的憤怒……一波波紛至遝來，陣陣黑暗掩至，她的思路壅塞了，父母、前途、學業、珍貴的生命，再也引不起她生的熱望，一時泫然，一陣酸澀，她什麼也不顧了，惠秋縱身一躍，只見水花飛濺，許惠秋便被激浪捲走了。岸上人全騷然鬨動，浪花滾滾，奔流不絕，儘管舢板全部出動救人，由於河水盡是暗漩激流，除了偶而看見浪花翻動衣衫的影子外，大家只有眼巴巴看著一個年輕的生命消失。

滔滔巨浪，奔競不絕，琤琮之聲，似在哀哀飲泣。

* * *

此後，棗莊流行一項傳說，相愛的人不能成親，相愛不相愛都種下了禍根——三屍五命。

春意鬧

把一對陌生男女合組成一個家庭，共同生活，上帝說：「這才是完整的生命。」我們世俗說是「婚姻」。

結婚，是人生中一樁非常奇妙而又美好的事。乾坤定矣！陰陽合矣！讓男女雙方相親相愛，攜手走過一生，甘苦與共，患難相攜。太古初民無知識，無禮儀，婚姻不從父母之命，媒妁之言，不懂行聘納采，謁祖合枕，當思春之齡到時，衾枕淒冷，沒有女人伴眠作炊，長夜漫漫，生活寂寞，只有搶個女人回家。搶婚不是為要結婚，只是搶個女人伴眠共枕而已。男人孔武有力，女人柔弱無能，一個不足，常常搶三五人不等。直到周公制禮作樂，婚姻大事才粗粗有個體制，同姓不婚，一夫一妻。帝王之家，權位特殊，法律制度不受約束，三宮六院，七十二妃，一個男人，可以濫權佔有數目不等的美艷女人；宮娥之中，尤多出色佳麗，一旦高興，隨時可以宣召侍寢，封她一個名號，給她一分月俸，用金錢和虛銜籠絡她服服貼貼聽任擺佈；不幸色衰愛弛，立刻奪去封誥，打入冷宮。帝王之無情寡義，濫權非法，道出其人性反不如禽獸恩愛。

男人素號強者，尤其是帝王之家，權掌生殺，統治權下的美女艷姬，全可當作蹂躪對象。此種婚姻，不叫做婚姻，只是皇帝憑藉他的權力，透過左右臣僚，廣徵良家美女，供他當作洩慾的工具而已。

時至今日，人權觀念已經甦醒，以前的三妻四妾，未免是蹧蹋人權的穢濁行為，自然遭到有識之士的唾棄與反對。偷偷摸摸討個一妻一妾者固或有之，而敢於不顧社會輿論譴責、明目張膽為之者則不多。一夫一妻制，已成為全世界共同認同的婚姻規範。

男大當婚，女大當嫁，這是人倫之始，也是人倫之常。兩個男女互相把生命交給對方，你生命中有我，我生命中有你，同甘共苦，白首偕老，這才是一個完整的生命。

人人在追求婚姻幸福，對個人來說，這是應享的權利；對國家社會來說，自然也是一分應盡的義務。

* * *

金生要結婚。我是先反對後贊成，現在，則是不斷催促他快馬加鞭把婚事「搞」定。

金生是我師範同班同學。讀師範，享受公費。農村德性儉樸收入低，讀師範省錢．當然子弟讀師範好。時當抗日戰爭後期，戰線拉長到湘、黔、桂之間，地方民窮財盡，公費常常不能如時撥發，生活之苦，苦得經常三餐不飽。等抗日戰爭勝利，兵災像洪水般蕩盡地方財產和物資，幸而美援物資多少可以解救一時之急，我們可以吃到洋芋牛肉丁罐頭、蕃茄醬。救急的東西不是常規補給，我們依然餓得頭暈眼花。

飢餓的滋味，今日的年輕人沒有這分噩運嘗試到。我們正當成長歲月，卻是把飢餓當正餐吃。餓得難以忍受時，我與金生幾位要好的同學，便去廚房撬開櫥櫃門「浮」一些美援奶粉、牛肉罐頭和辣椒粉燉大白菜吃，吃得全身大汗淋漓後才鑽進冰冷的被窩尋個好夢。第二日，廚房失竊，追查「竊」嫌，我們以飢餓難熬自首。最後，大名赫赫登在公佈欄上，以記大過留校察看作終結。

惡名雖然昭彰，畢竟飢餓人人忍受過，那種滋味煎熬得人心浮氣躁，頭重腳輕，名聲固然不雅，同情的聲浪仍然很多。

不知道是美援物資被人轉手了？抑是其他原因？反正是吃了很短一段時間洋芋牛肉丁罐頭後，不再見到美援物資。我們只有夏天吃南瓜、冬瓜；冬天啃白水煮蘿蔔過三餐，吃得人腸胃翻江倒海般難過。縣政府撥下的公糧，常常在中途短了數量，重重剋扣，層層剝削，只是苦了我們這些窮學生。貪黷是中華文化永難根絕的痼疾。

四年「苦」讀的日子終於結束，我們拿了一張畢業證書，這張證書證明我們「混」了四年。然後各自回家找教書飯碗，也讓我與金生建立起一生不渝的交情。

三十八年春天，局勢紛亂，我第一個離開教職，穿上戰袍。到了年底，金生也輾轉來到臺灣。當時，我的內心充滿著追求自由的烈火，金生則是逃離奴役的恐怖，由於我們這一不可預測的下注，我們終於贏了，等探親回家，得知許多卓爾不群的同學，忍受不了中共政權的精神迫害，一個個自殺作解脫。有些學有專精的同學，因為前途沒有希望，放棄自我進修的努力，甘願在中共框框裏苟延殘喘，現在也只不過是群斤斤三餐的田舍翁而已。政治緊箍咒往往把人的一生幸福和天賦才華全部扼殺殆盡。我們四十多年的離鄉背井付出了青春歲月，也收到相等的代價。

四十三年，我由生活艱苦的金門回到臺灣成功嶺，當時，成功嶺一片荒瘠，道路狹窄而崎嶇，我們排除萬難，著手大專學生訓練。金生則在花蓮，彼此之間，一年頂多通一兩封信，表示同學情感尚未死亡。

同學情感畢竟不是酒肉朋友，不見面，自然靈犀相通；常常聚晤，更多一分熱絡；是一分恒久而堅貞的友情。

四十八年，我先找到一位心目中的「佳麗」結婚，接著，金生也相繼成家。東西兩岸相隔一道中央山脈，我們內心仍有一脈汩汩流泉奔盪著同學情感。

* * *

時間催人老，歲月不饒人，記得少年騎竹馬，轉眼又成白頭翁。真的，我們弱冠從軍，怎麼一眨眼就該交棒了？青春不待，去得未免快速而無情；不得已，我與金生先後卸下軍職，做一個平平淡淡的老百姓。

金生住花蓮，我曾耳聞他們夫婦已經勞燕紛飛。離婚畢竟是樁不幸的事，我不好問，金生也不主動跟我談。

離婚後，三個兒女歸金生撫養。金生一生不酒、不菸、不嫖、不賭；他父兼母職，十多年來，他把點點滴滴的愛和金錢灌注在兒女身上。

一個沒有主婦的家庭，三個沒有母愛關懷的孩子，卻在充分的父愛溫潤下，個個成長正常，比一般孩子更能體會父親「倚門倚閭」殷望有成的苦心。

大兒子力爭上游，現在讀國立藝術學院研究所，在校時，我曾數度觀賞他的實驗演出，舉手投足，均能栩栩傳神飾演的角色。學識增深演技，演技驗證學識，假以時日雕琢，必能磨成偉器。老二工專畢業，正在獻身六年國建，白天頂著陽光工作，晚上補習，他要繼續讀大學。老三是個女兒，溫溫純純，像隻小貓咪，惹人疼更惹人愛，靜宜大學電腦系畢業後，現任某大財團電腦程式設計。令人訝異的是這三個孩子，不像出自一個父母仳離家庭的兒女，那分力爭上游，頂住險風巨浪的精神，叫人深深感到他們所獲得的父愛，比任何正常家庭的兒女更豐沛更溫馨；所以，面臨十多年「蛻變」的青春歲月中，不受誘惑和鼓煽，而能正常成長。

兒女大了，金生生活孤寂了，十多年無怨無悔的付出，他為兒女奉獻出金錢和生命，以後，他不再需要為兒女忙這忙那，清閒無為的日子將要怎麼打發？他有權利追求他自己所需要的生活。

＊　＊　＊

去年，金生遷居臺北，我與他相距十分鐘的路程，沒有事我便去他那兒閒聊半日。

有一天，他閒閒地跟我說：

「人俊，我想找個伴結婚。」

我的思想十分保守，一向以為有了兒女就有了一切，不曾意會到兒女一旦擁有自己的家庭時，這個老鬈父親的日子怎麼過？於是，我回罵他說：

「你神經病？結什麼婚？」

我跟金生的心理沒有牆，想說什麼就說什麼。

「你替我想過沒有？將來兒女成家後，我一個人孤孤單單過，一日有點小病小痛，誰來關懷我？」

這時，我才想到「人無千日好，花無百日紅」這兩句老話。鐵漢豪雄，都有倒下去的日子，何況是位普普通通的父親。

「兒女們同意嗎？」我問。

「就是三個孩子的意見，我才興起這個念頭。」

既然是孩子首先撤除心理藩籬，沒有顧忌，做父親的怎好拒絕這份美意。

我沉思片刻，故意開他一個小玩笑說：

「既然是孩子娶媽媽，我當然不能持反對意見。」

只是我想到這個對象那兒找呢？

去年年底，金生回湖南探親，他喜孜孜去，喜孜孜回來。金生是位篤念舊情的朋友，他到長沙後，四處打聽老師和同學的地址，然後電話聯絡，不辭跋涉一一去拜訪，讓他們確知情感與人性不是清算鬥爭能夠徹底洗乾淘淨的。他談過少數同學的得失浮沉後，忽然掏出幾張照片給我觀賞。其中一位雍容華貴的女人很叫人惹眼。

他說：

「朋友介紹的。」

我仔細端詳，除了姿容出眾之外，由她那抹淡淡微笑和凝立姿態，我肯定這是一位絕對優美絕對端重的女人。

這種好對象，不趕快展開追求，建立感情，組成家庭，那才是一個自暴自棄，不懂情愛為何物的粗魯男人。

我鼓勵他說：「打鐵趁熱呀！金生。」

＊　＊　＊

今年九月下旬，我由老家探親結束，住進長沙「芙蓉賓館」等飛機。金生也在早幾天到達長沙，他如約來看我。

那天，我正因下水道淤塞去醫院導尿，躺在賓館坐立難安。

金生跨進門就笑盈盈說：「我們又見面了。」

「差一點見不到面。」我懊喪的回答。

「為什麼？」

「我下水道淤塞，導尿。」

「又是老毛病發作。」

金生把呆立一旁的沈小姐介紹給我們夫婦認識。我記起她照片中的倩影，兩相對照，果真不是凡品，怪不得金生關山飛越要接續這分情愛，她就是他欲結百年好的那位女人。

寒暄之後，我們東南西北閒聊，我發覺沈小姐氣度嫻雅、性格開朗、熱情之外，還多一分湖南女子特有的溫柔；她不築心牆，事事敞開心靈接納別人；我和內子跟她初度晤面，卻有一分相見如故的親熱情感。

她是一位大專教師，在學校教會計、財稅等課目，這些年來，除教書之外，仍然不斷自我充實，自我提昇，由於學養豐富了她的生命內涵，反映到儀態舉止上，益見一分絢麗的華彩。可見一分學養、一分氣質的說法，原非虛話。

沈小姐原來也有一段不幸的婚姻，結束之後，她寬宏大量原諒對方，把整個愛心放在學生身上，把全部精力放在學問修為裏，青春溜走，她仍然是小姑獨處，不過，她贏得學生一致好評的好老師，同事心目中互助互愛的好朋友。

幸福一向在向人們招手，它不遺忘任何一個人，可惜有些人放棄，有些人拒絕，所以，他們失去了幸福。有些人，排除萬難，一生鍥而不捨追求它，雖然作了辛苦付出，他們終於與幸福四手交握，歡愉一生。尤其是婚姻，不追求，那來幸福可言？

幸福是一種創造，本來一無所有，假如自己巧思營運，便能創造出一分幸福；幸福看不見，卻實實在在掌握在自家手裏。

金生與沈小姐，就在雙方追求與創造中，初度爆發出火花，火花一現之後，旁觀的人看出一個幸福的實體擺在眼前，以後，還要依靠他們兩位用心塑造、磨光、打蠟，才能成為一件精製的藝術品。

我在冷眼旁觀，看著金生和沈小姐用怎樣的心情和精力去雕塑這幅藝術品？不要讓我失望。

時序已入初冬，春天的腳步，已然篤篤作響，步步逼近了。只要春天來到，自然是個熱熱鬧鬧的季節。

錯管他人瓦上霜

俗話說：「各人自掃門前雪，莫管他人瓦上霜。」在這簡簡單單十四個字裏，不知包含了多少深沉的感嘆情懷。

凡事能夠自掃門前雪，不失為一個守己盡分的人，無如人心是個大慾壑，有利的事想盡法子往自家身上撈，無利的事拚著老命往別人身邊推，見利忘義，佔盡便宜，一旦有事請他捐幾文小錢，盡一點義務，對不起，老子不感興趣。自家門前雪他是鐵定不掃，任它堆積如山，影響自家出入，也妨礙別人行走；他人瓦上霜更別妄想他能幫忙掃一掃。

由於這種自私心態的人太多，形成社會不少歪風惡習孳生不息，因之，凡遇國家大事，別人做好了，他認為千該萬該；一旦失著，他便放冷槍，施暗箭，冷嘲熱諷，指著人家鼻子罵，最怕自己不能一耙子把人打僵打死為恨；社會公益事業，更別妄想他能登高一呼作號召，或者略盡一分人情和道義，共襄盛舉。

我一直認為能夠「自掃門前雪」的人，應該算是一等一的好人，若是自家門前雪也不掃這類人物，雖非公然在蛀木潰堤，實際上，世道人心的敗壞，皆由此等人開始。

有人認為世間事的好壞等差，有時令人難以測其底蘊，許多人掃了自家門前雪，還熱心要管他人瓦上霜，管得多管得寬，結果是多管閒事多受氣，得罪了別人，自家頭上也被叮得滿頭包；滿懷熱情，被潑下一盆冷水，心灰意懶之餘，只有叮嚀自己此後只有「自掃門前雪，不管他人瓦上霜」了。

是非邪正？在某段時間或許錯亂倒置，時日一久，本然呈現，公道自在人心，做任何事只要出發點純正，即使錯管別人瓦上霜，因為心無愧怍，鬼神無欺，依然是個頂天立地人物。人人若能如此，社會清純正義之氣，便可沛然而興，長保不衰。人人活在一處淳古樸實的社會裏，熙和祥瑞，豈不是一分大福氣。

我出身農家，父母的身教言教，淘盡了我的頑劣之性；農村勤勞敦厚的風習，培養出自己一副敦厚純良的本性；與人相處，只看到別人優點，看不見別人缺點。即使面對一個大奸大惡人物，也常自他善良面著眼，原其罪愆，察其初心，事事希望別人好，不希望別人壞；數十年心性如此，行為如此，結果，我交了許多傾心吐膽的好友，也讓自家因為好管閒事而被罵得體無完膚。

最近，我就因為「錯管他人瓦上霜」，害得自己是——豬八戒照鏡子，裏外不是人。

*　*　*

話說我自臺中遷居臺北後，已是整整十六個寒暑，這十六個寒暑，讓人常常懷念眷村生活溫馨多情的一面，感慨臺北人際關係的冷漠和無奈。好在我一向是心性篤定，上班忙公事，下班讀書畫畫寫稿，雖然一無所成，倒也有分阿Q式的快樂。與鄰居相處，我不擔心心牆築得高峻巍峨。你不問我好，我偏要向你道平安；你不給我一張笑臉，我則硬讓你聽幾聲哈哈，因而左右鄰居之間，自然而然建立起一個比較純好的情感。

我們是棟老式四樓公寓，剛落成時，倒是格局新穎，內外整齊。由於建築技術日益精進，居屋設計力求空間充分利用，水準與歐美國家同步，別人的進步，迫使我們這棟舊式公寓宣告落伍。這時候，立刻出現兩種現象，有錢的大爺另謀枝棲，找高級住宅搬家；我們這些三餐尚堪溫飽的升斗小民，想換房子，無如收入不多，力不從心；兒女長大，自然顯得房子空間小，有人窮則變，變則通，打通簷廊擴大居住空間，我則是打通簷廊的經濟能力都不夠，只有將就居住。心想，能夠遮風避雨，在寸土寸金的臺北，不算大富，也算中饒，不是比月月為付房租而看房東臉色的無殼蝸牛略勝一籌嗎？

三樓魏家，生有兩位好女兒，同時讀臺北最好的女中；夫婦倆夫唱婦隨，勤苦工作，生活樸實無華，是一對感情彌篤的賢伉儷；與鄰居相處，溫言婉語，亦極和諧。

由於彼此是上下樓鄰居，大小事情總不免自窗戶門罅中走漏一點消息。其他人家管教兒女，上下樓辨聲聽音，自然大概瞭解是什麼一回事？反正是家家戶戶把零零碎碎的話語連貫推論，便能八九不離十知道一個譜。這真叫做肝膽相照，聲氣相通。

三樓另一家住的是林家夫婦，林先生曾任刑警組長，熱心負責，尤其對公共設施維護，煞費苦心，人也親和。也許是破多了案子的關係，做事態度多少有幾分霸氣。警察當然比我們這幾個寒素「芳」鄰的經濟能力好，林先生住了不到兩年便「鶯遷喬木」，換住臺北最好地段最豪華的大廈，以後，房子換了幾位房客，林太太一個懿旨，出售給一位姓符的年輕夫婦。

符先生在一家私人公司上班，太太則是一位中學教員，上下班同進同出，恩愛逾恒，像是一對翩躚飛翔的蝴蝶；最近，不曉得是符先生工作不得意？還是太太教書壓力重？反正是琴瑟失調，不太能聽到這對年輕夫婦情話綿綿的聲音。

魏太太管教兒女一向嚴厲，她的觀點是孩子的可塑性大，在成長歲月，如不灌輸他們一些生活規範，一旦受到誘惑，失去自持能力，都市大染缸的染汁，很可能要沾染到一點半滴。所以，我們經常聽到魏太太呵斥兒女的聲音，母女爭執的吵嚷。也像我一樣有鞭笞兒女的「前科」。

一天早晨五點多鐘，我正著裝準備上班，突然聽到三樓發出驚天動地的哭叫聲，淒厲之狀，可見哭叫者內心抗爭不服的情緒。

我的第一個反應便是「魏太太又在管教孩子了」。心想，兩個這樣乖巧好學的女兒，都讀高三了，他們也有尊嚴有人格，即使犯錯，可以誘導、溝通，何必使用拳頭和鞭子呢？打罵教育會把親情打得像殘花落葉，墜落泥淖，不再生機勃勃，唉！

* * *

都是愛管閒事惹的禍。

上班後，我人坐在辦公桌前處理公事，整個腦子卻洶湧起教育兒女的種種看法。

今日是個資訊發達而又金錢是尚的乖戾時代，錢能通神，也能通天，孩子們大多早熟，社會上普遍的金錢誘惑，色情陷阱，權力追逐，毒品氾濫，聲光刺激，價值觀念失衡，使他們不像我們年輕時一樣單純樸質，也使他們有無所適從的感覺。要避免兒女受污染而墮落，除了父母必須以身教代替言教，讓他們有所遵循外，平常更應多瞭解、多溝通，對他們的生活方式、朋友來往、志趣嗜好，以及心靈淨化、意志鼓舞，在在都要使力。

魏家夫婦把兩個女兒同時送進臺北市最好的女中，說明魏家教育成功。但動不動大聲喝斥，甚至實施體罰，以兩個已經十七八歲的大小姐來說，心性大體成熟，即使母女情感無間，一旦逼急了，依然會出問題。

想著想著，我覺得事態嚴重，非要為魏氏夫婦下說帖不可。

腦子既泛起這陣波濤，內心就有一種「拯人水火」的義烈情懷，我不入地獄誰入地獄？我不說服魏氏夫婦讓女兒在一處幸福溫暖的環境成長，沒有第二個人能肩負起這個責任。

我的湖南官話一向缺少說服力，而且我對話語的組織力常常輕重倒置，每每與人溝通，不是辭不達意，就是絮絮不休，大的方針遺落了，枝枝葉葉的事反而一再重複，結果原意盡失，造成溝通不良，收到反效果。

怎麼樣把我的意見告知魏家夫婦？及時拯救他家女兒出苦海？思慮半天，我只有採取「上萬言書」這一途了。

好在當日公務清閒，於是，我把卷宗堆砌桌子右角當掩護，偷偷攤開信箋，振筆疾書，為魏家夫婦上諍言，替他兩個女兒請命。我把我管教兒女的意見告訴魏太太說——

教育兒女，如同培植樹木，期待它慢慢成長，但不可能在一朝一夕之間成長為棟樑之材。

今日，孩子們由於不斷接受各種資訊，他們有他們的理念和行為模式，做父母只能從旁指導，告訴他們何者為是？何者為非？不能把我們的思想觀念和行為模式套在他們頭上。

今日不是從前，未來不是今天，局勢如何變化？誰也無法逆料，當我們的力量尚堪為兒女營造一個溫暖的環境時，做父母的應當盡力讓他有段溫馨的童年和幸福的成長歲月。

教育兒女不能使用激烈手段壓抑他們的思想，父母應當像大禹治水，疏導淤塞，使其暢通，若是一味堵塞，一旦蓄積太多，反而會氾濫成災。

溝通比說教的效果好，啟迪比打罵更積極。告訴孩子如何辨別是非黑白，讓他們自己去判斷去抉擇；只要不為非作歹，禍害國家社會，可以原其小過，必須責其大非。

打罵會使人一天心情不佳，也會造成他們失去自信心，進入學校，由於心裏陰霾不霽，他會拒絕與同學交往，形成孤獨；聽課也不能專心一志。一旦踏入社會，由於長時間的陰影鬱積，可能會失去自信心，進而影響他處理問題，應對複雜環境的能力。

當兒女心智剛剛成熟時，反叛性特別強；父母出於愛心的過分要求，他們不能理解，也不能接受，甚至可能視為是一種壓力，不但不感激，反而會感到家庭冷酷，缺少溫暖。如果得不到適當疏導，往往以行為乖張、曠課逃學等作反抗。許多問題青少年，就是在這種情形之下走向偏鋒。

……

下班回家，我把信投入魏家信箱。

在內心裏，我覺得這是善事一樁，感到愉快而得意。趁著老伴弄晚餐時分，我沾沾自喜告訴兩個女兒。這兩個黨母叛父的阿諛分子，當頭潑我一盆冷水說：

「爸，你真是多管閒事，別人家的事，你管這麼多幹嘛？」

「我總不能眼看著好端端兩個孩子，天天遭受責罵，影響他們的成長。」

「做父母不能管自己的兒女嗎？」

「當然可以管，管的方法過分便會影響兒女成長心理。爸等於是在做善事。」

「行善不是叫你去斷人家的是非。老爸，媽知不知道？」

「我沒跟她說。」

兩個女兒笑嘻嘻互望一眼說：「要不要跟媽說一聲？老爸做了這樣一樁大善事，媽要知道，會樂得跳腳。」

「不行，不行。」我趕忙搖手制止。我家老伴是一個「自掃門前雪」的標準女人，最怕招惹人家是非，名義上是凡事不要得罪人，別與人起紛爭，實際上等於鄉愿，是非不分，邪正一體包容。一旦讓她知道丈夫可能為家庭埋下一顆地雷，一時火起，不是地球塌半邊，也可能是乒乓乍起，以後幾天不得寧日。

* * *

一連幾天，魏家都很寧靜。

我內心覺得特別寬慰，魏家兩位千金，終於因為我的一封諍言信，而脫離了父母的高壓統治。

我一生不信鬼神不信教，我以為憑良心做人憑良心做事，出處進退，光明磊落，比被教義拘著更能裨益世道。佛書上說，行善不一定要施捨錢財，或者燒香拜佛，能夠一言出人於罪惡，解人於倒懸，甚至促成父慈子孝、夫婦和樂，那就是一樁大善行。我出魏家小姐於父母管教的桎梏，不也是一樁善事嗎？古人說：「行善最樂。」那兩天，我真的精神奕奕，內心充滿了快樂。

一天晚上，我下班剛跨進客廳，小女兒快快告訴我說：

「老爸，以前魏家兩個女兒看到我都叫『侯姐』。今天，他們跟我面對面走過，居然把臉別過去不理我。八成是你那封信闖了禍。」

「怎麼可能呢？我在幫她又不是害她。我想，可能是他們不好意思。」

小女兒冷笑一聲不與我爭辯。

每天上班，我會偶然與魏家兩位千金同車，一天，我又與他們同時上車，根據往日經驗，兩姊妹會老遠笑盈盈喊：「侯伯伯」。那天，兩個孩子都裝作視而不見，一上車，便把兩隻眼睛盯住車窗外，對我不理不睬。

我身子坐在車座上，心卻隨著車輪滾動而顛簸不定。根據孩子的行為反應，我雖然想出各種理由寬慰自己，內心依然忐忑不安，那封出於善意的諍言信多半出了問題，要不然，……孩子說得對「管別人家的閒事幹嘛？」

昨天，下班路上不塞車，比往日回家時間早。老伴把晚餐弄好，便帶小狗出去散步，讓我們先用晚餐。我有一種壞習慣，就是用大碗盛好飯菜一面看電視新聞一面吃飯，咬蘿蔔，嚼菜根，感到菜飯格外清香。

以新聞伴晚餐吃了一半，小狗高高興興回家，老伴卻在門口與人絮絮聒聒談個沒完。

老二下班回家，一進門就給我一張詭異笑臉說：

「爸，你是大禍臨頭了。三樓魏媽媽正在與媽談你給她寫信的事。」

我的內心不由一涼。老伴的個性我瞭解，武則天、慈禧是她拜把姐妹，江青毛婆是她表姊手帕交，武斷專橫，不輸上列三位名女人。結婚三十五年，我受了三十五年的高壓統治，今日為她捅了一個大漏子，不人頭落地，八成也被罵得狗血淋頭。幸好上蒼保佑，老伴回家沒發脾氣，反而笑盈盈問我：

「你給三樓寫些什麼？」

底牌已然揭穿，想隱瞞也不可能。於是，我源源本本把事情經過陳述一遍，老伴先是點頭，到最後，臉色突然一板說：

「你是三餐飽飯撐得慌，別人家的事，與你什麼相干？」

「我是一片好意。」

「好意，什麼好意？人家魏太太對兩個女兒一向毫毛都不願動他們一根。那天早上哭喊的聲音，是三樓符家那對年輕夫婦，你張冠李戴，拉扯到魏家頭上，人家不找你算帳，算是你走狗運。」

我一下愣住了，原來自家「亂點鴛鴦譜」，怪不得魏家兩位女兒怪罪不理我。

一向與母親「朋黨為奸」的女兒，只管坐在一旁冷笑，笑岔了氣，仍然幸災樂禍說：

「老爸，你一生最愛狗拿耗子，多管閒事。這一回，可真錯得離譜。管閒事，落不是，看你以後還要不要管人家的家務事？」

我像一隻鬪敗的公雞，垂首斂翼，頹喪不堪，理雖直而氣不壯，想為自己作辯白，卻不知找什麼話來武裝自己。窩囊，怎麼普天下的窩囊事都讓我做了？

俗話說：「解鈴還是繫鈴人。」這樁事既由我好管閒事所引起，好在我未帶半點惡意，仍然由我向魏家夫婦賠個不是才能化解。我天天盼望與魏家夫婦不期而遇，總因不是他們早出就是我晚歸錯過了，盼著盼著，終於在第五天下班時逮住這個機會，我見魏先生發動機車，猜著魏太太立刻會下樓，於是用閒話纏住魏先生，一俟魏太太出現，立刻打開笑臉說：

「對不起，魏先生，魏太太，是我弄錯了，非常對不起。」

大家心照不宣，自然瞭解是怎麼一回事。

兩夫婦內心可能不是滋味，嘴巴上還是寬慰我說：

「我知道侯先生純粹是一分善意，我跟兩個孩子說：你看，侯伯伯這樣關心你，以後千萬要好好讀書，不能辜負侯伯伯的好意。侯先生，大家都是好鄰居，應該這樣關懷才對。」

我內心的不安，暫時平靜下來，不再感到愧疚，反而覺得善有善報這句話，果然有些道理。不過，魏太太最後撂給我幾句話說：

「侯先生，三樓聲音大，不一定是我們家。好在這一次我們跟侯先生講清楚了，以後，三樓如有什麼爭吵，侯先生不要誤會是我們在虐待孩子才好。」

魏太太話中有話，我像突然自雲端跌落在地面，跌得粉身碎骨，意識全無。我問自己：

「以後還要不要去管他人家的瓦上霜？」

畫夢

畫夢原本絢麗，未瞑即以覺醒，青燈木魚悔從前，不再計較愛恨。

洪武元年，朱元璋即皇帝位，國號曰明。

朱元璋原有兩個心腹大患，一為據守湖廣江西的陳友諒，一為擁有浙江、江蘇等地的張士誠。陳友諒在鄱陽湖一場翻天揭地水戰中中矢身亡；張士誠也在朱元璋大將徐達窮追猛打中於平江被執，原來只三分之一登基稱帝希望的朱元璋，兩大心腹大患盡除，於是朱元璋高枕無憂登基稱帝了。

朱元璋深知民間連年兵燹，早澇交侵，供糧輸賦，疾苦不堪，乃以免稅減賦，希望蘇民生息；徵召老成才智之士輔襄朝政，以求大治。

洪武三年，朱元璋頒詔曰：

漢唐及宋取士，名有定制，然但貴文學，而不求德藝之全。前元待士甚優，而權豪勢要，每納奔競之人，夤緣阿附，輒竊仕祿；其懷材抱道者，恥與並進，甘隱山林而不出；風俗之弊，一至於此。自今年八月始，特設科舉，務取經明行優、博古通今、名實相稱者；朕將親策於廷，第其高下，而任之以官使。中外文臣，皆由科舉而進，非科舉者，毋得與官。

次年，乃沿唐宋選舉制度舉行科舉考試，各地學子得悉會試消息，紛紛首途南京，企圖通過考試，揚眉宦途。

時江西鄱陽李文閣，年將弱冠，才學品貌，在當地皆列第一。其父李遠忬，原為元朝吏部侍郎，為官一生，也積得不少家私，年歲日長，眼見朝政日非，民生疾苦，盜亂四起，復又忸於漢蒙種族不同，建言建策，均無補國計民生，宦途雖顯，內衷不懌，乃辭官還鄉，在鄱陽柴屋里舊居增建新屋，早晚面對湖水船帆，晨靄夕霞，吟詩寄情，忘懷俗務，頗為怡然自得。

陳友諒駐軍鄱陽時，曾欲徵召李遠忬共成大業。遠忬宦海浮沉數十年，看透人情冷暖，灼知宦途險惡。一聞陳友諒徵書送達，立刻自後門逃往匡廬，躲在一位童年老友中，直至友諒中矢而亡，六十萬大軍全部潰滅；朱元璋大勢底定登基稱帝後，才悄悄回家。

朝代更迭，只有政軍兩界掌權人物頗受影響。民眾劫後餘生，能享有一種新局面和安定環境，也就不管你坐江山的姓趙姓朱？家庭重起爐竈，事業也重起爐竈。

李遠忬生有兩男一女，大兒子棄文從商，遷徙南昌成家立業；女兒業已出閣，剩下膝前這位小兒子李文閣，不願他墜落家聲，斷了李家書香世家傳統，自小就教他四書五經，詩詞歌賦；文閣天生穎悟，記憶力強，不論何書，一經父親講解，過目立刻成誦，雖然只有十八九歲年紀，腹笥所藏，胸中所積，真個筆掃千軍，胸藏萬卷，足躡風雲，氣沖斗牛。鄉試之日，文閣如期入場，經義策論，順手拈來，有如桃李迎春風，一經催化，立刻姿容煥發，滿樹艷色。放榜之日，果然高中舉人。李家上下，無不歡呼稱慶。李父深恐文閣初得功名，新朋舊友，會詩會文，往晤頻繁，誤了學業，會試不第，影響兒子前程，乃向「寒蟬寺」方丈商借得禪房一間，安頓兒子讀書，一日三餐，委由寺廟供應。

寒禪寺位於鄱陽湖南岸，峯脈自匡廬迤邐而來，至此恍如蒼龍飲水，頗為壯觀。傍山建寺，寺宇巍峨，前後三進，層層高聳；左右延伸，有如落雁展翅，次第分明；前臨浩淼湖水，背倚蒼巒萬重，早晚鳥唱禽鳴，雲興霞舞，真個是景色如畫，人與景融。

文閣在此讀書，心境格外愉快，晝夜披覽經籍，吟哦詩賦，進境尤其神速；琅琅書聲，為山間撞破多少寂寞。

寒禪寺旁邊原為寒士陳策顯住屋，數間茅椽，種秫植稻，栽蔬鋤果，陳家三口倒也過得怡然自得。

陳策顯原籍星子縣，儘管飽讀詩書，因為時運偃蹇，縱然累敗累戰，不幸命運弄人，總是累試不第。鄉裏人氏有同情他命運不濟的，有恥笑他才學不足，徒有虛名，落得老年白丁，皓首寒素。為了逃避鄉裏人氏恥笑，他便領著妻女在寒禪寺前落腳，墾地種稻，伐木造屋，閒時課女為樂，絕口不談出仕事情。也算是一位行止高蹈的隱遁之士。

陳家小姐，小名碧翠，雖為女兒之身，卻是性格灑脫，十餘年山中生活，少與塵俗往來，養得言行舉止一派天真，心如不設防之城，性如不拘繫之鹿，盡性隨心，不知人心險惡為何事。

那天，碧翠路過寒禪寺，陡聞吟哦之聲自室中琅琅傳出，一時好奇，便探頭向裏一望，只見一位光鮮儒士正伏案窗前讀書。外明裏暗，碧翠身影不免遮擋住幾分光線入內，文閣擡頭一瞧，四目相觸，兩個人不由同時一驚。碧翠心地單純，一向未受塵汙，不由莞爾一笑說：

「公子讀詩經的聲音，抑揚頓挫，鏗鏘有力。」

一個是無心道出，一個是有意諦聽。山間女子一聽吟哦就知在讀何書？自然不是傖俗脂粉。尤其剛才那嫣然一笑，齒如編貝，眸若曉星，紅如蓮花雙頰，聲似鶯啼曉春，眉宇間自有一股風流魅力。文閣平日交往，不是同窗，就是姑表兄弟，那見過如此貌比花嬌，復又言行毫不矯作的女子，一時心旌動搖，恨不得飛身窗外，把她瞧個裏外透明。

碧翠瞧他這副窘態，心無城府一笑問：

「我跟你說話，你怎麼不答話啦？」

文閣這才如夢初醒，趕忙隔窗一揖問道：

「姑娘貴姓何名？家住何處？想必也曾讀書識字？」

碧翠手指山右茅椽說：

「就住那廂，我叫碧翠，自幼跟家父讀書，我父親也是一位讀書人，公子有空，請來我家喝茶。」

「在下叫李文閣，幸蒙相邀，有空我當專誠拜訪。」

碧翠向他回眸一笑。「我要回家了。」然後飄然而逝。留下文閣怔怔地像截木頭立在當地心神不知何屬？

文閣在家，姑表姊妹相見，彼此拘著一個男女授受不親禮法，不是遠遠一笑，就是根本避不見面，閨閣深重，男女防嚴。那像這位女子山野田陌到處奔跑，笑語行止，天真無鑿，儼若山野間一朵閒花，不需人刻意培護，也不為他人欣賞而綻放，閒開閒落，自然芬芳。

當日下午，李文閣整理衣衫，悠然踱出寒禪寺，意欲拜訪碧翠父母，行至半途，忽然一陣山雨襲來，把他困在一棵樹下進退不得。山中氣候，變幻無常，晴時艷陽高照，清風徐來，減卻幾許暑意；一旦雨來，陰雲四合，有如潮湧浪捲，翻騰洶湧，雨勢便一發不可收拾。文閣本想冒雨回寺，無奈雨勢正烈，而且雷電交作，無法動步。適在此時，忽然一位肩鋤戴笠老人也來樹下避雨，交談之下，原來正是碧翠的父親。老人脫下簑衣讓文閣披上說：

「權去寒舍歇息避雨，等雨勢停住，再送你回寺。」

陳家離避雨處只數百步遠，一陣急步，立刻到了，跨入門檻，陳策顯招呼碧翠奉茶，碧翠走進客廳一瞧，不由四目相交，像是膠漆黏住般彼此都有些失態。陳父看在眼裏，內心雖有些不悅，也不由警覺到女兒已經長大了，應該給她找個婆家讓她享有自家的青春生活。

碧翠奉茶後，眼見文閣衣履盡濕，不待父母吩咐。立自室內捧出父親一襲衣帽說：

「李公子，你把衣服換下，待我替你烘乾再穿，免得著涼。」

碧翠體貼入微，文閣內心極為感動，男女情懷，竟有如此微妙感應，雖然再三婉拒，終經不起陳氏夫婦勸說和碧翠脈脈柔情的鼓勵，只好換下濕濡衣服，讓碧翠捧去廚房烘乾。

陳策顯飽讀詩書，雖曾考場失意，學問根柢不衰，這會兒與李文閣談文論藝，有如黃河之水天上來，滔滔漭漭，無際無垠；李文閣也是雄辯滔滔，學有所本；一個是傾慕對方是飽學宿儒，一個是贊許對方少年有成，心與心契，情與情融，老少兩人談得心情大悅。當下，陳夫人便在廚房整治山蔬秫酒，挽留李公子在家晚餐。

此後，一老一少，往來頻繁，碧翠與文閣的雙雙儷影也常在山陬水涯中出現。

男女情竇，有如一樹桃花，春風未至，春雨未來，滿樹生意全被嚴冬酷寒制勒；一經春風春雨催發，立刻生意盎然，繁花滿樹。

碧翠十幾年山中生涯，只有父母呵護，那曉得男女情感有這般神秘奧妙。李文閣長年與詩文為友，也難理解少女柔情竟是如此旖旎溫馨。兩個年輕人月下相約、水湄敘情、山林幽會、談詩書、論文藝、講古道今、心契情投，直把日子過得像是醇酒芬芳、醉步踉蹌。

這樁事被李父偵知，想到會試在即，兒子卻陷入男歡女愛中，一旦誤了孩子前程，單有如花美眷又有何用？他把此事拿與夫人商量，夫人嫁雞隨雞、嫁狗隨狗，凡事不強作主張，只管蹙眉喟嘆。最後，李父作了決定。

「陳家閨訓不嚴，才讓女兒野性難馴，好人家的女兒會關在閨闥描鸞繡鳳，那會與男人牽扯不清。為了莫誤了兒子前程，明天派人把文閣接回家讀書。」

「聽說陳家也是書香世家，陳先生學問極好，只是命運不濟，未有功名。」夫人表示自己的意見。

「現在孩子還小，若是訂下親事，孩子眷戀情愛，那還有心情參加會試。」

李夫人無話。次日，家人去寒禪寺接公子，文閣知道父命難違，滿口應諾，答應次日一早起程。

當夜，他把此訊告知碧翠，碧翠愕然問道：

「李郎，你這一走，我們何日可以見面？」

「待我高中後，我會稟告父母，娶你為妻。」

「你富我窮，你是官宦子弟，我是寒家女兒，世俗的門戶不當，阻撓了多少有情男女的婚配，我們那有可能匹配。」

碧翠早已料到結局，只是人在情網中，總難頭腦清醒，毅然擺脫糾纏。李公子復又信誓旦旦。

「碧翠，請你放心，一切都由我自己作決定，我不會辜負妳。」

碧翠仍然搖頭無法置信，李公子立刻向天地深深一拜說：「皇天后土，如果我李文閣辜負了陳碧翠的感情，我會遭受天譴。」

陳碧翠趕忙掩住李公子嘴巴說：「李郎，我相信就好了，何必起重誓。」

一個是真心相愛，一個是委心相從，一個是情不自禁，要強摘嫩蕊，一個是半拒還迎，甜言蜜語，兩情難禁，這對小兒女終於做了成年夫妻那種勾當。

一別半載，碧翠身子有了變化，陳家夫婦追問之下，才知是李公子的孽種。陳家夫婦只此一位女兒，平日疼愛逾恒，今日踰越禮法，打罵都覺心痛，只怪夫婦倆平日疏於教導，尤其男女關防，不曾教她如何自處。陳父幾次去尋李父商量，李家深宅大院，侯門似海，都被門房擋駕不得其門而入。要想大鬧李府，李公子遠去南京，無從對質，而且既失讀書人身份，也怕張揚出去，有損女兒顏面，只得悒悒回家，安排女兒待產，一切待文閣考後回來再議。

李公子闈場得意，會試中式，殿試高中狀元，並授職翰林院。

新科狀元，人人妒羨，朝中大小官吏生得女兒的，都想招為郎婿。時胡惟庸以曲謹當太祖意，寵遇日隆；汪廣洋他遷後，胡惟庸以右丞相進為左丞相，生殺黜陟，權傾內外。他心愛李文閣一表人才，日後欲收為己用，乃以次女妻之，胡惟庸位高權重，他招女婿，李文閣不敢不從。李文閣天子門生，丞相女婿，這份榮寵，人人羨煞。婚後未久，偕從新婚夫人衣錦還鄉，一路上鳴鑼開道，官吏迎送，說不盡的意氣風發，道不盡的富貴榮寵。

李公子還鄉後，本想急去寒禪寺探望碧翠，無如新婚燕爾，夫妻情愛溫馨，且懍於胡惟庸權傾朝野，不敢惹惱新婚夫人，誤了一生前程。要想置舊愛於不顧，心中亦覺不忍，天人交戰，便這樣躊躇未決。

一日，新婚夫人要去寒禪寺看夫婿當年下帷苦讀所在，順便拈香，李公子不得不曲情奉陪；儀仗前導，家丁護從，一行人吹吹打打抵達寒禪寺。此時，碧翠正在臥房養息，一聽鑼鼓喧天聲，開窗一瞧，全是官家排場，打聽之下，才知是李文閣高中狀元衣錦還鄉，今日帶領新婚夫人來寺拈香，碧翠一慟踣蹶，切齒恨煞李公子薄情寡義，有了新歡，忘了舊愛，當日的山盟海誓，全是一片虛情假意。更恨自己年幼無知，將一個白璧無瑕身子，任他玩弄糟蹋。原以為他考場得意，自己終身有託，誰曉得晝夢一場，落得自己辱身失貞，清白被玷，最後一無所有，家裏還養著他一個孽種。

李文閣探親假滿，率從夫人回朝任職。

碧翠左思右想，對人塵早無眷戀之心，暗忖與其為情所苦，何不超脫情關，遁棄人塵，早晚青燈木魚，以求內心清淨，修個來世。一經決定，心下立刻坦然無累。一天，他將兒子交與母親說：

「父母年老，女兒本要終身侍奉雙親，無如女兒無知，犯下一生大錯，招得親友恥笑，連累父母受辱，自己也無顏立於人世。女兒已與寒禪寺主說好，從此剃度為尼，清心修省，以贖罪孽。」

「兒呀！」陳母哭得淚人般。「不能怪你，只怪父母太寵你，不曾教導你厲害關係，你千萬莫離父母而去，我們帶著小閣，無忮無求，也能快活過日子。」

陳父也是淚眼婆娑規勸不休。

「碧翠，我們把小閣養大，李家不要我們要，家裏多個孩子也多一分歡樂。為父考場失意，一生潦倒，你再出家，父母年邁，帶著一個尚未周歲的外孫，活著還有什麼生趣。」

碧翠扯下頭巾，只見三千青絲一根未留，早已剪淨。她向父母拜了三拜說：

「女兒已經下了決心，請父母不要挽留。女兒不孝，不能侍奉父母天年，待來生再報答父母養育深恩。再說，寒禪寺近在咫尺，父母想我，可以去寺看我；我想父母，也可隨時回家。」

說罷，立起身，無怨無悔地向寒禪寺走去。

陳家夫婦知道事已至此，無法挽留，只有抱緊剛將周歲的小閣流淚不止，聽任女兒而去。

洪武十三年，胡惟庸謀反事發被誅，坐誅者三萬餘人。李文閣本當在坐誅之列，以未與預謀，罪證不確，僅被貶為庶人，交由地方官吏看管；一場榮華美夢，未及十年，即已破碎。李妻以父謀反被誅，痛楚之餘，亦自經死。李文閣孑然一身還鄉，此番已無十年前還鄉風光，他幾番省思憬悟，這才悟得宦途險惡，人生如夢，想到當年與碧翠山陬水湄談情論文的情景，方知山村田野中才有人生真趣，毋怪乎陳父絕意仕途，隱遁山林。李文閣想到此點，立刻走訪陳家，陳家夫婦牽著一位乖覺巧慧的孩子說：

「這就是你的兒子。」

「碧翠呢？」

「十年了，李公子，你才想到碧翠，你也未免太薄情了吧！碧翠已在寒禪寺出家。」

李文閣放下孩子，飛身跑去寒禪寺找碧翠，碧翠拒不見面，李文閣苦苦央求只見一面，碧翠央人遞給他一首詞道：

人生百年終盡，情愛原於欲生，
山盟海誓春花謝，榮華瞬眼成塵。
畫夢原本絢麗，未瞑即已覺醒，
青燈木魚悔從前，不再計較愛恨。

任真（侯人俊）寫作年表

一九三〇年，出生於湖南省攸縣桃水鎮靈官廟前。
一九三六年，六歲，正式入學向至聖先師行三跪九叩禮。父親端莊公始授《三字經》。
一九三九年，九歲，父親授畢上下《論語》與《孟子》。我是鴨子聽雷——聽不懂。
一九四〇年，十歲，入小集小學，插班四年級。
一九四三年，十三歲，夏泉中心小學畢業。
一九四四年，十四歲，考入攸縣縣立師範就學。同年夏，攸縣為日本佔領，學校關閉，乃隨父親受《左傳》、《東萊博議》、《幼學故事瓊林》、古文、唐詩等，形同鴨販灌鴨——消化不良。
一九四八年冬，十九歲，師範畢業。
一九四九年，任陳家臺小學教師兩個月，旋隨友人於湖南株州入伍陸軍七五師二二三團衛生連任上士文書。
一九五〇年元月，於舟山定海升任團本部作戰組准尉司書。
一九五一年，二十一歲，第一首新詩於《正氣中華報》刊出；後為該報寫短稿，與余我（本名余鶴清）平分秋色。
一九五四年十二月，國防醫學院軍醫初級班第三期畢業。

一九五五年，七十五師變更番號為預備第一師，入駐臺中成功嶺。任真已轉任軍醫官科，於國防醫學院軍醫初級班第三期畢業後，努力自修，研讀解剖學、生理學、藥物學、內科學……等；擔任第三團醫務所主任，負責全團預防保健、醫療、環境衛生等工作，及三個月一期之後備兵召集教育體檢、醫療工作。

一九五九年元月十八日，與吳玉雲小姐成婚。

一九六一年，為陸軍訓練司令部《干城報》撰寫「大兵情書」與「二兵日記」兩項專欄。

一九六四年，三十五歲，歲月蹉跎，一事無成。開始向《精忠日報》、《青年日報》、《新生報》、《中華日報》、《大華》、《民族晚報》、《中央日報》等報刊投稿。

一九六八年四月，小說《高山寒梅》被選入臺灣省政府省政文叢之十九；同年五月，陸軍一般外科軍醫班畢業。

一九六九年，當選陸軍總司令部「毋忘在莒」運動個人模範。是年二月，短篇小說集《冬陽》由陸軍出版社出版；小說《壽》被選入臺灣省政府省政叢書之廿三。六月，為《忠誠日報》撰寫作指導專欄「文藝書簡」。

一九七〇年三月，短篇小說《高山寒梅》由商務印書館出版；五月，小說《移植的花朵》被選入省政文叢之廿九；〈房東太太嫁女兒〉一文獲《青年日報》慶祝臺灣光復廿五週年徵文小說首獎；應徵教育部文化局「一本愛國孝親的好書」獲首獎，獎金貳萬伍仟元。

一九七一年十二月，小說《早來的春天》選入省政文叢之四十。

一九七二年六月，長篇小說《翠谷情深》由臺灣省政府新聞處出版；十一月，短篇小說《慈靄》由商務印書館出版。

一九七三年十月，國防醫學院軍醫正規班畢業；十二月，調任陸軍六十九師衛生營醫療連長；國防部衛生行政人員考試丙等考試優等合格。

一九七四年，以〈海外來鴻〉一文獲《民族晚報》徵文首獎，獎金伍仟元；九月，短篇小說《秋收》由商務印書館出版；十一月，散文〈捕秧雞〉選入水芙蓉出版社叢書之十。

一九七五年三月，短篇小說《蕉鄉春融》由陸軍出版社出版；六月，散文《雲山蒼蒼》由知名作家楊御龍推介水芙蓉出版社出版；小說《手足情深》入選中副選集第八輯，另《我有一塊地》亦獲入選；〈三個賭徒〉、〈三嬸要討小〉等篇，由孫如陵先生選入中國文選；國防部衛生行政人員乙等考試中等及格。

一九七六年八月，散文《思我故鄉》入選中國現代文學年選；十二月，書評〈大海濤裏的一朵浪花——讀《代馬輸卒》手記〉，選入爾雅叢書之廿一。

一九七七年，短篇小說《龍》獲國軍文藝競賽佳作獎。

一九七八年，短篇小說《濟世渠》國軍文藝競賽十四屆佳作獎；中篇小說《硯》獲中華文化復興運動委員會小說金筆首獎；七月，散文《鄉情》與短篇小說《蟬蛻》由一生努力創作的摯友湯為伯兄推介鳳凰城圖書公司張琼文先生慨予出版。

一九七九年，〈你付出了多少〉收入幼獅文化事業公司印行之《方向》二三輯。

一九八一年五月，國軍軍醫臨床進修班第一期畢業。

一九八三年一月，晉任軍醫中校。

一九八五年，散文〈也算有理〉收入晨星出版社《開放的心靈》；記敘文〈恐怖夜〉選入新生副刊叢書「疤痕」；六月，《章太炎的豐采》由任真的兩代恩人俞允平兄全力推薦精美公司出版；九月，《春蹤夏影》由采風出版社出版；十一月，散文《一燈熒熒下》由長弓出版社出版。

一九八七年七月，軍醫中校階退役；〈復興來去〉一文選入國中國文第六冊第六課教學兩年。

一九八九年，短篇小說《農家往事》，仍由熱愛文學全力弘揚中華文化的鳳凰城圖書公司張琼文先生接納出版。

一九九九年六月，散文《竹林棲隱》由先見出版公司出版。

二〇〇〇年四月，參加「中華書道學會第二屆磊翁杯全國書法比賽」，獲長青組特優。

二〇〇五年元月，參加行政院文建會主辦「乙酉新年開筆大會」揮毫作品特優獎。

二〇〇六年五月，書法作品由福建鼓山勇寺展出後收藏。

二〇一〇年六月，小說《紅塵劫》及散文《寒夜挑燈讀》由秀威出版社出版。

一生勤苦，不敢荒嬉，檢討來時路，愧煞一事無成，店面破舊，營業不佳，該打烊啦！

釀文學86　PG0753

紅塵劫

──任真小說選

作　　者	任　真
責任編輯	林泰宏
圖文排版	姚宜婷
封面設計	陳佩蓉

出版策劃	釀出版
製作發行	秀威資訊科技股份有限公司 114 台北市內湖區瑞光路76巷65號1樓 電話：+886-2-2796-3638　傳真：+886-2-2796-1377 服務信箱：service@showwe.com.tw http://www.showwe.com.tw
郵政劃撥	19563868　戶名：秀威資訊科技股份有限公司
展售門市	國家書店【松江門市】 104 台北市中山區松江路209號1樓 電話：+886-2-2518-0207　傳真：+886-2-2518-0778
網路訂購	秀威網路書店：http://www.bodbooks.com.tw 國家網路書店：http://www.govbooks.com.tw
法律顧問	毛國樑　律師
總 經 銷	聯合發行股份有限公司 231新北市新店區寶橋路235巷6弄6號4F 電話：+886-2-2917-8022　傳真：+886-2-2915-6275

出版日期	2012年5月　BOD一版
定　　價	400元

版權所有・翻印必究（本書如有缺頁、破損或裝訂錯誤，請寄回更換）
Copyright © 2012 by Showwe Information Co., Ltd.
All Rights Reserved

Printed in Taiwan

國家圖書館出版品預行編目

紅塵劫：任真小說選 / 任真著. -- 一版. -- 臺北市：釀出版, 2012. 05
面；　公分. -- (釀文學86；PG0753)
BOD版
ISBN 978-986-5976-22-4 (平裝)

857.63　　101006573

讀者回函卡

感謝您購買本書，為提升服務品質，請填妥以下資料，將讀者回函卡直接寄回或傳真本公司，收到您的寶貴意見後，我們會收藏記錄及檢討，謝謝！
如您需要了解本公司最新出版書目、購書優惠或企劃活動，歡迎您上網查詢或下載相關資料：http:// www.showwe.com.tw

您購買的書名：________________________________

出生日期：________年________月________日

學歷：□高中 (含) 以下　□大專　□研究所 (含) 以上

職業：□製造業　□金融業　□資訊業　□軍警　□傳播業　□自由業
　　　□服務業　□公務員　□教職　□學生　□家管　□其它______

購書地點：□網路書店　□實體書店　□書展　□郵購　□贈閱　□其他

您從何得知本書的消息？
□網路書店　□實體書店　□網路搜尋　□電子報　□書訊　□雜誌
□傳播媒體　□親友推薦　□網站推薦　□部落格　□其他__________

您對本書的評價：(請填代號　1.非常滿意　2.滿意　3.尚可　4.再改進)
封面設計____　版面編排____　內容____　文／譯筆____　價格____

讀完書後您覺得：
□很有收穫　□有收穫　□收穫不多　□沒收穫

對我們的建議：________________________________

____

____

____

請貼
郵票

11466
台北市內湖區瑞光路 76 巷 65 號 1 樓
秀威資訊科技股份有限公司 收
BOD 數位出版事業部

（請沿線對折寄回，謝謝！）

姓　名：＿＿＿＿＿＿＿＿ 年齡：＿＿＿＿ 性別：□女　□男

郵遞區號：□□□□□

地　址：＿＿＿＿＿＿＿＿＿＿＿＿＿＿＿＿

聯絡電話：(日)＿＿＿＿＿＿＿＿＿＿ (夜)＿＿＿＿＿＿＿＿＿＿

E-mail：＿＿＿＿＿＿＿＿＿＿＿＿＿＿＿＿